Nicola Cornick
Noche de amor furtivo

Editado por Harlequin Ibérica.
Una división de HarperCollins Ibérica, S.A.
Núñez de Balboa, 56
28001 Madrid

© 2013 Nicola Cornick
© 2014 Harlequin Ibérica, S.A.
Noche de amor furtivo, n.º 56 - 1.4.14
Título original: One Night with the Laird
Publicada originalmente por HQN™ Books

Todos los derechos están reservados incluidos los de reproducción, total o parcial. Esta edición ha sido publicada con autorización de Harlequin Books S.A.
Esta es una obra de ficción. Nombres, caracteres, lugares, y situaciones son producto de la imaginación del autor o son utilizados ficticiamente, y cualquier parecido con personas, vivas o muertas, establecimientos de negocios (comerciales), hechos o situaciones son pura coincidencia.
® Harlequin, HQN y logotipo Harlequin son marcas registradas por Harlequin Enterprises Limited.
® y ™ son marcas registradas por Harlequin Enterprises Limited y sus filiales, utilizadas con licencia. Las marcas que lleven ® están registradas en la Oficina Española de Patentes y Marcas y en otros países.
Imagen de cubierta utilizada con permiso de Harlequin Enterprises Limited. Todos los derechos están reservados.

I.S.B.N.: 978-84-687-4156-7
Depósito legal: M-1095-2014

Para Alison Lindsay. ¡Gracias!

El placer es un pecado y a veces el pecado es un placer.

Lord Byron

Capítulo 1

Edimburgo, Escocia, abril de 1815

Se tardaban diez minutos en cruzar en carruaje desde la Ciudad Nueva de Edimburgo a la Ciudad Vieja, y durante esos diez minutos, Jack tuvo una erección casi incontrolable como no había tenido otra igual. Durante los diez años anteriores había aprendido que la expectación era uno de los mayores afrodisíacos, y la expectación que sentía esa noche era intensa y casi imposible de soportar.

Frente a él se hallaba sentada la mujer causante de su malestar. No podía verla claramente a la luz de las farolas, pero permanecía atento a ella. Sentía el perfume a jazmines que impregnaba su cabello y su piel. Veía la sombra de una sonrisa que curvaba sus labios bajo el antifaz y aún podía saborear el beso que le había robado minutos antes. Entonces ella lo había apartado, pero juguetonamente, de una manera que parecía prometer mucho, mucho más.

Jack tenía fama de libertino, pero hacía mucho tiempo que no se acostaba con una mujer. Se preguntaba si a ello se debía el temerario impulso que sentía de mandar al garete toda precaución y poseer a aquella mujer a la que había conocido apenas cuatro horas antes. Ignoraba su nombre. No había visto su cara. Solo sabía que la atracción sexual que sentía por ella era tan aguda que, si no la hacía suya y enseguida, corría peligro de estallar de frustración.

Ella también lo sabía. Jack estaba seguro de que notaba la tensión que reinaba en el carruaje, aquella expectación tensa como un muelle. Tenía ganas de borrar de su cara con un beso aquella sonrisilla satisfecha. Quería tomarla allí mismo, en el carruaje, y hundirse con más fuerza en su cuerpo con cada zarandeo de las ruedas al rodar sobre los adoquines. Ignoraba por qué la deseaba tanto, y ello le desagradaba, porque se sentía a punto de perder el control. Solo sabía que desde el momento en que la había visto por primera vez la había deseado.

El carruaje se detuvo con un súbito zarandeo. Un mozo inescrutable y vestido de negro abrió la portezuela y bajó los peldaños. Jack se retiró para dejar que su acompañante descendiera primero. Ella recogió con una mano las vaporosas faldas de seda plateada de su vestido y se apeó con ligereza. Jack la siguió y miró a su alrededor con curiosidad. El carruaje se había detenido en la Royal Mile de Edimburgo. Distinguió la mole oscura de la catedral de Saint Giles. Las farolas desprendían un suave resplandor en medio de la llovizna que caía.

Ella tomó su mano y lo condujo por uno de los estrechos callejones que se alejaban cuesta abajo de la calle principal. Allí la oscuridad era total. Jack oía el tableteo de sus escarpines sobre el empedrado y sentía en la cara la fría lluvia que calaba su pelo y su levita. Las paredes de los edificios se apretujaban a ambos lados de la calle.

Iba de cabeza hacia el peligro. En aquellos profundos

callejones, podían robarle y asesinarlo y nadie acudiría en su auxilio. Una puñalada en el costado sería una buena recompensa para su temeraria búsqueda de la pasión. La prudencia se impuso al deseo un instante y Jack se detuvo, pero la mujer se volvió hacia él y, apretándose contra su cuerpo, se empinó para besarlo. Tenía a la espalda la fría pared de un edificio, pero ella era toda ardor y dulce fragancia. Lo besó con ansia, con fervor, prescindiendo de preliminares galantes y exigiendo una respuesta. Puso la mano en la nuca de Jack y acercó su boca a la suya, metiendo los dedos entre su pelo. Jack sintió el roce caliente de su lengua y dejó escapar un gruñido.

Introdujo las manos bajo su capa y sintió la seda escurridiza de su vestido deslizarse bajo sus palmas. La enlazó por la cintura y la atrajo hacia sí. Sus pechos se apretaron contra su torso y ella frotó las caderas contra las suyas. Resultaba inquietante hallarse tan a la merced de sus sentidos siendo un hombre con experiencia y no un colegial, pero Jack parecía incapaz de resistirse a la ardiente lujuria que circulaba por sus venas.

Un hilillo de luz brilló en los ojos de ella cuando le sonrió. Se apartó, pero solo para girar el pomo de una puerta empotrada en la esquina de un muro, entre las sombras. Tomó de nuevo su mano y tiró de él hacia el interior.

La casa no era lo que esperaba Jack. Allí, en aquel vecindario mísero de paredes desportilladas y adoquines repletos de desperdicios, era como un palacio en miniatura. Todo era limpio, lujoso y brillante, de madera, de plata, de oro. Jack lo vio todo en un fogonazo fugaz mientras subía unas escaleras de piedra, arrastrado por ella: los colores brillantes como gemas de los largos cortinajes que cerraban el paso a la noche, los cojines dispersos por la otomana. Ella se detuvo en la esquina de la escalera para besarlo de nuevo, metió la mano dentro de sus pantalones y acarició su verga, y Jack estuvo a punto de correrse allí mismo. Jadeaba de deseo y de expectación, tenía la boca seca y su corazón latía con violencia.

La habitación a la que lo llevó estaba en completa oscuridad. Solamente las ascuas de un fuego ardían suavemente en la chimenea. No había velas. Ella cerró la puerta con un ligerísimo chasquido y se quedó parada un momento. Jack sintió que lo miraba. La oscuridad agudizó sus sentidos: la oyó respirar, sintió el suave entrecortamiento de su respiración, y se convenció de que no estaba ni tan tranquila ni tan segura de sí misma como parecía. Ello le produjo una salvaje satisfacción. Habría detestado ser el único que estaba al borde del desenfreno.

Se oyó un tenue susurro de terciopelo cuando ella desató la cinta de su capa y la dejó caer. La vaporosa seda del vestido centelleó de nuevo cuando se acercó a él y puso una mano sobre su pecho. Desabrochó hábilmente los botones de su levita, se la quitó de los hombros y deslizó las manos bajo la camisa para buscar su piel caliente. Jack oyó que contenía bruscamente la respiración al pasar las manos sobre su torso desnudo. A pesar del deseo furioso que se agitaba dentro de él, se mantuvo quieto y la dejó hacer. Resistirse a ella le pareció una pequeña victoria.

Ella se puso de puntillas para besarlo. Era alta, pero él lo era más aún. Jack tomó un rizo de su pelo, suave como el raso, entre los dedos. No sabía de qué color era, pues ella había llevado todo el tiempo una capa con capucha y antifaz. Palpando, encontró varias horquillas que sujetaban sus rizos. Tiró de ellas. Cayeron con un tintineo al suelo de madera, y su cabello se deslizó como una cascada entre sus manos.

Ella le mordisqueó el labio inferior e introdujo la lengua en su boca, y Jack sintió que su mente se adentraba, girando como un torbellino, en un oscuro reino de sensaciones. Hundió una mano entre su pelo para sujetarle la cabeza y besarla, buscando el ardor exigente de su boca. Ella salió al encuentro de sus besos y exigió más a cambio. Allí donde él la conducía, ella lo seguía con ansia. Enredó su boca impaciente con la de él. Mordisqueó sus labios y saboreó los confines de su boca.

A veces se le adelantaba, impulsada por sus propios deseos. Fue ella quien le puso la fría empuñadura de una daga en la mano y quien se giró, ordenándole en silencio que cortara sus lazos. Era una locura, a oscuras, pero Jack se las arregló de algún modo para hacerlo, pasando la hoja de la daga por debajo. Oyó el primer crujido y rasgó la tela, que cedía súbitamente. Su vestido y sus enaguas cayeron y quedaron amontonados a sus pies.

Jack sintió que estaba desnuda. Notó su calor. Sintió de nuevo aquel perfume a jazmín, ahora más leve, y percibió que sobre su piel se transformaba en algo distinto, dulce y penetrante. Recordó la impresión que le había dejado sentir sus pechos apretados contra su cuerpo y le tendió los brazos, pero de pronto notó la hoja de la daga en su garganta y dio un paso atrás. Ella puso la mano contra su pecho y lo empujó. Sus muslos chocaron con el borde de una cama. La hoja se clavó con más insistencia en su piel y Jack se dejó caer en el colchón más suave, grueso y mullido que había conocido nunca.

Ella le rasgó la camisa y se sentó a horcajadas sobre él, apretándole los costados con los muslos. Con una mano desabrochó los botones de sus pantalones y dejó que su verga saltara, libre, a su mano. Jack intentó colocarse sobre ella, pero la daga apoyada en su garganta le advertía de que se estuviera quieto. Su hoja trazó lentamente un camino hasta su pecho, por encima de su clavícula, bajó por su estómago y se detuvo al rozar con su parte más ancha la punta de su verga erecta. Al mismo tiempo, ella le apretó el miembro con la mano.

Dios santo, estaba loca. Y él también estaba a punto de perder la razón.

Ella tiró a un lado la daga y se colocó sobre él, deslizándose hacia abajo para hundir su verga dentro de sí. Jack abrió la boca para gritar al sentir el ardor y la humedad de su sexo, pero ella sofocó sus gritos con un beso. Se meció sobre él, hundiéndose cada vez más profundamente, y Jack, enloquecido, la asió por las caderas con fuerza y la apretó contra su cuerpo al tiempo que se corría violentamente, con un grito desesperado.

Ella se apartó y se tumbó a su lado. Por encima de sus fuertes jadeos, Jack distinguió su respiración agitada. A pesar del ardor asombroso de su cópula, tenía la impresión de que faltaba algo, de que había algo que no entendía.

Volvió la cabeza para mirarla, pero la oscuridad opresiva no le permitía ver nada. De pronto, sin embargo, tuvo la certeza de que ella estaba a punto de huir. Lo notó en el estremecimiento que recorrió su cuerpo, lo sintió en su forma de respirar.

Alargó repentinamente la mano y la agarró por la muñeca justo cuando ella empezaba a moverse. Tiró de ella y la apretó contra su costado, sujetándola con fuerza.

—¿No sabes que es de mala educación escapar tan pronto de un hombre después de yacer con él? —su susurro agitó el pelo de ella. Lo sintió acariciarle los labios.

Pasado un momento, ella se rio y Jack sintió que su cuerpo se relajaba. Pero ella no dijo nada.

–¿Cómo te llamas? –quería hablar con ella, ardía en deseos de hacerlo, como si el vínculo físico que había entre ellos sencillamente no le bastara. Era extraño: antes nunca había deseado de una mujer más que lo puramente físico.

–Rose –había vacilado ligeramente antes de contestar. Así pues, no era su verdadero nombre.

–Yo soy Jack –no le gustaban las mentiras, ni las medias verdades, ni las evasivas. No era su estilo.

Ella acarició su pecho desnudo como si le diera las gracias. Tal vez fuera una mujer de pocas palabras, pero lo compensaba de otras maneras. Jack sintió bullir su sangre por aquel leve contacto.

–Quiero verte.

–No –respondió al instante y con una nota de pánico en la voz.

–¿Por qué no, cariño? –por respeto a su temor, mantuvo un tono ligero y le apartó el pelo enmarañado de la cara, acariciando con delicadeza su mejilla.

Ella se removió un poco entre sus brazos, como si se sintiera incómoda tanto por aquella palabra cariñosa como por su ternura. Jack comprendió que le repelían aquellas muestras de intimidad, lo cual resultaba curioso teniendo en cuenta que acababan de compartir la más íntima de las experiencias.

–No quiero luz –su voz sonó autoritaria sin ella darse cuenta. Así pues, estaba acostumbrada a dar órdenes, lo cual redoblaba su misterio.

–¿Y si yo sí quiero?

–Tendrás que conformarte con tocar.

Tomó su mano y se la puso sobre el pecho. Era un gesto pensado para atajar la conversación, Jack se dio cuenta de ello. Y aun así sucumbió. Notó que su pezón se endurecía bajo su palma y sintió que se le encendía la sangre. Jugueteó con su pecho con los dedos, con los labios, con los dientes y la lengua, dejándose distraer y gozando de sus gemidos y del modo en que se arqueaba buscando sus caricias. Ella lo urgía con susurros entrecortados, le suplicaba que la mordiera y que chupara con más fuerza, hasta el punto en el que el placer se convertía en dolor. Para entonces, Jack tenía ya una erección casi dolorosa, y ella se abrió para él y le suplicó que la penetrara con fuerza mientras se agarraba al cabecero de madera de la cama. Fue un encuentro salvaje y Jack sintió que se hallaba en un sueño turbio y ardiente, pero incluso mientras la penetraba enloquecido sintió el roce de una sombra sobre él, como si hubiera algo que no encajaba, algo fuera de lugar. Era casi como si ella le estuviera pidiendo que la castigara, como si cada embestida suya, cada mordisco de sus dientes en su pecho fuera una penitencia.

Durante aquella larga noche, ella le permitió hacer cuanto quiso con ella. Fue su juguete y Jack experimentó una excitación inimaginable, espectacular. Al final, se sintió exhausto y saciado, pero ni siquiera entonces pudo sacudirse de encima la impresión de que faltaba algo. La última vez, le hizo el amor despacio, lánguidamente, intentando anclar su intimidad en algo más profundo, tratando de apresarla y de retenerla. Ignoraba por qué ansiaba aquel vínculo cuando era por naturaleza un hombre que solo buscaba los escarceos amorosos más superficiales. Quizá fuera porque ella representaba un desafío: no estaba acostumbrado a mujeres que se reservaban algo. Normalmente, eran ellas quienes intentaban empujarlo hacia una intimidad que no quería.

Ella tenía la piel enrojecida, húmeda y resbaladiza. Se movió con él, llevada por aquella misma turbia marea de deseo y placer y se corrió cuando él se lo ordenó. Su cuerpo era de él y, sin embargo, de alguna manera, parecía seguir eludiéndolo en todo lo importante. Después, se quedó dormida. Jack, en cambio, yació despierto, escuchando su respiración, con la mente alerta. En cierto momento, ella dejó escapar un gemido. Jack la estrechó entre sus brazos y ella se calmó, pero él notó lágrimas en su mejilla, apretada contra su pecho.

Pasado un rato, el calor de su cuerpo lo adormeció también a él. Se despertó horas después, cuando el sol estaba ya alto y la habitación inundada de luz.

Supo antes de abrir los ojos que ella se había marchado.

Todavía estaba oscuro cuando Mairi despertó. Por un instante sintió la mente vacía, ligera y libre, y el cuerpo maravillosamente repleto de placer, saciado y satisfecho. Un segundo después la embargó la desolación, oscura, fría y solitaria como una noche de invierno que ahuyentara la luz.

Siempre era así cuando se despertaba. Había un lapso muy corto de paz dichosa y después caía de nuevo en la oscuridad. La tristeza y la desesperación se agazapaban entre las sombras, esperando para saltar sobre ella. Esa mañana la tristeza era más aguda que de costumbre, dolorosa como un cuchillo afilado. Había tratado de ahogar su desdicha en placer sensual y solamente había logrado empeorar las cosas.

Salió de la cama y al instante echó de menos el calor de Jack. Había estado tendido a su lado, con un brazo sobre ella, agarrándola suavemente contra la curva de su cuerpo. Mairi ignoraba cómo había podido dormir así, en brazos de un extraño. Le parecía un error imposible de aceptar cuando rechazaba cualquier clase de intimidad con cualquier persona. Era extraño que pudiera entregarse a él por completo físicamente, sin reservarse nada, y que sin embargo lamentara haber dormido con él después.

Temblando, se puso la ropa interior, se acercó de puntillas al arcón y sacó un vestido sencillo y un chal. Le temblaron las manos cuando intentó abrochárselo. No veía lo que hacía. Se acercó a la puerta de puntillas, con los escarpines en la mano. La luz del día empezaba a colarse por los postigos. No quería mirar atrás, pero algo la impulsó a volverse.

Jack estaba tumbado en el centro de la gran cama, en medio de las sábanas arrugadas y las mantas revueltas. La ropa de la cama le tapaba las caderas, dejando al descubierto su pecho ancho y musculoso, salpicado de vello dorado. El cabello rubio oscuro le caía sobre la frente y contrastaba con la barba que empezaba a asomar en su barbilla. Tenía los ojos cerrados, las pestañas densas y negras. La luz, cada vez más intensa, se deslizó sobre las facciones de su cara enjuta, sobre su larga nariz y su mentón decidido. Era un rostro fuerte, lo bastante bello para que cualquier mujer contuviera el aliento, pero no fue por eso por lo que Mairi ahogó un grito. Sintió una punzada de sorpresa y a continuación otra de horror, más fuerte y aguda, casi violenta en su intensidad.

Jack Rutherford...

No podía ser.

Alargó la mano y se agarró al poste de la cama para sostenerse en pie. No. No era posible. Había elegido premeditadamente a un extraño en un baile de máscaras. Lo había visto al otro lado del salón de baile, con su capa negra y su antifaz, y algo en él había despertado su interés. Había pensado que tenía un aire un poco peligroso, un poco salvaje, desconocido para ella y perfecto para su propósito. Ni siquiera habían hablado. Habían bailado una sola vez y ella había sido tan consciente de su cercanía, había ardido en deseo hasta tal punto, que al final de la pieza lo había agarrado de la mano y lo había llevado allí, a la casita secreta de la que era dueña en los callejones de la Ciudad Vieja de Edimburgo. Había querido que aquella experiencia fuera un secreto, pero por desgracia había escogido a un hombre que no era ningún extraño.

Jack Rutherford. Mairi pensó que su nombre debería haberle dado la clave, pero la noche anterior ni siquiera se había detenido a pensar en ello. Había muchos Jacks. Tampoco había reconocido su voz, pero eso no era de extrañar: a fin de cuentas, últimamente apenas habían coincidido.

Se sintió trémula, absolutamente desconcertada. Jack Rutherford ni siquiera era de su agrado. Era un hombre arrogante, egocéntrico, detestablemente seguro de sí mismo y muy consciente de su encanto y del efecto que surtía sobre las mujeres. Habían coincidido por primera vez tres años antes, cuando la hermana de Mairi se había casado con un primo de él. Jack le había sugerido que debían conocerse mejor, íntimamente, de hecho. Ella había rechazado sus acercamientos con gélido desdén. Después de aquello apenas se habían dirigido la palabra, aferrados ambos a su intenso desagrado mutuo.

Agarró con tanta fuerza el poste de la cama que le dolieron los dedos. La sangre le atronaba los oídos. Sencillamente, no entendía por qué se había sentido atraída por Jack la noche anterior. Sin saberlo ella, había elegido al único hombre al que no debía acercarse. Entre ellos había vínculos familiares, se conocían. Mairi ignoraba si ahora podría seguir ocultándole su identidad.

Una corriente fría la hizo estremecerse. Ya se arrepentía de lo sucedido esa noche. Había querido extraviarse en un mundo enteramente físico, escapar a la infelicidad que nublaba su mente, aunque solo fuera por un rato. Pero, por espectacular que hubiera sido la experiencia sexual, había descubierto que no tenía escapatoria.

Jack se removió en sueños y suspiró al volverse. Mairi sintió otra punzada de temor. Él no debía averiguar nunca que había pasado la noche con ella. Era inevitable que se hiciera preguntas, preguntas a las que ella no deseaba responder. Tendría que asegurarse de no volver a verlo. Y, sin embargo, los vínculos entre sus dos familias lo hacían imposible.

Se frotó la frente, frustrada y furiosa. Era casi como si lo hubiera elegido adrede, y esa idea la turbaba enormemente.

Cerraría la puerta, se marcharía de allí y se olvidaría de él por completo. Fingiría que aquello no había ocurrido.

Se arriesgó a lanzarle una última mirada. Jack Rutherford era un hombre duro, un hombre implacable, pero esa noche le había demostrado ternura. Pensarlo la hizo sentirse vulnerable. Le resultaba muy difícil conciliar al Jack Rutherford al que creía conocer, todo él arrogante encanto y descarada altanería, con aquel hombre. Se sintió desconcertada, como si todas sus opiniones acerca de él hubieran quedado invalidadas por su ternura como amante. Jack había querido conocerla a ella, no conocer únicamente su cuerpo. Y eso la confundía.

Se volvió, embargada por una angustia repentina, y cerró la puerta. Por su culpa, Jack y ella habían pasado de ser simples conocidos a zambullirse en una intimidad profunda. Ahora, tendría que dar marcha atrás en el tiempo.

Frazer, su mayordomo, salió de su cuarto en cuanto Mairi entró en el salón. Se preguntó si habría dormido.

—No hace falta que me mires con tanto reproche —dijo ella—. No eres mi padre.

El mayordomo mantuvo la misma expresión, tan absolutamente inescrutable como de costumbre. Tenía un rostro atezado y hermético, austero y secreto. A decir verdad, era lo bastante mayor para ser su padre y, de hecho, era el padre del tropel de guapos jovencitos a los que Mairi empleaba como lacayos y mozos. Llevaba diez años trabajando para ella, desde su boda. Era un sirviente, sí, pero, de algún modo, Mairi tenía la impresión de que era ella quien tenía que esforzarse por granjearse su respeto. Esa mañana, sospechó que lo había perdido de una vez por todas.

—¿Quiere la señora que le traiga algo? —el mayordomo era exquisitamente cortés—. ¿Le apetecería que la doncella le preparara el baño?

—Solo el carruaje, por favor —dijo Mairi. No quería perder ni un momento. Tocó nerviosamente sus guantes—. Si pudieras limpiar el dormitorio...

—Por supuesto, señora —la voz de Frazer sonó gélida.

—El caballero sigue dormido —añadió ella.

—¿Quiere la señora que lo despierte? ¿Que lo afeite? ¿Que le prepare el desayuno?

Mairi percibió claramente la nota de sarcasmo de su voz. Lo miró con enojo. Él le sostuvo la mirada, impasible.

–Déjalo dormir –dijo Mairi. Sintió que se sonrojaba–. Y luego acompáñalo a la puerta. Ah, y Frazer... –titubeó–. Si pregunta algo...

El mayordomo asintió con la cabeza.

–Desde luego, señora. Ni una palabra.

–Gracias –notó la garganta áspera. Las lágrimas le cosquilleaban en los ojos. Tal vez Frazer desaprobara su conducta, pero aun así seguía siéndole fiel. Hacía ya cuatro años que faltaba Archie, su marido, y Mairi todavía sentía el dolor de su marcha como si un tornillo le estrujara el corazón.

Fuera, en Candlemaker Row, soplaba un fuerte viento. El cielo de color blanco perla se desplegaba sobre la ciudad de Edimburgo. Mairi se ciñó el chal. Cuando llegó a Royal Mile, el coche estaba esperándola y uno de los guapos hijos de Frazer aguardaba para abrirle la puerta.

Montó y partió hacia su casa en Charlotte Square para darse un baño y ponerse ropa limpia. Tenía agujetas por todas partes. El cuerpo le dolía por el placer, pero más aún le dolía el corazón. Cerró los ojos. A pesar de la extraordinaria intimidad de esa noche, se sentía más sola que nunca.

Capítulo 2

Julio de 1815

—Tienes mala cara —Robert, marqués de Methven, dejó sus cartas y, entornando sus ojos azules, contempló a su acompañante con una expresión divertida—. Problemas de dinero, ¿verdad?

—¿Por qué lo dices? —Jack Rutherford dejó lentamente sus cartas sobre la mesa y tomó su taza de café. Era un café denso, caliente y extraordinariamente bueno, pero no logró reconfortarlo. Lo que de verdad quería era brandy, pero ya nunca bebía. Había tenido una relación desafortunada con el alcohol en su juventud y no pensaba permitir que la bebida volviera a hacerle perder el control.

—Has estado jugando tan astutamente como una tía solterona apostando un penique al *whist* —dijo Methven alegremente—. Estás distraído. Y no puede ser por culpa de una mujer, puesto que nunca dejas que te afecten.

Jack se removió, nervioso. Derramó un poco de café. Levantó los ojos y vio que su primo se estaba riendo de él.

—Maldito seas, Rob —dijo sin convicción.

–Nunca te había visto así –insistió Methven–. Supongo que tenía que suceder alguna vez. ¿Quién es la afortunada?

Jack se quedó callado. El club estaba casi vacío y envuelto en silencio, lo cual era una suerte, puesto que no le apetecía relatar sus desventuras amorosas ante un nutrido público. Era una situación en la que se hallaba rara vez, o más bien nunca. Normalmente tenía que quitarse de encima a las mujeres, en lugar de anhelar su compañía.

–No lo sé –reconoció pasado un momento.

Methven levantó una ceja inquisitivamente.

–¿No tiene nombre?

–No hablamos mucho.

Su primo suspiró con fastidio. Robert lo conocía muy bien.

–¿Cómo era? –preguntó.

–Alta –contestó Jack–. Esbelta y con el pelo largo. No lo sé –repitió–. Estaba tan oscuro que no pude verla bien.

Methven estuvo a punto de atragantarse con su brandy.

–Diablos, Jack. ¿Dónde ocurrió ese... encuentro?

–En un baile de máscaras –explicó Jack–. Al menos fue allí donde empezó. Acabó... –se encogió de hombros–. En otra parte. En algún sitio de la Ciudad Vieja.

Methven se echó a reír. Jack supuso que en cierto modo tenía gracia. Él, que tenía fama de abandonar a las mujeres antes de que se enfriaran las sábanas, allí estaba, languideciendo por una mujer que lo había utilizado y desechado con una indiferencia que cortaba el aliento. Era la primera vez que le ocurría algo así. Y no le gustaba. Siempre era él quien se marchaba primero.

Y, sin embargo, no era por eso por lo que quería encontrarla. Se sentía inquieto, distraído. Tres meses. Era ridículo. Debería haberla olvidado hacía dos meses y veintinueve días. Y, en cambio, seguía teniendo presente su recuerdo. El día anterior, mismamente, había dejado que un negocio se le escurriera entre los dedos porque no estaba prestando atención y otra persona se le había adelantado con una oferta mejor. Era la primera vez que una mujer se interponía entre él y su trabajo, y el hecho de que aquella lo hubiera conseguido lo llenaba de frustración y al mismo tiempo lo ponía furioso.

–¿Qué sabes de ella? –preguntó Methven.

Nada de lo que le apeteciera hablar, pensó Jack. Sabía que era preciosa y flexible como un junco, con una piel que olía a jazmines y era tan suave como la seda. Sabía que su pelo se rizaba deliciosamente. Había seguido con los dedos los contornos de su cara y sabía que sus facciones eran delicadas, su nariz recta y su barbilla pequeña y altiva. Sabía que tenía los pechos redondeados y turgentes, pequeños pero perfectos, que su vientre se curvaba de un modo que le daban ganas de poseerla otra vez, y que la piel de la cara interna de sus muslos era la más suave de todas. Sabía que se estaba excitando con solo pensar en ella y que, si no la encontraba pronto, se volvería loco. Estaba seguro de que la determinación de encontrarla no era más que una compulsión física nacida de la lujuria, y que se consumiría una vez satisfecho el deseo. Pero hasta que la encontrara, seguiría insatisfecho.

–Era una dama –dijo, acordándose de su pulcra dicción y el tono imperioso de su voz. Virgen no, pues sin duda una virgen no se habría mostrado tan desinhibida. Pero, pese a su aparente experiencia, Jack había percibido su vulnerabilidad. Y le había parecido triste. Se acordó de cómo había gemido mientras dormía y de las lágrimas que había visto en su mejilla, y sintió un intenso y repentino deseo de protegerla.

–Olvídate de ella –repuso Methven–. Ya sabes cómo es la buena sociedad de Edimburgo. Seguramente será una esposa aburrida o una viuda rapaz. Serás solo uno de tantos. Da la impresión de que los dos obtuvisteis lo que queríais –se encogió de hombros–. No eches a perder ese recuerdo, Jack.

Era un buen consejo, aunque resultara un tanto amargo. Jack no se engañaba pensando que su misteriosa seductora solo se había acostado con él. El carruaje negro y anónimo y el lujoso nidito de amor evidenciaban lo contrario. Seguramente había sido solo la última de una larga serie de conquistas. Había vivido una noche de pasión desatada sin ninguna atadura, una de esas noches por las que mataría cualquier hombre. Debería dar gracias por que así fuera. Y dejarlo correr. Desde luego, no debía ponerse en evidencia por tercera vez volviendo a la casa de Candlemaker Row en un vano intento por encontrarla o persuadir al mayordomo, silencioso como una almeja, de que le desvelara algún pequeño detalle que pudiera ayudarlo en su búsqueda.

Methven empujó la cafetera hacia él.

–Habrá sido estupenda –comentó–. O malísima, en el mejor de los sentidos.

Jack no respondió. Tensó la boca. Ah, sí, había sido estupenda, maravillosa, de hecho. Nunca había conocido a una mujer como ella, nunca se había sentido tan extraviado en el placer carnal, ni había experimentado aquel anhelo.

–¿Has probado a acostarte con una fulana, como cura? –preguntó Methven–. Cambia una puta por otra...

Jack se incorporó a medias y echó mano de su espada antes de darse cuenta de lo que estaba haciendo. Vio que su primo levantaba las cejas, divertido, y comprendiendo que le había tendido una trampa, se preguntó qué demonios revelaba su mirada.

–Te pido disculpas –se apresuró a decir Methven–. No sabía que se tratara de eso.

–No se trata de eso –gruñó Jack. Se sentó con un suspiro y vertió un poco de café en su taza–. No sé... –se interrumpió. No sabía por qué había reaccionado tan mal cuando, casi con toda probabilidad, su primo estaba en lo cierto y aquella mujer era posiblemente una fulana de clase alta. De no ser porque sabía de algún modo que no lo era. Y por alguna razón eso le importaba.

–No era una cualquiera –dijo tercamente.

–¿Has vuelto al lugar donde os conocisteis? –preguntó Methven. Sus ojos azules lo miraban atentamente, calibrando su reacción.

Jack procuró no inmutarse.

–Sí –contestó.

El baile de máscaras había tenido lugar en casa de lady Durness, en Charlotte Square. La casa estaba cerrada ahora por el verano, y el mayordomo no se había mostrado muy dispuesto a facilitarle la lista de invitados de su excelencia. El carruaje negro no llevaba escudo de armas. Y la casa de Candlemaker Row, tan opulenta, no le había ofrecido ninguna pista.

Tenía que asumir que ella no quería que la encontrara, y puesto que no era hombre que impusiera su presencia a mujeres que no la deseaban, el asunto tenía que acabar ahí. Solo le quedaba asimilar su frustración y su rabia por haber sido utilizado y por aquella sensación de deseo insatisfecho.

—Es igual —dijo, y compuso una sonrisa—. ¿Querías algo en particular, Rob? Tu nota decía algo de un favor.

Su primo asintió con un gesto. Miró pensativamente a lo lejos de un modo que puso nervioso a Jack. Luego levantó la vista y lo miró con fijeza a los ojos.

—¿Sabes que vamos a bautizar a Ewan en Methven dentro de un mes? —dijo—. Nos gustaría que estuvieras presente.

Robert se había casado con lady Lucy MacMorlan tres años antes, y ya tenían dos hijos, el segundo de los cuales había nacido hacía apenas dos meses. James, su heredero, había sido bautizado el año anterior en medio de una gran celebración. Al parecer, el pequeño iba a recibir el mismo tratamiento.

—Imagino que vas a reunir a todo el clan —dijo Jack.

Robert jugueteó con el pie de su copa.

—El bautizo será una celebración formal, desde luego —dijo por fin—, pero la fiesta en casa será solo para la familia.

Jack intentó no gruñir en voz alta. Odiaba las fiestas familiares, formales o informales, y aquella sería sin duda aún más incómoda que la anterior. El clan de los Methven y el de los MacMorlan habían sido enemigos históricamente, y algunos miembros de la familia todavía parecían pensar que lo eran.

—Supongo que tu matrimonio habrá bastado para restañar las heridas entre los dos clanes —comentó—. ¿Todavía tienes que hacer algo más?

Los ojos de Robert adquirieron una expresión divertida.

—Pues sí, he de hacerlo. Lucy y yo no hemos visto a Lachlan y a Dulcibella desde que se fugaron. El año pasado tuvieron la delicadeza de no ir al bautizo de James.

–Bueno, no te pierdes nada –comentó Jack–. No les invites. La abuela no puede soportarlos. Nadie les soporta. Tuviste suerte de escapar por los pelos, Rob.

La mirada de Robert se hizo más cálida y Jack comprendió que estaba pensando en su esposa. Tres años antes, su primo había estado prometido en matrimonio con la señorita Dulcibella Brodrie, pero, finalmente, ella se había fugado con Lachlan, el hermano de Lucy. Robert, pensó Jack, había tenido una suerte inmensa: Lucy era encantadora, inteligente y preciosa, y lo quería con locura. Dulcibella, en cambio, era caprichosa, superficial y desdeñosa, y solo se quería a sí misma. Ya corrían rumores de que su matrimonio con Lachlan empezaba a hacer aguas.

–Tengo que mantenerme en buenas relaciones con Lachlan –repuso Robert, muy serio–. Ahora que Dulcibella ha heredado las fincas de los Cardross, somos vecinos. No quiero disputas por las lindes –se inclinó hacia delante y apoyó los codos en la mesa–. Además, hay otra cosa, Jack. Nos preguntábamos si... ¿Te importaría ser el padrino de Ewan?

Cambió la atmósfera. Se impuso el silencio. Jack no encontraba palabras. Sintió que el frío le calaba los huesos. Ser el padrino de un niño equivalía a asumir responsabilidades familiares, compromisos. Habría de tener una presencia muy activa en la vida de su ahijado. Dios no quisiera que a Robert y Lucy les pasara nada, pero si así fuera, tal vez incluso tendría que servirle de tutor, un papel para el que se sentía sumamente inepto. Refrenó un escalofrío.

–No me necesitáis –dijo con ligereza–. Ewan tiene todo un clan de parientes mucho más apropiados que yo para ese papel.

Robert entornó los ojos.

—Jack —dijo—, si algo nos pasara a Lucy o a mí, me gustaría que fueras el tutor tanto de Ewan como de James.

Jack sintió que un temor frío embargaba su cuerpo. Era imposible.

—Rob... —dijo con cierta dificultad.

—A Lucy y a mí nos gustaría muchísimo —añadió su primo con suavidad—. Si te sientes capaz de aceptar.

Jack no lo miró. Mantuvo los ojos fijos en los posos del café que giraban en su taza.

—No soy precisamente un dechado de virtudes —dijo, intentando poner un tono ligero—. Ewan se merece algo mejor.

—Al contrario —repuso su primo con firmeza—. No hay nadie que le convenga más —luego, al ver que Jack guardaba silencio, su tono se llenó de impaciencia—. Jack, por amor de Dios, no te desacredites así a ti mismo. Sé lo que estás pensando, pero hiciste lo que te pareció más conveniente para Averil...

Jack lo atajó con un gesto. Nunca hablaba de su hermana y no iba a empezar ahora.

—Dejé que se pudriera en esa horrible escuela, Rob —dijo—. No hice nada por ella.

Hubo un silencio cargado de tácitos reproches. Luego Robert suspiró.

—Muy bien. Respeto tu franqueza y lo entiendo —se removió en la silla—. Pero ¿aun así vendrás a Methven para el bautizo?

—En realidad no es una pregunta, ¿verdad? —repuso Jack—. Me lo estás ordenando.

Los ojos de Robert brillaron, divertidos.

—No puedo hacer tal cosa, como tú bien sabes —dejó que pasara un momento de silencio—. Pero la abuela te lo agradecería. Últimamente ha estado algo pachucha, como sabes. Verte la animará.

—No respondo bien al chantaje —dijo Jack, y dejó escapar un largo suspiro—. Está bien. Con tal de que no insista otra vez en casarme...

—La haría feliz verte casado —comentó Robert.

—Tengo la sensación de que me estás ocultando algo —observó Jack.

Su primo suspiró.

—Puede, y solo digo que puede, que la abuela haya invitado a algunas señoritas escogidas a la fiesta en Methven...

—Como un mercado de ganado —comentó Jack torciendo la boca—. No vas a convencerme, Rob.

—Ahora que tienes la finca de Glen Calder, sin duda estarás haciendo planes para el futuro —dijo Robert suavemente.

—Mi futuro no incluye una esposa, ni una familia —contestó Jack con dureza—. No todos queremos eso —bebió un sorbo de café y luego otro. No era lo que quería. Lo que quería, lo que necesitaba, era la quemazón del brandy. Rara vez pensaba en emborracharse para olvidar, pero esa noche la perspectiva le resultaba tentadora. Demasiado tentadora. Conocía sus flaquezas, sabía lo poco que le haría falta. Apartó aún más la botella. Deseó que Robert no estuviera bebiendo brandy, pero no era culpa de su primo. Robert se había ofrecido a tomar café, pero Jack se había negado y había pedido brandy para él. Detestaba que los demás estuvieran tan atentos a sus flaquezas.

—Jack, no deberías culpabilizarte —dijo Robert.

Jack masculló una maldición.

—No deberías cargar con los errores de tus padres —insistió su primo.

–No hablemos de eso –contestó Jack con voz ronca. Oía las palabras de su primo, pero no podían afectarle. No creía en ellas porque la verdad era que había fallado. Como único hijo varón, había tenido el deber de velar por su madre y su hermana tras el fallecimiento de su padre, y les había fallado a las dos de la manera más vergonzosa.

Miró la botella de brandy. Sentía en los dedos un hormigueo, un impulso casi irresistible de alcanzarla, como una oscura marea.

Era mejor que siguiera solo. De ese modo no corría peligro de volver a fallar a nadie, como no fuera a sí mismo. Deslizó una mano por la mesa, hacia la botella.

–... lady Mairi MacLeod –dijo Robert.

Jack se detuvo y giró la cabeza bruscamente.

–¿Qué has dicho?

–He dicho que me gustaría que acompañaras a lady Mairi MacLeod al bautizo –repitió Robert. Luego, al ver que Jack no respondía de inmediato, añadió–: Sé que te desagrada, pero es mi cuñada. Es una cuestión de cortesía.

Jack gruñó.

–¿He de hacerlo? –preguntó. Y él que creía que la noche no podía ponerse peor aún...

El término «desagrado» se quedaba muy corto para describir lo que sentía por Mairi MacLeod. La primera vez que la había visto, tres años antes, en la boda de su hermana, la había juzgado fascinante, fría, bellísima, reservada, un auténtico desafío. Le gustaban las viudas ricas y él, a su vez, solía gustarles a ellas. Sin más tardanza, le había sugerido a Mairi que fuera su amante. Y ella le había dicho sin rodeos lo que podía hacer con su proposición y después lo había tratado con la mayor indiferencia. Jack no estaba acostumbrado al rechazo, y le irritaba seguir sintiéndose atraído por Mairi MacLeod después de que le hubiera dado calabazas tan claramente, pero lo cierto era que no podía ignorar la intensa atracción que suscitaba en él. Una semana en su compañía, acompañándola por pésimas carreteras en el largo y arduo viaje hasta las Tierras Altas, le haría desear sucesivamente estrangularla y hacerle el amor, y ninguna de las dos cosas era posible.

Robert soltó un suspiro exagerado.

–No me explico tu antipatía.

–Entonces permíteme que te la aclare –dijo Jack–. Lady Mairi es orgullosa y altanera. Es demasiado rica, demasiado bella y demasiado lista.

La hostilidad hacia ella volvió a agitarse dentro de su pecho. Le enfurecía no poder mostrarse indiferente a ella. Ni siquiera su noche de pasión desatada con su misteriosa seductora había logrado romper su hechizo. De hecho, curiosamente, parecía aumentar su anhelo. Ya eran dos las mujeres a las que deseaba y a las que no podía tener.

Robert se rio.

–¿Tiene algún otro defecto del que quieras hablar? –murmuró.

Jack se pasó una mano por el pelo.

–Preferiría no acompañarla –dijo–. ¿Por qué no viaja con su familia?

–Porque están en Forres y lady Mairi está en su casa, a las afueras de Edimburgo –contestó su primo tranquilamente–. Es un gesto de cortesía, Jack. Como te decía, estamos intentando poner fin a las rencillas entre los dos clanes –se encogió de hombros–. Si lady Mairi te desagrada tanto como dices, se negará a que la acompañes.

–Puede que acepte solo para atormentarme –refunfuñó Jack. Soltó un fuerte suspiro–. Está bien, pero me debes un favor.

—No creo —contestó Robert con sorna.

—Cinco minutos —dijo Jack—. Solo nos llevará cinco minutos que yo se lo pida y que ella me rechace —no pensaba pasar más tiempo en su compañía. Iría a Ardglen, invitaría a Mairi a viajar con él a Methven, ella rehusaría y él se marcharía. Una vez en Methven para el bautizo, podrían ignorarse cordialmente.

Se recostó en la silla y la tensión de sus hombros se aflojó un poco. Mairi MacLeod y él podían sin duda comportarse civilizadamente durante un espacio tan corto de tiempo. Cinco minutos y se acabó.

—Dígale a lady Mairi MacLeod que el señor Rutherford desea verla.

Mairi estaba en el salón cuando oyó que alguien tocaba la aldaba con un repiqueteo que sonó al mismo tiempo arrogante y autoritario. Un momento después oyó hablar en el vestíbulo y una voz profunda que ahora reconocía con cada fibra de su ser la sobresaltó hasta tal punto, que estuvo a punto de cortarse los dedos, en lugar de los largos tallos de las rosas que estaba arreglando. Dejó las tijeras con cuidado sobre la mesa, se acercó de puntillas a la puerta entornada y se quedó allí, consciente de la tensión que atenazaba su cuerpo. El denso olor a rosas parecía saturar el aire, sofocando su respiración. La sangre latía con fuerza en sus oídos. Agarró con fuerza el pomo de la puerta y cerró los ojos. Le daba vueltas la cabeza.

El tiempo la había hecho aletargarse, acunada por una falsa sensación de seguridad. Había abandonado Edimburgo la misma mañana en que dejara a Jack durmiendo en su cama después de una noche de excesos. Se había ido a su casa de campo y se había recluido con la esperanza de evitar a Jack. Había empezado a pensar que estaba a salvo.

Y sin embargo allí estaba él.

Intentó controlar su respiración, convencerse de que no había peligro. Aunque Jack la hubiera identificado, no tenía por qué verlo. Les había dicho a los lacayos que no dejaran entrar a nadie, y estaban todos muy bien enseñados. Oyó que uno de ellos le negaba cortésmente la entrada.

–Lo siento, señor, pero lady Mairi no recibe invitados en estos momentos.

–A mí sí me recibirá –contestó Jack lacónicamente.

Mairi se retiró, pero era ya demasiado tarde. Quizá Jack había visto su sombra en el suelo de mármol blanco y negro del pasillo, y quizás había intuido su presencia. Solo dispuso de unos segundos de aviso. Después, Jack entró en el salón y la miró de frente. Avanzó hacia ella con paso ágil e imperioso, y Mairi sintió que se quedaba sin respiración y que un escalofrío recorría su piel. Se dio cuenta de que estaba temblando y entrelazó los dedos para no delatarse.

Lo primero que advirtió fue la elegancia de su atuendo. Saltaba a la vista que había puesto mucho empeño en vestirse bien antes de ir a visitarla. No estaba segura de cómo interpretarlo. Jack siempre vestía bien, pero esa mañana estaba espectacular. Su traje era lujoso y bellamente cortado, su camisa de un blanco impoluto, sus botas brillaban. Su porte era también de una suprema elegancia. Muchos hombres estaban ridículos cuando se vestían a la última moda, embutidos en sus camisas de cuello alto y con las levitas atiesadas por el almidón. Jack Rutherford no necesitaba aditamentos artificiales para tener buena presencia. La levita de paño verde se ceñía a sus anchos hombros sin una sola arruga. Sus pantalones se amoldaban a sus fibrosos muslos como una segunda piel.

Mairi sintió encenderse y agitarse el deseo en su interior. Su corazón comenzó a desbocarse. Jack parecía un poco peligroso, pero estaba guapísimo con el cabello rubio alborotado cayéndole sobre la frente, aquellos ojos risueños entornados y la cara cincelada afeitada a la perfección. Al recordar la intimidad que habían compartido, la embargó una oleada de vergüenza y temió no poder ocultar su reacción.

Estaba mirándolo embelesada. Se reprendió a sí misma por ello y respiró hondo para calmarse.

Él ejecutó una reverencia perfecta.

–Lady Mairi.

No se disculpó por haberla interrumpido, ni por haber hecho caso omiso de su deseo manifiesto de estar sola. En Edimburgo, había sido ella quien había propiciado su encuentro. Ahora le parecía absurdo. Jack Rutherford era demasiado impetuoso para dejarse dominar por nadie. Su fácil encanto escondía una voluntad de acero.

–Señor Rutherford –dijo Mairi, respondiendo a su indiferencia con gélida cortesía.

La mirada de él rozó su cara. No dio indicios de reconocerla.

Ignoraba que había sido ella.

Sintió tal alivio que se le aflojaron las rodillas y estuvo a punto de agarrarse a la mesa para no caer. Extrañamente, sin embargo, la asaltaron también otras emociones y al darse cuenta de que se sentía decepcionada, se dijo que todo lo que en ella había de femenino ansiaba que Jack la recordara.

Qué locura. Debía sentirse feliz por haberse salido con la suya. Debía dar gracias y sentir alivio, cualquier cosa menos aquella insatisfacción vana y sin sentido.

–¿Cómo está, señor? –dijo–. Confío en que bien.

Jack torció la boca como dando a entender que sabía que lo decía por simple cortesía. Ni siquiera se molestó en contestar.

–Tengo entendido que va a viajar a Methven para el bautizo de su sobrino –dijo. Su mirada se paseaba por la habitación como si no tuviera particular interés en mirarla–. He venido a ofrecerme a acompañarla.

Estaba allí por el bautizo de Ewan. Mairi se sintió al mismo tiempo aliviada por conocer el motivo de su visita y profundamente irritada por que hubiera hecho su ofrecimiento de manera tan brusca.

Jack volvió a fijar en ella sus fríos ojos castaños.

–Le hago el ofrecimiento a petición de mi primo, señora, más que por inclinación propia.

–Naturalmente –repuso Mairi–. Ya imaginaba que no es cosa suya –le sonrió con idéntica frialdad–. Por favor, dígale a lord Methven que le agradezco que haya pensado en mí, pero que haré yo misma los preparativos para mi viaje.

Jack asintió con la cabeza. Mairi comprendió que no iba a intentar convencerla de que cambiara de idea, seguramente porque acompañarla al castillo de Methven era lo último que le apetecía hacer. Todo en su actitud daba a entender que deseaba salir de su salón, y de su vida, cuanto antes. Mairi lo entendía. Mientras que ella solo podía pensar en la noche que habían pasado juntos, Jack seguía pensando en ella como en la mujer que había rechazado sus acercamientos y lo había tratado con desdén, una mujer a la que lamentablemente se hallaba unido por lazos de parentesco.

«Si él supiera...». Lo irónico de la situación casi la hizo sonreír.

—Adiós, señor Rutherford —dijo—. Es una suerte que Methven Castle sea lo bastante grande para que apenas tengamos que vernos durante nuestra estancia.

Tomó de nuevo las tijeras y apretó con la palma caliente su frío metal. Jack Rutherford se iría un momento después.

Jack fijó la mirada en las rosas de pétalos rojos oscuros. Su intenso color resaltaba vivamente en contraste con la madera de la mesa, dorada por el sol. La luz que caía oblicuamente sobre su rostro acentuaba sus pómulos altos y su recia mandíbula. Mairi sintió trastabillarse su corazón. Él levantó la vista y la miró a los ojos, y de nuevo le dio un vuelco el corazón por miedo a no ser capaz de ocultar sus emociones.

—A mi abuela le gustarían esas flores —dijo Jack, sorprendiéndola—. Adora las rosas. ¿Las cultiva usted aquí?

—En el jardín tapiado —dijo Mairi. Tocó ligeramente los pétalos—. Éstas fueron cultivadas especialmente para mí y bautizadas con mi nombre: Mairi Rose.. —se interrumpió al recordar que en Edimburgo le había dicho que se llamaba Rose.

Jack no pareció reparar en ello. Inclinó la cabeza para contemplar las flores. No se movió.

Pasado un segundo, Mairi pudo respirar con más calma. Caminó hacia la puerta y puso de nuevo la mano en el pomo, abriéndola un poco para darle a entender que era hora de que se fuera.

—Buenos días, señor —dijo enérgicamente.

Jack levantó los ojos y la miró con fijeza.

Se le paró el corazón al ver su mirada. La fría indiferencia se había esfumado. En su lugar, vio incredulidad, enojo y un ardor tan intenso que se quedó sin respiración.

—Rose... —repitió Jack en voz muy baja.

La opresión que Mairi sentía en el pecho se intensificó. Su mano húmeda resbaló por el pomo. Sintió el loco impulso de lanzarse escaleras arriba, de huir, de esconderse. Pero no tenía adónde ir.

—Creo —dijo con un hilo de voz— que iba usted a marcharse, señor Rutherford.

—La verdad —repuso él todavía en voz baja— es que creo que no.

Cruzó la sala, apoyó una palma en la puerta del salón y la cerró con firmeza.

Capítulo 3

Jack vio como se apartaba de él. Daba cada paso con intención de poner distancia entre los dos. Parecía dueña de sí misma, elegante, una dama de la aristocracia de la cabeza a los pies.

Su instinto le confirmó lo que su mente todavía se resistía a aceptar. Aquella era la mujer con la que había pasado la noche más apasionada de toda su vida. La mujer a la que buscaba desde hacía tres meses.

Una oleada de furia nubló su vista. Se había sentido furioso y lleno de frustración al imaginar que su misteriosa seductora era una completa desconocida. Descubrir que era Mairi MacLeod quien lo había utilizado y desechado resultaba sobrecogedor. Estaba claro que nunca había tenido intención de revelarle su identidad. Seguramente le había parecido divertido rechazar sus acercamientos y luego elegirlo como si estuviera en alquiler. Lo único sorprendente era que no hubiera dejado dinero para pagarle al marcharse esa mañana.

La certeza de que se había comportado como un tonto no contribuyó a aminorar su furia. Debería haberla reconocido, pero había estado tan ofuscado por el deseo que había pasado por alto las pistas de su identidad. Sintió otra punzada de ira, agudizada por la súbita y devastadora certeza de que todavía la deseaba. Podía ser inmoral, traicionera y caprichosa, pero la deseaba con todas sus fuerzas.

Ella cruzó la habitación hacia la ancha chimenea de mármol y se volvió para mirarlo. El sol de la tarde, que entraba por los visillos de las altas ventanas, la envolvía en un suave resplandor dorado. Su vestido, de un azul clarísimo, parecía etéreo en contraste con el vivo color rojizo de su cabello. Permanecía allí, bañada por la amable luz del sol, pero no había nada de amable en su belleza y Jack sintió otro furioso arrebato de deseo. Deseó odiarla. Tenía motivos sobrados para ello. Y, sin embargo, extrañamente, el descubrimiento de que era la misteriosa libertina de sus sueños la había convertido de pronto en la mujer más fascinante que conocía.

Miró la línea delicada de su cuello y cómo los rizos sueltos de su melena rojiza y dorada acariciaban su nuca, y se sintió transportado al instante a la casa de Candlemaker Row, a las sábanas revueltas y a la ardiente oscuridad, al roce íntimo de su piel. Sintió que su cuerpo se tensaba, excitado.

—Es Rose —dijo—. Pasó una noche conmigo en Edimburgo hace tres meses —sabía que era ella. Había visto la verdad reflejada en sus ojos un momento antes, pero quería que lo reconociera.

Mairi se volvió para mirarlo. Su expresión cautelosa no revelaba emoción alguna.

—Sí —dijo—, en efecto.

Aquello impresionó a Jack a su pesar. Nueve de cada diez mujeres lo habrían negado y habrían fingido no saber de qué estaba hablando. Pero quizá Mairi era tan descarada a la hora de tomar amantes que no se tomaba la molestia de proteger su reputación con mentiras.

–Esperaba que fingiera no entenderme –dijo.

Mairi se encogió de hombros.

–Habría sido una conversación tediosa puesto que los dos sabemos la verdad –contestó.

Hablaba en tono indiferente, pero la tensión de su cuerpo esbelto convenció a Jack de que no estaba tan serena como aparentaba. Eso le satisfizo. La noche en que lo había seducido, ella había estado al mando de la situación. Ahora era su turno.

–Mairi Rose –dijo–. Qué conveniente, tener un alias cuando hace falta.

Ella tensó los labios en la parodia de una sonrisa.

–Tengo tres nombres –dijo–. Mairi Rose Isabella.

Jack levantó las cejas.

–Aún mejor. Así puede elegir entre varios.

–No quería que me reconocieran –repuso Mairi con desdén, como si su engaño fuera algo insignificante.

Jack empezó a crisparse. Para él era una novedad que lo trataran como si careciera de interés, y aquella sensación no le agradaba.

–Eso saltaba a la vista –dijo–. El carruaje negro sin escudo de armas, el batallón de criados silenciosos, la casa secreta pero lujosa escondida en los callejones... –su ira seguía bullendo y sentía el deseo de provocarla–. Deduzco que tiene usted mucha práctica en lo tocante a seleccionar y seducir a sus amantes, lady Mairi.

Si el dardo le dolió, ella hizo caso omiso de su escozor.

–Lo lamento, si cree que lo utilicé –dijo con dulzura–. Pero un hombre de su reputación sin duda estará acostumbrado a encuentros fugaces.

–Aun así, prefiero saber la identidad de la mujer con la que estoy haciendo el amor –contestó Jack, cortante.

Ella sonrió.

–Creo que no se quejó en aquel momento, señor Rutherford –dijo, poniendo especial énfasis en su tratamiento, como si quisiera recordarle que lo superaba en rango pues era hija de un duque y él nada más que el hijo menor de un barón.

¡Qué demonios! Podía ser orgullosa, podía fingir que estaba fuera de su alcance, pero seguía siendo una libertina desprovista de moral, y él seguía deseándola.

–No me estoy quejando –respondió Jack–. No puedo negar que disfruté poseyéndola –había hablado con deliberada crudeza y vio que ella se sonrojaba.

No sintió remordimiento alguno. Era lo menos que se merecía por exhibir semejante desfachatez.

–Habría preferido que reconociera francamente sus deseos –añadió–. Pero el sexo en sí fue muy placentero. Me gustó que me dejara hacerle todo lo que quise. Es muy raro encontrar una mujer sin inhibiciones.

Vio que su expresión se tornaba altiva. No le agradaba que la tratara con tal falta de respeto. Bien, ahora ya sabía cómo se sentía él.

Avanzó por la sala, hacia ella. En cuanto se acercó, Mairi le dio la espalda. Jack tuvo la impresión de que a la menor oportunidad huiría de él, pero como se había colocado entre ella y la puerta, le había cortado el paso. Lo cual era una suerte, porque aún no había acabado con ella, ni de lejos.

Caminó a su alrededor. Ella mantuvo la cabeza agachada, de modo que solamente pudo ver sus pestañas oscuras, la curva de su mejilla y la línea firme y definida de su mandíbula y su garganta. Parecía extremadamente delicada. Su aire de vulnerabilidad era de lo más engañoso.

–¿Por qué me eligió aquella noche en Edimburgo? –preguntó con dureza–. Tuvo que haber una razón. ¿Cuál fue?

Ella lo miró fijamente.

–Lo siento –dijo–, pero parece usted hallarse en un error, señor Rutherford –sus ojos, oscuros como la medianoche, parecieron mofarse de él–. Cuando lo elegí en el baile, ni siquiera sabía que era usted –se detuvo el tiempo suficiente para que calara la afrenta–. Podría haber sido cualquiera.

Jack sintió un arrebato de pura furia, imposible de negar y difícil de explicar. Ella estaba llevando su descaro a nuevas cotas al afirmar que cualquier hombre le habría servido como amante aquella noche. Y su instinto le decía que estaba mintiendo.

La asió del brazo y la atrajo hacia sí de un tirón. A aquella distancia, sintió la dulce y esquiva fragancia que había atormentado sus noches. Oyó su respiración. No era firme y regular.

–No la creo –dijo–. Tenía que saber que era yo. Me eligió a propósito. Creo que me deseaba desde la primera vez que nos vimos y que su presunta virtud no era más que una impostura –no estaba seguro de si era el orgullo o su terco instinto lo que lo empujaba a insistir, pero estaba convencido de que no decía la verdad.

Si era una embustera, sin embargo, mentía a la perfección. Sus ojos tenían una mirada límpida y sincera. Se encogió de hombros.

–Que lo crea o no es cosa suya, señor Rutherford –dijo. De nuevo había una nota de burla en su voz–. Quizá tenga una opinión tan alta de sí mismo que se resiste a creer que no lo reconocí. Por lo que he podido observar estos últimos años, su arrogancia es tal que da por sentado que cualquier mujer ha de encontrarlo irresistible.

Touché.

De no haber estado tan enfadado, seguramente le habría parecido divertido que Mairi MacLeod lo conociera tan bien.

Aflojó la mano con la que sujetaba su brazo y la deslizó hasta su codo. Su piel era tersa y cálida y el reborde de encaje de su manga rozó levemente las yemas de sus dedos.

–Pero usted sí me encontró irresistible, lady Mairi –afirmó–. Aunque no conociera mi identidad –la atrajo hacia sí de modo que sus faldas tocaron sus muslos.

Estaba rígida por la tensión. Jack sintió cómo vibraba su cuerpo y vio cómo le latía el pulso en la garganta.

El deseo restalló entre ellos tan ardiente y repentino como una llama alimentada con yesca.

–Creo que me eligió porque me deseaba –prosiguió él en voz baja. Se inclinó hacia ella y le dijo al oído–: Quizá fuera tu instinto, quizá no te diste cuenta de lo que hacías, pero querías que fuera tu amante.

Por primera vez vio una expresión distinta en sus ojos y comprendió de inmediato que aquello era justamente lo que ella temía: que una compulsión profunda y arrebatadora la hubiera empujado a elegirlo entre todos los hombres que había en el baile de máscaras aquella noche. Durante una fracción de segundo pareció asustada. Luego, sin embargo, el desdén borró aquella emoción de su rostro y sus defensas volvieron a ocupar firmemente su lugar.

–No lo tenía por un romántico, señor Rutherford –comentó con ligereza– y lamento tener que hacer añicos de nuevo sus ilusiones, pero no creo que exista ninguna fuerza desconocida capaz de unir a dos personas. Eso es una bobada.

–¿No cree que el deseo sea una fuerza lo bastante poderosa como para atraer a dos personas la una hacia la otra? –preguntó Jack en tono burlón.

–Aquí lo único poderoso es su imaginación, señor Rutherford –replicó ella en tono gélido. Se desasió de su mano y se apartó de él con sumo cuidado. La seda de su vestido azul claro le rozó la pierna cuando pasó a su lado.

–Esa noche en Edimburgo no es producto de mi imaginación –repuso él–. Se abandonó por completo en mis brazos, sin reservas ni pudor alguno. Aunque usted misma ha reconocido que reacciona así con cualquier hombre con el que se acuesta.

Mairi se giró bruscamente, atajándolo con un gesto decidido. Por fin la había exasperado más allá de lo tolerable. Tenía las mejillas coloradas y sus ojos eran de un bellísimo y tormentoso tono de azul.

–Ya basta, señor –dijo–. Me está ofendiendo y sus comentarios sobre mi carácter y mi conducta no me interesan lo más mínimo. Es hora de que se marche.

Jack le sostuvo la mirada.

–No pueden ser las dos cosas, señora –afirmó–. O es una libertina que reparte sus favores indiscriminadamente o se siente atraída por mí en concreto y debería abandonar su presunta indiferencia. No creo que me haya dicho ni una sola cosa sincera esta tarde. Sea al menos franca en esto y reconozca que me desea.

Se miraron a los ojos, él con ardiente fiereza, ella con desafío. Jack nunca había deseado tanto aplastar las defensas de una mujer y obligarla a reconocer sus deseos.

Levantó una mano y apartó los mechones sueltos de su cuello. En cuanto la tocó, se quedó paralizada. Jack dejó que sus dedos se deslizaran suavemente hasta la base de su garganta. La sintió temblar. Fue un gesto leve, pero revelador, e hizo arder su sangre. La piel de Mairi comenzó a calentarse bajo su mano. Sintió latir una vena bajo sus dedos. Era tan suave, tan cálida, tan tentadora...

Se inclinó hacia ella hasta que sus labios quedaron solo a un par de centímetros de los de ella. Mairi había entornado los ojos, ahora de un azul brumoso. Jack rozó sus labios con los suyos en un beso suavísimo. Mairi sofocó un gemido. Él sintió su aliento en los labios y de pronto se apoderó de él el deseo de estrecharla entre sus brazos y besarla hasta perder el sentido.

Refrenó implacablemente aquel impulso, sin embargo, y la besó otra vez, un poco más profundamente, con más detenimiento. Ella entreabrió los labios y se aferró a los suyos, delatando una verdad que se había negado a expresar con palabras.

—Me deseas —afirmó él.

Sentía ahora una intensa tensión en la entrepierna. Se acordó de aquel viaje en carruaje por Edimburgo, se acordó de la expectación que había sentido, del deseo que había impulsado sus actos. La besó por tercera vez y le supo tan dulce como recordaba. Pasó la lengua por su labio inferior y la hundió en su boca, entrelazándola con la suya. Otro beso, fuerte e insistente esta vez y se sintió a un paso de perder el control, de apartar el ramo de rosas y tumbarla sobre la mesa bruñida para tomarla allí mismo.

—Estas tijeras están tan afiladas como una daga —dijo Mairi. Su voz sonó un poco ronca—. Apártese, señor Rutherford.

Jack tardó unos segundos en comprender lo que decía, y durante ese tiempo la presión de las tijeras no hizo sino aumentar, de modo que pensó que lo más sensato era obedecer. Levantó una mano y pasó un dedo por su filo cortante. Estaban, en efecto, extremadamente afiladas. Al igual que su mirada.

—Podría desarmarte —dijo. Sería muy fácil hacerlo con un giro de muñeca, pero sospechaba que Mairi MacLeod tenía otra arma oculta en alguna parte del salón y parecía dispuesta a utilizarla.

—Ha perdido usted el factor sorpresa —dijo amablemente—. Y también se ha excedido en su visita —se acercó a la puerta y la abrió—. Adiós, señor Rutherford.

No menos de tres lacayos vestidos de negro se acercaron para escoltarlo hasta la puerta. Evidentemente, habían estado esperando por si tenían que intervenir, a una señal de su ama. Tenían una expresión amenazadora, sobre todo el que no había logrado impedirle la entrada. Parecía creer que tenía algo que demostrar.

Jack, que se las había visto con hombres más impresionantes en lugares mucho más peligrosos que el salón de lady Mairi MacLeod, refrenó una sonrisa. Sopesó las ventajas de armar un revuelo y desechó la idea.

—Tienes todo un ejército —comentó, mirando de nuevo a Mairi—. ¿De qué tienes miedo?

Pensó por un momento que iba a negarse a contestar y que haría que lo pusieran de patitas en la calle sin más conversación.

—Soy una viuda rica —dijo ella pasado un momento—. Una viuda muy rica. Ha habido... —vaciló—. Amenazas de secuestro, para forzarme a contraer matrimonio. Y dado que no siento deseo alguno de volver a casarme, tengo escoltas para que me protejan.

–Compadezco al pobre necio que intente obligarte a casarte con él –repuso Jack–. Pareces muy hábil con las armas –la miró con insolencia, de la cabeza a los pies, y vio que ella se sonrojaba de nuevo por su impudicia. Levantó la barbilla.

–Quizá me vea tentada a empuñar alguna de nuevo –dijo– si no se marcha de mi casa inmediatamente.

Jack sonrió.

–De mí no tienes nada que temer, cariño –dijo–. Soy aún más rico que tú y no tengo intención de casarme, solo quiero acostarme contigo. Otra vez.

Le lanzó una sonrisa burlona antes de bajar tranquilamente la escalinata de entrada. Casi esperaba sentir cómo se clavaba una daga entre sus omóplatos, pero lo que oyó fue la puerta cerrándose de golpe a su espalda. Otro mozo vestido de negro lo esperaba en el camino de grava, sujetando su caballo. A través del arco que daba a los prados, vio que estaban preparando un coche de viaje, esta vez con el escudo del duque de Forres y las armas de los MacLeod entrelazados. Era el colmo del lujo, veloz y en perfecto estado, suficiente incluso para afrontar el pésimo estado de los caminos en las Tierras Altas. En efecto, lady Mairi estaba haciendo los preparativos para el viaje, y él no estaba incluido en ellos.

Una vez estuvieran en Methven, sin embargo, no podría esquivarlo. El castillo era enorme, pero la fiesta familiar les obligaría a verse, quisieran o no. De pronto se dio cuenta de que esperaba aquella visita con mucho más entusiasmo que la noche anterior. La estancia en la casa les ofrecería, además, numerosas oportunidades para hallarse a solas, y quería retomar su aventura con Mairi, deseaba saborear de nuevo el ardor y la pasión de su única noche juntos. La deseaba a ella, su fragilidad y su fuerza, las emociones feroces que escondía bajo su serena apariencia. Sabía que ella también lo deseaba. Se había traicionado al besarlo. Podía mentir, pero la reacción de su cuerpo no mentía.

Seguía estando, además, muy enfadado con ella por haberse fingido indiferente a él y luego haberlo seducido en secreto, por haber pasado una noche a su lado y haberlo desechado luego como si fuera un amante de pago. Reconoció aquella furia y le intrigó. No solía ser un hombre introspectivo, pero había algo en Mairi MacLeod que lo impulsaba a examinar sus propias reacciones y sus emociones como un poeta o un filósofo. Era ridículo y no le gustaba, pero aquella ira era inusitada. Él no solía ser rencoroso. No le interesaba la venganza. Por lo general olvidaba y seguía adelante. Al parecer, con Mairi MacLeod no había podido hacerlo.

Se encogió de hombros. Eso era fácil de resolver. Otra noche de éxtasis, esta vez conforme a sus condiciones, y estaría listo para olvidarla. Antes siempre le había funcionado. Su interés por una mujer rara vez sobrevivía a su íntimo conocimiento de ella.

Puso a su caballo al trote, levantando el polvo del camino. Lady Mairi MacLeod podía ser infiel e inmoral, pero él también lo era. En ese sentido eran tal para cual. No le cabía ninguna duda de que pronto volvería a hallarse en su cama.

Capítulo 4

Mairi estaba sentada ante su escritorio, con las cuentas de la casa desplegadas ante ella. Jack Rutherford se había marchado, pero el aire parecía vibrar aún con su presencia. Le era imposible concentrarse. Las columnas de números se emborronaban delante de sus ojos, lo único que veía era la cara de Jack y solo sentía el roce de sus labios contra los suyos. Lo había deseado muchísimo, y era consciente de que él lo sabía.

Maldito fuera.

En realidad no podía reprocharle que estuviera enfadado con ella, ni que la considerara una cualquiera por decirle conscientemente que cualquier hombre le habría servido como amante esa noche. Era la verdad pura y dura, pero ningún hombre podría haberla oído sin considerarla una fulana sin ningún pudor.

Dejando escapar un suspiro, dejó la pluma a un lado y se pellizcó el puente de la nariz para aliviar el dolor de cabeza que notaba detrás de los ojos. No entendía por qué se sentía atraída por Jack. Era completamente opuesto a su marido, Archie, que siempre había sido un hombre tierno y bondadoso. Sin embargo, desde el instante en que había entrado en el salón, había sentido vivamente su presencia, la vitalidad y la energía que irradiaba, y no había podido sustraerse al influjo de su paso cargado de aplomo y a la perfección de su cuerpo musculoso bajo las ropas ceñidas y bellamente confeccionadas.

No quería desearlo. Y sin embargo sentía como si en cierto modo la hubiera dejado marcada a fuego, de tal modo que sus sentidos lo anhelaban, ansiaban su sabor y su contacto. Le desagradaba enormemente saberse tan vulnerable ante él, pero no podía remediarlo.

En Edimburgo se había servido de Jack de la manera más impúdica para ahuyentar su sentimiento de soledad y melancolía. Esa noche había buscado a un hombre a fin de olvidar, aunque fuera solo por un rato, el peso abrumador de la responsabilidad que llevaba sobre los hombros y los secretos que guardaba. Y durante un tiempo le había funcionado: se había olvidado de todo en medio del éxtasis de las caricias de Jack y de las sorprendentes sensaciones que despertaba en su cuerpo. Tenía tan poca experiencia en cuestión de sexo... Ignoraba entonces que pudiera ser tan delicioso, no tenía ni la menor idea de que fuera así. Aquello no se había parecido lo más mínimo a los sonrojantes manoseos que había soportado al principio de su matrimonio con Archie MacLeod, cuando habían conseguido a duras penas consumar su unión.

Bien, desde luego su encuentro con Jack Rutherford había subsanado esa falta de experiencia. Apenas podía creer que hubiera actuado con tanto descaro, con tal falta de inhibiciones cuando había estado con Jack. Antes de aquello, gran parte de lo que sabía sobre sexo era solo teórico, extraído de los libros de la biblioteca de su padre.

Incluso ahora el recuerdo de las caricias de Jack la hacía sentirse acalorada y un tanto desfallecida. Se llevó las manos a la cabeza y dejó escapar un gemido. Deseaba a Jack con todas sus fuerzas. Quería conocer de nuevo el placer perverso que había experimentado en sus brazos. Pero era imposible. No podía ser.

Los chillidos de dos mirlos que reñían fuera, en la terraza, la sacaron de su ensimismamiento. Sacudiendo la cabeza con impaciencia, volvió a concentrarse en los papeles que tenía sobre la mesa. Era, sobre todo, correspondencia que Murchison, su secretario, ya había cribado y considerado lo bastante importante como para que Mairi la viera. Archie MacLeod no era el primogénito de su familia, pero a la edad de veintiún años había heredado una inmensa fortuna de su acaudalado padrino. Estaban las dos casas de Edimburgo, la casa de campo a las afueras de la ciudad donde Mairi residía ahora y el castillo de Noltland, en la parte este de las Tierras Altas, cerca de la localidad de Cromarty. Había dinero en bonos e inversiones. Había asignaciones de beneficencia y una docena más de negocios y obras filantrópicas. Y Archie se lo había legado todo a Mairi en su testamento.

La correspondencia de ese día incluía informes de los fideicomisarios de las distintas obras de beneficencia fundadas por su marido. Aunque su fortuna sobrepasaba con mucho los sueños del mayor de los avaros, su generosidad había sido igual de grande. Había tenido el afán de utilizar el dinero para hacer el bien; había asilos para ancianos indigentes, un orfanato, un hospital contra el cólera... un número tal de buenas obras que a Mairi le daba vueltas la cabeza cada vez que intentaba mantenerse al día de todas ellas. Pero ahora era la guardiana de la herencia de Archie y tenía que estar a la altura de ese privilegio: debía continuar sus buenas obras.

Al fondo del montón había una última carta, escrita

en árida terminología legal. Era de Michael Innes, el heredero de la baronía de los MacLeod. Mairi la leyó una primera vez con cierto descuido y una segunda con creciente irritación. Afirmaba que Innes iba a presentar una demanda ante los tribunales para demostrar que Mairi no estaba cualificada para hacerse cargo del patrimonio del difunto Archibald MacLeod. Decía tener pruebas de su mala administración y de su inmoralidad personal. Estaba dispuesto a presentarla ante los tribunales y solicitar que los bienes de Archibald MacLeod pasaran a ser de su propiedad.

Mairi dejó caer la carta sobre el escritorio. No era la primera vez que Michael Innes amenazaba con llevarla a los tribunales. Había rechazado desde el principio las disposiciones testamentarias y siempre había insistido en que su herencia debía quedar incorporada al mayorazgo de los MacLeod porque creía firmemente que era imposible que una mujer administrara un patrimonio tan enorme sin las directrices de su marido. Mairi sabía que actuaba movido por el despecho y la avaricia. Pero un renglón del final de la carta llamó su atención y se detuvo a releerlo por tercera vez.

Puede estar segura de que no vacilaré en sacar a la luz antiguos escándalos en pro de la verdad.

Un estremecimiento de inquietud recorrió su espalda. Se frotó los ojos. Los notaba secos y rasposos. Le pesaba la cabeza como si la tuviera llena de arena. Intentó pensar.

No vacilaré en sacar a la luz antiguos escándalos...

Su suegro se había tomado muchas molestias para que esos escándalos no llegaran a revelarse nunca. Le costaba creer que Michael Innes supiera algo de ellos. Nadie lo sabía. Solo ella y lord MacLeod conocían toda la verdad. O eso pensaba ella. Pero ese era el problema de los secretos: que nunca se podía estar completamente seguro de que estuvieran a salvo.

De pronto le dolió tanto la cabeza que tuvo que morderse el labio. No sabía qué hacer. No tenía a nadie con quien compartir su carga, más que lord y lady MacLeod, pero Archie les había destrozado la vida tan eficazmente como había destrozado la suya, y no había ni un solo instante en que Mairi no intentara compensarles por ello.

Dudó un minuto. Luego empuñó la pluma. Sabía que tenía que escribir a su suegro para hablar de la nueva amenaza de Innes. No podía ocultárselo. Se sintió asqueada al empezar a redactar la carta. El viejo señor estaba demasiado frágil y enfermo para preocuparse por esos asuntos, pero Mairi necesitaba su sabio consejo y no podía confiar en nadie más.

Un momento después llamaron a la puerta y entró Frazer con una bandeja de plata cargada de comida. Mairi apartó sus papeles y el mayordomo colocó la bandeja con cuidado sobre el escritorio. Sus gestos eran precisos y ordenados.

–He pensado que le vendría bien un refrigerio, señora –dijo.

–Gracias –repuso Mairi con una sonrisa–. Así es. Estas cuentas me dan dolor de cabeza.

–Como tratamiento para recuperarse de la impresión, quería decir, señora –añadió Frazer.

–Ah –la sonrisa de Mairi se hizo más amplia al ver el semblante austero de Frazer.

El mayordomo era un presbiteriano estricto y jamás vacilaba en hacerle notar su desaprobación. Mairi sospechaba que, a su modo de ver, mantenerla en la senda recta formaba parte de sus deberes.

—Deduzco que te refieres al señor Rutherford —dijo—. Me temo que mis pecados han venido a mi encuentro.

—Eso parece, señora —contestó Frazer sin un asomo de sonrisa—. Lamento mucho que Murdo, Hamish y Ross hayan oído al caballero referirse a los excesos carnales que compartió con usted.

—Lo has expresado con mucha elegancia, Frazer —comentó Mairi—. Pero puesto que Murdo conducía el carruaje esa noche y Hamish y Ross eran los mozos, no me cabe duda de que ya estaban al tanto de mi depravación moral. Gracias por el té, me hacía falta —añadió—. Eres muy considerado.

El semblante del mayordomo se relajó ligeramente.

—Murdo me ha pedido que le pida disculpas en su nombre, señora —dijo—. Lamenta muchísimo no haber podido impedirle la entrada al señor Rutherford.

—No es culpa suya —contestó Mairi. Puso miel en su té, lo removió y dejó la cucharilla pensativamente—. Sospecho que el señor Rutherford hace siempre lo que le place.

—En efecto —dijo Frazer—. Un hombre peligroso, señora —hizo una reverencia y salió, cerrando la puerta con cuidado exagerado.

Mairi tomó su taza y se acercó a los ventanales abiertos que daban a la terraza. Más allá de una corta escalinata se extendían los jardines, y más allá aún Mairi podía divisar el brillo plateado del mar iluminado por el sol. El día de julio era caluroso. Soplaba solo una brisa suavísima que agitaba su pelo. Si el tiempo seguía así un par de semanas, haría un día precioso para el bautizo en Methven. Sería muy violento para ella verse obligada a ver de nuevo a Jack Rutherford, pero le pediría a Lucy una habitación lo más alejada posible de la suya. Era de dominio público que Jack y ella no se tenían simpatía. Lucy no vería nada de raro en su petición.

Apuró su taza. Sus pensamientos derivaron de nuevo hacia asuntos familiares, y se preguntó si Lucy estaría encinta otra vez. Si Lucy y Robert tenían gran cantidad de hijos, tendría que viajar cada año a Methven para tomar parte en diversas celebraciones familiares, tales como bautizos, cumpleaños y hasta matrimonios, a su debido tiempo. Se estremeció al pensarlo. Odiaba las reuniones familiares, odiaba que le recordaran su soledad y su condición de viuda sin hijos. Siempre había ansiado tener familia propia y la falta de hijos era como un espacio hueco en su vida, una herida dolorosa que podía ignorar, pero que nunca sanaría del todo.

Dejó la taza con un tintineo sobre la mesita de cerezo, junto a la puerta. Con el tiempo, era probable que Jack también llevara a su mujer y a sus hijos a futuras celebraciones. A pesar de sus protestas, todo hombre quería tener una esposa, o al menos un heredero. Mairi notó un vacío en la boca del estómago. No habría ningún niño que heredara Ardglen, o Noltland, o la fortuna de Archie, ni aunque consiguiera salvarla de las avariciosas manos de Michael Innes.

Para distraerse, salió a la terraza y fue a apoyarse en la balaustrada caldeada por el sol. El aire iba cargado de olor a rosas y madreselva. El sol le daba con fuerza en la cara. Reinaba un gran silencio, salvo por el ligero tintineo de los arneses y el sonido de voces lejanas procedentes de los establos. Por un instante sintió que el tiempo había retrocedido y le pareció que de un momento a otro vería a Archie acercándose a ella con una sonrisa mientras cruzaba el camino de grava, con sus ropas viejas de jardinero, tostado por el sol y sacudiéndose el polvo de las manos. Mairi siempre le había tomado un poco el pelo por emplear a varios jardineros y preferir, aun así, hacer el trabajo él mismo. Nunca era tan feliz como cuando estaba al aire libre.

El silencio se prolongó, ensordecedor. Nada se movía en los jardines en calma. Era un silencio acechante, como si alguien estuviera observando, como si estuviera a punto de suceder alguna cosa. Mairi se sintió extraña, tan mareada como si hubiera tomado demasiado el sol.

La soledad la asaltó tan de repente y con tanta violencia que por un instante le pareció que se había puesto el sol. Ya no sentía su calor, ni la aspereza de la piedra bajo sus manos. Era aterrador.

–¿Señora?

No se dio cuenta de que Frazer había salido a la terraza hasta que el mayordomo carraspeó con fuerza. Entonces se volvió y procuró componer una sonrisa. Le pareció forzada y temblorosa, y notó el picor de las lágrimas en los ojos y cerrándole la garganta. Luchó desesperada por dominarse.

–Hamish me ha pedido que le diga que ya está preparado el carruaje para su viaje a Methven mañana, señora –anunció Frazer–. Estaremos todos listos para partir en cuanto lo esté la señora.

Lo que había dicho era de lo más corriente, pero Mairi tuvo que hacer un esfuerzo por comprender sus palabras.

–Gracias –contestó. Su voz sonó de pronto ronca–. Por favor, dile a Hamish que estaré lista a las siete.

–Desde luego, señora –Frazer hizo una reverencia–. Y el señor Cambridge ha venido a verla –añadió.

«Maldita sea».

Mairi pestañeó. Le horrorizaba la idea de que Jeremy

Cambridge hubiera ido a verla en aquel momento, cuando se sentía tan desdichada. Si no tenía cuidado, acabaría echándose a llorar delante de él y eso sería una catástrofe en más de un sentido.

–¿Quiere que le diga que está indispuesta? –preguntó Frazer con delicadeza, quedándose junto a la puerta de la terraza.

–No –Mairi se aclaró la garganta–. No, gracias. Si me voy a Methven mañana, no tendré tiempo de hablar con él. Pero, Frazer... –levantó la barbilla–. Por favor, espere un momento para hacerle pasar.

El mayordomo asintió con un gesto.

En cuanto desapareció, Mairi se fue derecha al espejo que colgaba a la derecha de la chimenea y observó su reflejo. No estaba tan mal como pensaba, pero sus ojos parecían tensos y brillantes, y tenían unas arrugas en las comisuras que habría jurado que antes no estaban allí. Con un suspiro, se puso un rizo suelto debajo de la cinta que adornaba su pelo y se volvió para mirar hacia la puerta.

Cuando anunciaron a Jeremy Cambridge, estaba de pie detrás de su escritorio. Le pareció que necesitaba aquella barrera física. Y no porque temiera a Jeremy. No había nada de amenazador en él, ni remotamente. Su padre, el antiguo administrador de lord MacLeod, había ambicionado que sus hijos se elevaran en el escalafón social y había mandado a Jeremy a la universidad y a su hermana Eleanor a un internado. Jeremy era ahora un respetado banquero en la ciudad de Edimburgo y se encargaba, entre otras cosas, de administrar los negocios de la familia MacLeod. Era un hombre grandullón, serio y formal. Constante. Absolutamente de fiar. Mairi se descubrió pensando que era todo lo contrario a Jack Rutherford. Carecía por completo del espíritu indomable y el aire de peligro de Jack.

—Lady Mairi —se conocían desde hacía años, pero Jeremy siempre la trataba con el mayor respeto. Le tendió la mano para estrechar la suya—. Pasaba por aquí y se me ha ocurrido llamar por si acaso estaba en casa. Espero que se encuentre bien.

—Mi salud es perfecta —dijo Mairi—. No hacen falta tantas formalidades, Jeremy. ¿Le apetece una taza de té?

Vio que se relajaba. Sus ojos grises se suavizaron.

—Desde luego, si dispone usted de un rato. Frazer me ha dicho que se marcha a Methven mañana. ¿Irá a visitar a lord y lady MacLeod aprovechando el viaje?

Mairi hizo un gesto de asentimiento.

—Esa es mi intención, sí. Espero que lady MacLeod se encuentre lo bastante bien para recibirme.

Lord MacLeod ya habría recibido su carta para entonces. Se quedó callada, jugueteando con la idea de hablarle a Jeremy de la última amenaza de Michael Innes y enseguida descartó la idea. Primero necesitaba hablar con su suegro. Jeremy ignoraba los secretos de Archie, y convenía que siguiera siendo así. Además, ella también tenía su vanidad, y aunque conocía bien a Jeremy, no le apetecía hablar con él acerca de lo que Innes llamaba su «degradación moral».

Esperó mientras Frazer, anticipándose a sus órdenes, metía la bandeja del té en el saloncito y la colocaba a su lado, en la mesa, junto al sofá de rayas doradas. Luego se sentó. Jeremy, que había estado esperando a que tomara asiento, se acomodó enfrente, con el cuerpo vuelto hacia ella de la manera más atenta. Mairi tensó los labios. Jeremy era tan considerado... Nunca estaba segura de si la admiraba a ella o a su fortuna. Otro rostro se alzó en su mente, fuerte, misterioso y nada caballeroso. Sintió la presión de los dedos de Jack en su muñeca, oyó el timbre grave de su voz y sintió el roce de sus labios. Le temblaron los dedos. La cucharilla que tenía en la mano chocó con un lado de la tetera.

–¿Va todo bien? –inquirió Jeremy.

–Por supuesto –Mairi sintió que su cara se encendía. Mantuvo la mirada apartada de él y se entretuvo sirviendo el té, añadiendo leche y pasándole la taza–. ¿Hay alguna novedad de interés? –preguntó–. Llevo tanto tiempo aquí, en Ardglen, que no me he enterado de los últimos chismorreos del mundo exterior.

Jeremy puso mala cara, como si acabara de hacerle justamente la pregunta que más deseaba evitar.

–No hay grandes noticias –dijo evasivamente.

–¿Nada de Edimburgo? –insistió Mairi.

Algo cambió de nuevo en los ojos de Jeremy. Apartó la mirada de ella.

–No hay mucho que contar –masculló.

Qué raro. Siempre había noticias de Edimburgo, incluso en verano, cuando la alta sociedad permanecía tranquila y mucha gente estaba en sus casas de campo. Mairi esperó, pero Jeremy no dijo nada más. Se limitó a apurar su taza de un trago. Había hecho caso omiso de las galletas preparadas por la cocinera y de pronto parecía arder en deseos de marcharse.

Había sido la mención a los chismorreos de Edimburgo lo que le había puesto en aquel estado. Mairi sintió un vago hormigueo de alarma. Se preguntó si estarían hablando de ella. Normalmente no era tan engreída como para dar por sentado que estaba en boca de todos, pero al relacionar la actitud de Jeremy con la carta amenazadora de Michael Innes, notó en la boca el sabor amargo del miedo.

¿Se había enterado Innes de algún modo de que había pasado una noche con Jack? ¿Lo sabía todo el mundo?

Añadió más miel a su té y se lo bebió de un trago, intentando apaciguar el aleteo del pánico. No era la primera vez que el heredero de los MacLeod profería aquellas horribles amenazas. Y no había razón alguna para suponer que ahora tenía más pruebas que en el pasado.

Miró a Jeremy, que estaba observando atentamente el dibujo de la alfombra turca. Las puntas de sus orejas se habían vuelto de un color rosa brillante y parecía estar ardiendo.

Sabía algo, Mairi estaba segura. Y si Jeremy había oído habladurías, las habría oído todo el mundo. Su corazón dio un pequeño vuelco. No se disculparía ante nadie por la noche que había pasado con Jack Rutherford, pero no quería que fuera la comidilla de todo Edimburgo. Sería terriblemente humillante. Siendo viuda, se le permitía cierta laxitud de comportamiento, pero le repugnaba pensar que su reputación estuviera siendo puesta en entredicho y que todo el mundo se creyera con derecho a diseccionar su modo de proceder. No le había pasado nunca antes.

Pero quizá debería haberlo pensado antes de lanzar la precaución al garete y disfrutar de una noche de pasión salvaje con Jack.

—¿Más té, Jeremy? —preguntó, echando mano de la tetera. Solo podía confiar en que los rumores se extinguieran mientras estaba fuera de la ciudad. Su ausencia sin duda los dejaría sin combustible con el que arder. O eso esperaba ella.

—No, gracias —Jeremy se levantó de un salto.

Mairi estaba en lo cierto: de pronto ardía en deseos de marcharse. Le tendió una mano, tomó la suya y se la apretó con fuerza. Era demasiado cortés para desasirse de ella, así que se quedó allí como un colegial avergonzado en el despacho del director.

—Jeremy —dijo—, si hubiera algo que yo deba saber, me lo diría usted, ¿verdad?

Pareció nervioso.

—¿Está hablando la gente de mí? —preguntó Mairi.

Él no contestó directamente.

—No es nada —dijo, y tragó saliva—. Ahora veo... —le lanzó una mirada rápida y furtiva—. Ahora veo que son tonterías.

—¿El qué? —insistió Mairi, desconcertada.

Esta vez, Jeremy se pasó un dedo por el cuello de la camisa.

—No es nada —repitió—. Solo bobadas.

Mairi comprendió que, a no ser que lo torturara, no conseguiría sonsacarle nada. Suspiró.

—Entonces le deseo un buen viaje de vuelta a casa, Jeremy. Confío en volver a verlo pronto.

Pareció aliviado. Su mirada se enterneció al posarse en ella. Tomó de nuevo su mano.

—Y yo confío en que su viaje a Methven sea de su agrado —vaciló—. Pero, cuando pase el bautizo, creo que quizá debería regresar a Edimburgo.

Mairi levantó las cejas.

—¿Sí? Tenía pensado ir primero a Noltland.

Jeremy apretó la mandíbula con obstinación.

—Sería preferible que fuera a Edimburgo. Tiene que dejarse ver en sociedad, o parecerá que se esconde en el campo —besó su mano con más fervor del que esperaba ella—. Lady Mairi... —dijo con emoción contenida.

—¿Sí? —confió en que no fuera a declarársele. No quería herir sus sentimientos, pero para ella sería siempre un amigo, jamás podría verlo como otra cosa.

La atenazó la culpa. Se había apoyado mucho en él después de perder a Archie. Confiaba en que no hubiera malinterpretado su amistad.

–Adiós, querido Jeremy –dijo, y se puso de puntillas para besarlo en la mejilla–. Usted sabe cuánto valoro su amistad.

Él se sonrojó enternecedoramente y estuvo a punto de tropezar con el borde de la alfombra al dirigirse a la puerta. Dijo entre tartamudeos que se verían en Edimburgo dentro de un mes y salió al vestíbulo, donde Mairi oyó como Frazer lo ayudaba a ponerse el abrigo.

El silencio volvió a inundarlo todo. Pronto regresaría Frazer para recoger las tazas y Jessie, su doncella, iría a hablarle del equipaje para su viaje. No debería haberlo dejado para tan tarde, sabiendo que pasaría al menos un mes fuera de casa. Tan solo el viaje le llevaría más de una semana. Methven estaba en la costa noroeste y tenía que hacer varias visitas por el camino.

Una parte de su ser lamentaría dejar Ardglen justo cuando empezaban a florecer las rosas. Siempre le recordaban a Archie. Había sido su amigo desde la infancia y lo echaba muchísimo de menos. Salió a la terraza de nuevo, bajó lentamente los escalones cubiertos de musgo y echó a andar por el pulcro sendero de grava, hacia el lugar donde la rosaleda dormitaba dentro de sus paredes de ladrillo color miel.

Otra parte de ella, en cambio, la parte que temía la soledad, ansiaba partir hacia Methven inmediatamente, pero las sombras empezaban a alargarse y la tarde a convertirse en noche. Sería mejor esperar hasta la mañana y salir temprano. Cuando pasara el bautizo, viajaría a Noltland pese al consejo de Jeremy y regresaría luego a Edimburgo para pasar allí la temporada invernal. Después se iría a pasar la Navidad a casa de su padre, en Forres. Le gustaba tener planes. Lo necesitaba. Daban solidez a su vida, una vida que a veces le parecía peligrosamente vacía, por más quehaceres que le diera la herencia de Archie. Tenía que seguir moviéndose, seguir viajando, mantenerse ocupada, para escapar de las tinieblas.

Capítulo 5

Era ya de noche cuando el carruaje entró en el patio de la posada de Inverbeg, a orillas del lago Lomond. Mairi llevaba doce horas en la carretera y estaba cansada y agarrotada por el viaje. Se alegró de ver los faroles encendidos en la puerta de la posada y de saber que Frazer había reservado con antelación una alcoba y un saloncito privado.

Pero cuando el mayordomo se acercó corriendo para ayudarla a salir del carruaje, se le hizo evidente que había algún problema.

—Perdone la señora —dijo—, pero solo hay un salón privado y ya está ocupado.

Mairi levantó las cejas.

—¿Por quién?

—Por su marido, señora —el posadero, un hombre nervioso y flaco, de tez macilenta y mirada inquieta, había seguido a Frazer y se había detenido junto al carruaje—. Llegó hace cosa de media hora y preguntó por el saloncito privado. Cuando le dije que lo tenía reservado para usted, me aseguró que no había ningún problema puesto que era su marido, que se había adelantado por la carretera. Ha pedido la mejor comida que hay en la casa.

Su marido.

A Mairi no le costó adivinar a quién encontraría en el salón privado. Jack Rutherford. Sintió que un hormigueo de hostilidad recorría su piel. ¡Qué desfachatez la suya, hacerse pasar por su marido! Quizá lo hubiera hecho únicamente por provocarla porque se había negado a que la acompañara a Methven, o porque, demostrando una arrogancia aún más pasmosa, daba por sentado que retomarían su aventura durante el viaje. En cualquier caso, iba a ponerlo en su sitio.

El posadero los miraba a ella y a Frazer con desconcierto.

—Lo siento, señora. Si hay algún problema...

—No, ninguno, posadero —intervino Frazer, y se volvió hacia Mairi—. Si la señora tiene la bondad de esperar en el carruaje, iré a tratar con el caballero.

Mairi se recogió las faldas con una mano y se apeó.

—Trataré con él yo misma —dijo.

Frazer pareció alarmado.

—Pero, señora, podría ser peligroso...

Mairi le sonrió y le dio unas palmaditas en el brazo. Pagaba a Frazer y a sus hijos para que la protegieran, pero quería enfrentarse a Jack por sus propios medios.

—Descuida —dijo—. Dudo que haya peligro. Puedes esperar en el pasillo. Te llamaré si necesito emplear la fuerza bruta.

El posadero pareció indignado y masculló que no había razón para liarse a puñetazos y que su posada era un establecimiento respetable. Una palabra de Frazer y el brillo de una moneda de plata lo convencieron de que debía callarse y llevarlos dentro.

La posada estaba, por suerte, bien caldeada y era muy ruidosa. De la taberna salía un tumulto de voces. Una neblina de humo de tabaco se colaba por debajo de la puerta y reinaba un denso olor a cerveza, bajo el que se distinguía un aroma delicioso a carne asada. El posadero condujo a Mairi por un estrecho pasillo empedrado, cuyas paredes encaladas estaban decoradas con una variopinta colección de espadas y puñales. Podían ser de utilidad si Jack se ponía difícil.

La puerta del saloncito privado estaba entornada y por ella salía el murmullo de una conversación. Mairi la empujó hasta abrirla de par en par.

Jack Rutherford estaba sentado en un gran sillón de orejas, con los pies sobre la mesa, tostándose las botas delante del fuego. Se había quitado la chaqueta y aflojado la corbata, y a la luz dorada de las llamas tenía un aspecto leonino, indolente y apuesto. A su lado, sobre la mesa, había un plato con restos de una empanada de venado. Una moza de enormes pechos, realzados por una camisa fina y escotada, le estaba llenando la copa. Estaba muy cerca de él y se reía por lo bajo mientras servía el vino. Parte del líquido salpicó la manga de Jack, y la muchacha comenzó a secarlo torpemente con su delantal, riéndose aún más. Jack la observaba con los ojos entornados y un brillo divertido en la mirada.

La corriente que entró por la puerta abierta hizo sisear el fuego y oscilar las llamas de las velas. Jack levantó la vista. El buen humor de su mirada pareció extinguirse y entornó los párpados, fijando en ella una mirada inquietante. Posó los pies en el suelo y se levantó sin prisa, esbozando una reverencia. Mairi supuso que debía dar gracias por que se hubiera dignado a moverse siquiera. Avanzó hasta el centro de la habitación, se quitó los guantes y dejó su bolso en el asiento de la silla que había frente a Jack.

–¡Ah, mi esposo errante! –dijo con frialdad–. ¿Buscando ya una amante mientras me esperas?

Jack sonrió, una sonrisa perversa cargada de desafíos. Volvió a sentarse.

–Si me dieras una bienvenida más cálida, cielo mío, tal vez no tendría que buscar en otra parte.

–Tú siempre buscarías en otra parte –replicó ella–. Es usted un libertino, señor mío. Jamás esperaría fidelidad de ti. Si la quisiera, me compraría un perro –intentó despojar de amargura su voz, pero sabía que era demasiado tarde. Jack se había dado cuenta. Había entornado los párpados, pensativo.

La moza se acercó bruscamente, intentando recuperar la atención de Jack.

–No me había dicho el señor que estaba casado –dijo en tono de reproche.

Se retorcía las manos con el delantal, una maniobra que, según vio enseguida Mairi, tiraba del cuello de su camisa, bajando aún más el escote. A Jack, sin embargo, no pareció costarle mantener la mirada apartada de los pechos que se agitaban casi al nivel de sus ojos. Sostenía en los dedos la copa medio vacío y observaba a Mairi con expresión meditabunda. No apartó la mirada de ella ni un segundo.

–Lo he olvidado –murmuró.

–Qué raro –añadió Mairi ácidamente–, teniendo en cuenta que hace apenas media hora que le has dicho al posadero que estamos casados.

–Tengo una pésima memoria, es un fastidio –comentó él.

–A juego con tu pésima moral e igual de fastidiosa –contestó Mairi con dulzura. Recorrió la habitación con la mirada, se fijó en sus profundos sillones y en las cortinas de terciopelo corridas, y volvió a clavarla en Jack, que se había arrellanado de nuevo en el sillón–. Se acabó la farsa, señor mío –dijo–. ¿Acaso era demasiado mísera la taberna para su gusto? ¿O es que lleva los bolsillos vacíos? ¿Por eso ha decidido fingir que estamos casados? ¿Para que yo pague la cuenta?

–Ha sido todo por el placer de tu compañía, amor mío –repuso Jack, y sus ojos brillaron, burlones–. Disfruto tanto de tu conversación... Es tan estimulante...

Mairi se aflojó la capa y se la colgó del brazo. El salón estaba bien caldeado y se sentía cada vez más acalorada bajo la serena mirada verde de Jack. Se sentía como si pudiera despojarla de todas las defensas que con tanto esmero había construido a lo largo de los años. Sus ojos, agudos y vigilantes, veían mucho más de lo que ella quería que vieran.

Le dio la espalda y se dirigió al posadero.

–Querría un poco de estofado de ternera y una copa de vino, si hace el favor –lanzó una mirada a la mesa–. Me acabaré esa botella que ha empezado mi marido... –miró a Jack un instante–. A no ser que desee bebérsela entera él solo.

–Estaba bebiendo agua –dijo Jack–, pero, si es de tu agrado, la compartiré encantado contigo.

–¿Agua? –Mairi se quedó mirándolo, olvidando por un momento su antagonismo. Era tan incongruente... Habría jurado que solo bebía el mejor brandy y el mejor clarete.

Jack se encogió de hombros. Parecía un tanto incómodo.

–Cabalgar da mucha sed –dijo con desdén, y, sin embargo, Mairi tuvo la impresión de que había mucho más detrás de aquellas palabras. Más de lo que estaba dispuesto a admitir. Pasado un momento, levantó las cejas inquisitivamente y ella se sonrojó al darse cuenta de que seguía mirándolo.

–Posadero –dijo apresuradamente–, tenga la bondad de llevarme a mi alcoba y de ordenar que me suban agua caliente para lavarme –se detuvo al asaltarla una idea inquietante y se giró para mirar de nuevo a Jack–. Confío en que no se haya instalado también en mi dormitorio, señor.

Los ojos de Jack brillaron con un destello malévolo.

–Era una idea tentadora –contestó tranquilamente, bajando la voz varios tonos, y Mairi sintió que acariciaba sus sentidos como áspero terciopelo–. Pero estaba esperando a que me invitaras, querida.

Una oleada de ardor invadió a Mairi, difundiéndose por sus venas. Se le aflojaron las rodillas y estuvo a punto de dejarse caer en el sillón. Solo en el último instante se dio cuenta de que no estaban solos y de que debía darle una bofetada, no precipitarse en sus brazos.

–Entonces tendrá que esperar mucho tiempo –contestó–. Le sugiero que se busque una habitación propia. Así al menos tendrá espacio suficiente para usted y su descomunal opinión de sí mismo –le lanzó una sonrisilla impasible.

Estaba orgullosa de aquella sonrisa. Era diametralmente opuesta a lo que sentía en su fuero interno.

–Le agradecería que se hubiera ido cuando regrese –añadió–. Frazer... –se volvió hacia el mayordomo–. Por favor, acompaña al señor Rutherford a la parte más alejada de la posada...

–No necesito escolta –murmuró Jack–. Yo solo puedo encontrar el camino –se levantó, agarró su chaqueta del respaldo de la silla y se la echó sobre el hombro. Esbozó otra reverencia cargada de burla y añadió–. A sus pies, señora.

El posadero, que se rascaba la cabeza asombrado por las excéntricas costumbres de la aristocracia, condujo a Mairi por la ancha escalera de la posada, hasta el descansillo, y le indicó la tercera habitación a la derecha. Era una alcoba grande y bien amueblada, y las bolsas de viaje de Mairi esperaban ya junto a la cama. Jessie, su doncella, una muchacha menuda y de piel atezada, la menor de los diez hijos de Frazer, estaba ocupada deshaciendo las maletas y sacudiendo un vestido para el día siguiente.

Mairi se dejó caer bruscamente al borde de la cama. Se dio cuenta de que temblaba un poco y no supo bien por qué. Podía vérselas con Jack Rutherford. Podía vérselas casi con cualquier cosa. Era algo que había aprendido de su matrimonio y de sus escandalosas consecuencias.

Jessie no paraba de parlotear, lo cual era una suerte porque la distraía. A diferencia de su padre, la muchacha no era nada severa, ni taciturna.

–No está tan mal, esta posada –comentó–. Por lo menos está limpia y es cómoda.

–La clientela, en cambio, deja mucho que desear –murmuró Mairi.

–He oído decir que hay alojado un caballero muy fino –Jessie siempre se enteraba de las novedades–. Un primo de lord Methven. Rico y muy guapo, dicen. Las chicas de la cocina están locas por él.

–Estoy segura de que le alegrará saberlo –comentó Mairi.

Jessie se quedó mirando soñadoramente a lo lejos, con su vestido olvidado entre las manos.

–Dicen que hizo fortuna en la India –añadió–, comerciando con especias y esas cosas.

–Fue Canadá –repuso Mairi con un suspiro–, comerciando con madera –no sabía gran cosa sobre el pasado de Jack, pero sabía que se había hecho rico antes de cumplir los veinticinco y que había agrandado su fortuna al regresar a Escocia, importando géneros de lujo a través del puerto de Leith.

–Dicen que es un espadachín experto y un donjuán de armas tomar... –Jessie paladeó la palabra «donjuán» fervorosamente–. Y que tiene una finca enorme por la carretera de Glen Calder.

–Todo lo cual lo hace prácticamente irresistible –comentó Mairi con sarcasmo–. ¿Eso que estás estrujando en mi vestido amarillo de muselina?

Jessie bajó la mirada.

–Uy, sí. Pediré que se lo planchen antes de mañana, señora.

–Gracias –repuso Mairi.

Cuando regresó al salón, habían avivado el fuego y le habían servido una copa de clarete. La misma sirvienta, malhumorada esta vez, le llevó un plato de estofado. De Jack Rutherford no había ni rastro. Mairi sabía que debía alegrarse, y así era. Pero también sentía un atisbo de desilusión, y era eso lo que más le preocupaba.

Después de cenar no se quedó en el salón, sino que salió al pasillo con intención de retirarse a su alcoba a leer. Estaba un poco aturdida por el cansancio y por el excelente vino tinto, y se detuvo al pie de la escalera, agarrándose al poste para sostenerse en pie. La puerta de la taberna estaba entreabierta y echó un vistazo dentro. Entre la neblina de humo y la gente apretujada, distinguió a Jack Rutherford. Estaba sentado a una mesa, a la izquierda del fuego, jugando a las cartas con otros tres hombres. Tenía delante de sí un jarro. Mairi se preguntó si también contenía agua o si Jack se había pasado a algo más fuerte.

Mientras lo miraba, se oyó rugir al gentío. Jack había ganado la partida. Varios hombres le dieron palmadas en la espalda y él sonrió y se llevó la jarra de peltre a los labios. Mairi vio moverse su garganta al tragar. Después dejó la jarra vacía en la mesa y pidió otra ronda para todo el mundo, una muestra de liberalidad que fue recibida con otro rugido de aprobación. Tenía junto al codo un montoncito de monedas de plata, mucho mayor que el de los otros jugadores. Recogió un puñado de monedas y se las entregó al posadero a cambio de los nuevos jarros de cerveza que ocuparon casi por completo la mesa. Mairi sintió una punzada de envidia al contemplar la bulliciosa reunión. Jack era bien recibido en la taberna, con su distendida camaradería, y ello no se debía únicamente a su dinero.

Una moza de la posada pasó a su lado murmurando una disculpa. La puerta de la taberna chirrió un poco al abrirse y Jack levantó la vista de sus naipes. Los ojos de ambos se encontraron un instante. Después, los de él brillaron con una chispa burlona. Levantó su jarra hacia ella como si brindara a su salud. Mairi subió a toda prisa la escalera, furiosa consigo misma por haber dejado que la sorprendiera espiándolo.

No volvió a ver a Jack esa noche y se quedó dormida rápidamente, acunada por el suave fragor de las olas en la orilla del lago. Cuando se despertó para desayunar, Jack ya había emprendido la marcha hacia Methven. El señor Rutherford iba a caballo, le informó la sirvienta. Su equipaje iba detrás, en un carro. Eso significaba que tardaría mucho menos que ella en llegar, y Mairi dio las gracias por no tener que alojarse noche tras noche en las mismas posadas que Jack.

Cuando Frazer salió de la posada y se acercó al carruaje, tenía una cara tan larga y sombría como un día de lluvia en Edimburgo.

–¿Se puede saber qué pasa? –preguntó Mairi mientras el mayordomo guardaba su bolsa en la caja fuerte debajo de su asiento.

Su boca se torció hacia abajo aún más que de costumbre.

–El posadero no acepta dinero por nuestra estancia –dijo–. La cuenta ya está pagada.

Le pasó una nota.

Mairi no había visto nunca la letra de Jack Rutherford, pero no le costó adivinar a quién pertenecía aquella caligrafía descuidada. *Un caballero siempre paga*, decía la nota.

Mairi la dejó caer sobre el asiento, a su lado. Se acordó de que la noche anterior había provocado a Jack, después de que él se apropiara de su salón. Recordó que le había dicho que deseaba las comodidades que solo podían comprarse con dinero. Y también que era uno de los hombres más ricos de Escocia y que no tenía necesidad alguna de suplicarle a ella esas comodidades.

–Ahora todo el mundo piensa que la señora es su querida –comentó Frazer con amargura–. Y que yo soy una especie de alcahuete que le trae mujeres al señor Rutherford cuando le place. El posadero me ha felicitado por tener un trabajo tan ventajoso. Y me ha prometido discreción.

–Ay, Dios –dijo Mairi. Sabía que debía sentirse exasperada, pero no pudo evitar esbozar una sonrisa. Saltaba a la vista que a Frazer le preocupaba más que lo hubieran tomado por un alcahuete que por el daño que pudiera sufrir la reputación de su ama.

Mientras el carruaje tomaba la carretera de Achallader, Mairi se dijo con ironía que la venganza de Jack había sido muy ingeniosa: ella lo había rechazado, y, sin embargo, él había conseguido dar la impresión de que era su amante.

Jack refrenó a su caballo al alcanzar la cima del camino que daba al puente de Orchy. La vista era espectacular: el gran abanico de las montañas pintado de verde y oro y el resplandor del sol en el agua, allá abajo. Sintió una opresión en el pecho, un nudo de nostalgia. Hacía años que no pasaba por aquel camino. Ignoraba por qué había subido hasta allí, pues la carretera a Methven pasaba por el amplio valle de más abajo. Pero nada de cuanto había visto en Canadá o en otros lugares superaba la belleza incomparable de aquella tierra.

Había dado la espalda a Escocia hacía más de diez años, pero al final había sentido de nuevo su atracción. Cuando Robert había regresado para hacerse cargo de su título y sus dominios, Jack había pensado en quedarse en América. A diferencia de su primo, no tenía ningún motivo en particular para regresar al país de sus antepasados, pero al final había vendido sus negocios con grandes beneficios y se había embarcado rumbo a casa.

Por debajo de él, en la carretera de Achallader, vio lo que parecía un séquito real, una hilera de cuatro carruajes de viaje que avanzaba traqueteando. Lady Mairi MacLeod iba de viaje. Jack esbozó una sonrisa. ¡Qué despliegue de riqueza y posición social, con tantos carruajes y sirvientes y aquel interminable convoy de equipaje! Se preguntó qué habría sentido al enterarse de que había pagado la cuenta de la posada. Se habría puesto rabiosa, seguramente. No parecía tener mucho sentido del mundo, y solo por eso le había parecido irresistible zaherirla un poco.

De pronto se preguntó si alguna vez salía a cabalgar como había hecho él esa mañana, libre de las ataduras del lujo, sola, sin nada más que el ancho cielo sobre su cabeza. Lo dudaba. Estaba tan rodeada de barreras y protocolo que seguramente había olvidado lo que era estar sola. Pero tal vez fuera lo más sensato. Era fabulosamente rica, y no hacía tantos años que en aquellos pagos se secuestraba a las viudas y se las obligaba a casarse.

Sospechaba que el matrimonio no entraba dentro de los planes de Mairi MacLeod, ¿y por qué iba a ser de otra manera si tenía todo lo que podía desear y la libertad de tomar amantes cuando le convenía? No le guardaba especial rencor por su rechazo de la víspera. Se habían enzarzado en un juego: ella conocía las normas tan bien como él, y no tardaría mucho en sucumbir. Lo deseaba y esperar solo hacía más dulce e intenso el deseo.

Frunció un poco el ceño al acordarse del tono amargo que había empleado Mairi la noche anterior al calificarlo de libertino. Los libertinos eran los mejores amantes, aunque no fueran los mejores maridos, pero tal vez de ahí procedía su antipatía. No había conocido a Archie MacLeod y solo había oído alabanzas sobre él, pero quizás hubiera algo que él no sabía. Tal vez MacLeod, por extraordinario que pareciese, había tenido un harén de amantes distribuidas por todo Edimburgo.

Los carruajes se perdieron de vista y el polvo se aposentó en la carretera. Era temprano y el aire era frío y límpido. El silencio envolvió a Jack, traspasado únicamente por el canto de una alondra que se elevó hacia la azul bóveda del cielo. El aislamiento de aquel lugar, rayano con la más pura soledad, era casi sobrenatural. Jack aguijó al caballo y siguió avanzando al paso por el sendero que descendía hacia el valle siguiente.

Siguiendo las revueltas del camino, ladera abajo, pasó junto a unas casas encaladas y dispersas, a un lado del sendero. Estaban vacías, sus paredes habían empezado a desmoronarse y sus ruinosas chimeneas apuntaban hacia el cielo. Un poco más allá había una pequeña iglesia, cuadrada y gris, con la campana todavía colgando de la torre.

Jack se detuvo. Los recuerdos iban cercándolo. Casi podía sentir a los fantasmas pisándole los talones. Aquel había sido uno de los beneficios eclesiásticos de su padre, aunque el reverendo Samuel Rutherford no había sido un ministro de la Iglesia especialmente devoto. Hijo de un barón, se había creído con derecho a acumular beneficios como quien coleccionaba plata o porcelana. Eran un adorno para su estatus, aunque en realidad sentía muy poco interés por las congregaciones de las que se hacía cargo. Jack esbozó una sonrisa irónica. A menudo había pensado que su obsesión con el trabajo era una rebelión clarísima contra la deplorable gandulería de su padre.

Amarró el caballo a la cerca que rodeaba el viejo cementerio de la iglesia y caminó lentamente por el sendero. Sus padres estaban enterrados allí. Su padre había construido una enorme mansión a un cuarto de milla carretera abajo, una casa que Jack había entregado con enorme placer al abandono y la ruina. Al regresar de Canadá, mientras buscaba una casa de campo propia, ni siquiera se le había ocurrido pensar en Black Mount.

La hierba seguía impregnada de rocío a pesar de que el sol calentaba con fuerza. Pronto se secaría. Jack se detuvo junto a las tumbas de sus padres. El mausoleo de su padre, ridículamente recargado, parecía fuera de lugar en medio de la desnuda simplicidad del cementerio rural. La lápida de su madre era mucho más sencilla: *Amada esposa de Samuel Rutherford*... Esas palabras, pensó Jack, apenas hacían justicia al amor apasionado que sus padres habían sentido el uno por el otro.

Sintió de pronto un escalofrío, a pesar de que ninguna nube tapaba el sol. El amor de sus padres había sido excluyente, violento y, al final, absolutamente destructivo. Cuando él era niño, no lo había comprendido ni remotamente, pero ahora que era mayor se daba cuenta de lo peligroso que había demostrado ser el amor para aquellas dos personas.

Se arrodilló en la hierba. Allí, cubierta por los rosales silvestres, blancos y rosas, había una lápida sencilla con un nombre grabado, *Averil Rutherford*, y las fechas 1791-1803. Apartó la maleza. De pronto le temblaron las manos.

Lo sobresaltó el chillido de una perdiz. Una sombra había caído sobre el sendero. Al levantar los ojos, vio a un hombre de casulla negra y cuello blanco, el sucesor de su padre, quizá, en aquel remoto lugar.

–¿Puedo ayudarlo en algo? –preguntó el desconocido, pero Jack negó con la cabeza. De pronto sentía la necesidad imperiosa de marcharse.

–No –dijo–. Gracias.

Sintió los ojos del hombre clavados en él mientras avanzaba por el sendero, pero no miró atrás. Desató las riendas, montó y aguijó al caballo hasta ponerlo al galope. Sabía que no podía dejar atrás los recuerdos, por más que corriera. Y sabía que nadie podía ayudarlo.

Capítulo 6

Mairi pasó su segunda noche de viaje en casa de lord y lady Gowrie, en el castillo de Lochgowrie, cerca de Kinlochleven. Era agradable alojarse en una casa privada en vez de en una posada, comer bien, tener buena compañía, agua caliente y una cama del tamaño del condado de Dunbarton. Mientras tomaba un baño, antes de la cena, para desprenderse de las agujetas y las molestias del camino, se dijo que, con toda probabilidad, era una consentida. Era el efecto que solían surtir la riqueza y el privilegio sobre una persona, incluso cuando esa persona era muy consciente de que dichos privilegios conllevaban un precio muy alto.

Maria Gowrie era buena amiga suya y formaba parte de la Sociedad de Damas Ilustradas de las Tierras Altas. Cenaron tranquilamente los tres solos, pues Maria se quejó con cierta amargura de que sus vecinos, los duques de Dent, habían rechazado su invitación alegando que ellos también tenían un invitado.

–El primo del marqués de Methven –dijo Maria–, Jack Rutherford. Le pregunté si le apetecía unirse a nosotros, pero está tan solicitado... Ya tenía otras tres invitaciones.

Mairi puso los ojos en blanco.

Incluso allí era imposible escapar de Jack. Cuando no estaba presente en persona, la gente no paraba de hablarle de él.

–Les pregunté a los Dent si querían venir a cenar todos, pero Anne Dent quiere guardarse al señor Rutherford para ella sola –añadió Maria.

–Seguramente le ha echado el ojo para que sea su próximo amante –refunfuñó su marido al tiempo que hacía una indicación al lacayo para que le sirviera más carne–. Tengo entendido que Dent no está para muchos trotes últimamente.

–He oído decir que Jack Rutherford es el mejor amante de toda Escocia –comentó Maria.

–Y yo he oído que es un buen pescador con mosca y un tirador de primera clase –replicó su marido.

–Y yo oigo hablar demasiado de él –dijo Mairi, irritada. La gente no parecía cansarse de Jack. Ella, en cambio, estaba harta de él–. ¿Podemos hablar de otra cosa? ¿Esperáis que este año sea buena la temporada de pesca del salmón en vuestros ríos?

La conversación derivó de la pesca a la serie de conferencias científicas que iban a tener lugar en Edimburgo a finales de año, y de allí a otros temas, pero cuando se retiró a su enorme habitación, acompañada por un terrier de las Tierras Altas, Mairi descubrió, enojada, que no podía conciliar el sueño. Los ronquidos del perro llegaban hasta el techo. Ella, en cambio, permaneció en vela, pensando en Jack Rutherford. Y no porque quisiera pensar en él. De hecho, le exasperaba enormemente no poder quitárselo de la cabeza. Y cuando por fin se quedó dormida, también soñó con Jack y con la noche de pasión que habían pasado juntos. En sus sueños, su soledad se desvanecía y se sentía amada. Fue una sensación intensa, arrolladora y maravillosa, pero luego despertó y se dio cuenta de que estaba sola, y la impresión de soledad estuvo a punto de aplastarla. Abrazó al perro con fuerza. No era lo mismo, desde luego, pero su calor la reconfortaba.

Durante el desayuno se sintió cansada y soñolienta, y ni siquiera el brillo del sol sobre el lago Leven y la suavidad del aire de las Tierras Altas consiguieron levantarle el ánimo. Ese día le pareció sentir cada zarandeo, cada brinco del carruaje. Insistió en seguir adelante hasta Fort William y por fin se detuvo a pasar la noche en la posada de Cluanie, mucho después de que el sol se pusiera tras las montañas y las espesas sombras azules del anochecer cayeran sobre el valle. En la posada reinaba la calma. De detrás de la puerta del salón llegaba un suave murmullo de voces y un tintineo de vasos, pero Mairi estaba tan cansada que solo deseaba cenar en su cuarto y acostarse.

–El señor Rutherford se aloja aquí esta noche –comentó Jessie al llevar un balde de agua caliente–. Qué coincidencia, ¿verdad?

Mairi soltó un gruñido. A decir verdad, no era tanta coincidencia. Solo había una ruta para llegar a Methven y no tantas posadas por el camino, pero le irritaba sobremanera que Jack estuviera viajando al mismo tiempo que ella.

–Mientras no se le ocurra ocupar mi salón esta noche –dijo.

–El posadero dice que va a cenar con un teniente y otros caballeros del ejército –anunció Jessie con aire grandilocuente, como si hubiera consagrado su vida al estudio de la agenda social de Jack.

La muchacha se llevó uno de sus vestidos para que lo plancharan y su ama pudiera ponérselo al día siguiente, y

Mairi bajó las escaleras para asegurarse de que Frazer y los hombres estaban bien acomodados. Sus habitaciones estaban encima de los establos, pues la posada era pequeña. El patio empedrado era un lugar apacible y el aroma dulce del heno se mezclaba con el penetrante olor del estiércol. Solo una de las caballerizas estaba abierta, y un hermoso caballo bayo asomó la cabeza inquisitivamente por la puerta cuando Mairi pasó por su lado y estiró el hocico como pidiéndole una caricia. Era muy poderoso, Mairi era una buena amazona, pero no estaba segura de poder controlar a aquel caballo, y también muy bello. La luz de la luna se reflejaba en su pelo y en sus ojos oscuros e inteligentes.

Mairi se sobresaltó cuando un hombre abrió de pronto la puerta del cuarto de arreos y salió al patio silbando en voz baja. Era Jack. Llevaba la camisa arremangada hasta los codos y un cubo en la mano. No la había visto, oculta como estaba entre las sombras. Se acercó a la bomba, puso el cubo sobre el empedrado y se mojó la cabeza y el cuello. Las gotas brillaron en la oscuridad, el agua corrió por su poderosa garganta y empapó su camisa de hilo. Con el pelo mojado y revuelto, estaba absolutamente irresistible, y Mairi sintió que se le secaba la garganta al verlo y que su corazón daba un vuelco. Era muy molesto el efecto que surtía sobre ella, aunque solo fuera un efecto físico. De buena gana habría pasado sin él.

Debió de hacer algún movimiento, porque Jack se giró rápidamente y echó mano del cuchillo que llevaba al cinto.

–Una reacción interesante –comentó Mairi– para un hombre que vive en tiempos de paz.

Jack se rio. Sus dientes brillaron, blancos, en la oscuridad.

–Conviene estar siempre preparado, lady Mairi, en tiempos de paz o de guerra. Lamento haberla asustado.

–En absoluto –contestó Mairi–. Yo también llevo un cuchillo.

–Sí, lo recuerdo –respondió Jack, y al oír una nota extraña en su voz, Mairi deseó no habérselo recordado, no haberse referido a su noche de intimidad, cuando le había entregado su daga para que cortara los lazos de su vestido.

Se estremeció al recordar el ansia que se había apoderado de ella aquella noche. Sintió que se sonrojaba y se alegró de que estuviera tan oscuro que Jack no pudiera verla. No quería que la hiciera ruborizarse como si fuera una debutante.

–¿Qué hace aquí, en Cluanie? –preguntó–. ¿Me está siguiendo?

Jack le dedicó una sonrisa burlona.

–Solo hay una carretera para llegar a Methven –contestó–, así que discúlpeme por utilizarla al mismo tiempo que Su Señoría.

Se acercó y, apoyándose en la puerta del establo, acarició el hocico aterciopelado del caballo mientras le hablaba en voz baja. Había dado la espalda a Mairi como si quisiera excluirla adrede.

–Es un caballo precioso –comentó ella–. ¿Lo atiende usted mismo? –no sabía muy bien por qué estaba prolongando la conversación cuando estaba claro que Jack no tenía especial interés en hablar con ella. Tal vez fuera por culpa de las tinieblas que acechaban en los rincones de su mente, mucho más negras y sofocantes que la noche de las Tierras Altas. Aquella oscuridad, aquella depresión del espíritu, la asediaba, esperaba a que se hallara sola y vulnerable para asaltarla, y, en ese momento,

Mairi temía quedarse sola por si se amontonaba a su alrededor y la atrapaba.

–A diferencia de usted, no viajo con un ejército de sirvientes –contestó Jack con sorna. Cerró la puerta de la caballeriza y comenzó a bajarse las mangas–. Lo prefiero así –dijo–. Siempre he trabajado para ganarme la vida, de una manera o de otra. Me sentiría perdido sin hacer nada.

–Quiere usted decir que yo vivo inmersa en la indolencia y el lujo –repuso Mairi. La crítica le escoció. Jack no tenía ni idea de cuánto trabajaba.

Él se encogió de hombros.

–Si a usted le gusta.

–No me gusta –contestó ella, y sintió un arrebato de ira al sentir que la juzgaba con tan poca consideración–. Usted no tiene ni idea de lo que hago con mi tiempo.

Jack se irguió y, apoyando los anchos hombros en la jamba de la puerta, la miró sin sonreír.

–Sé que seduce a hombres en bailes de máscaras –dijo.

–No, no sabe tal cosa –replicó ella, cada vez más enojada. Le sentaba bien aquella ira, la hacía sentirse viva–. Usted solo conoce lo que ha visto de mí –dijo–. Ignora por completo cómo me conduzco con otras personas. Está basando su juicio en un solo ejemplo.

Jack sonrió y bajó la cabeza.

–Es usted una mujer ilustrada –dijo–. ¿Vamos a tener una discusión filosófica acerca de la probabilidad? ¿Acerca de la posibilidad de que yo no fuera el primero?

Se miraron a los ojos.

–No creo –repuso Mairi–. Prefiero no darle explicaciones a nadie.

–No –dijo Jack, esbozando una sonrisa amarga–. Prefiere sencillamente controlar a todo el mundo.

Mairi sintió un sobresalto. De pronto se dio cuenta de que era cierto. Y que nadie se lo había dicho hasta entonces. Era extraño que Jack Rutherford, que la conocía tan poco, hubiera podido interpretar sus reacciones aparentemente con tanta facilidad. Extraño, y desconcertante.

–Llevo sola mucho tiempo –se descubrió explicándole después de todo–. Eso engendra independencia.

–Cuatro años, desde que murió su marido –dijo Jack.

«Mucho más que eso». Las palabras parecieron quedar suspendidas entre ellos, a pesar de que no las había pronunciado.

–¿Lo echa de menos? –preguntó Jack bruscamente.

–Naturalmente –debía tener cuidado.

Era peligroso seguir por ese camino. Todo el mundo la consideraba una viuda alegre que ocultaba su pena detrás de una máscara de alegría. Creían que era valerosa y estoica, que sus coqueteos no eran más que una distracción para olvidar la tristeza por la muerte de su marido. Y era cierto, en buena medida. Salvo porque su tristeza no se debía a la pérdida de su marido.

–Era mi mejor amigo –dijo.

Sintió que Jack cambiaba de postura a su lado.

–Una forma interesante de decirlo –comentó–. No su alma gemela ni su... ¿su amor? –añadió, burlón.

Aquella palabra la zahirió por su ironía.

–Éramos amigos de la infancia convertidos en...

–¿En amantes?

–En marido y mujer –puntualizó ella.

«Y hasta eso era mentira».

Sintió que Jack la miraba por entre la oscuridad cada vez más densa.

–No había pasión, entonces.

Mairi se sintió vulnerable, desenmascarada.

—Entiendo —añadió él. Esperó a que lo contradijera, a que lo negara recurriendo a algún argumento convencional, pero las palabras se le atascaron en la garganta y no fue capaz de proferir una mentira.

Se quedó mirándolo mientras las sombras seguían agolpándose a su alrededor. Jack alargó una mano y tocó su manga suavemente, pero aquel leve contacto pareció quemarla. Lo sintió de nuevo entonces, aquel fogonazo de atracción entre ellos, poderoso como un rayo, y aquel deseo, excitante y aterrador a un tiempo. Tembló.

No, no había habido pasión entre ella y Archie, pero allí, con Jack, temblaba de deseo.

Comenzó a cruzar el patio empedrado, camino de la puerta de la posada. Si llegaba a la luz, donde había ruido y gente, estaría a salvo de aquella peligrosa tentación. Pero Jack la alcanzó sin esfuerzo y caminó a su lado, al alcance de su mano. Mairi sabía que solo tenía que hacer un gesto y estaría en sus brazos, y deseaba besarlo, lo deseaba a él con un ansia aún más intensa que antes.

—Tengo entendido que anoche se alojó en casa de los Dent —dijo, y hasta a ella le sonó débil su voz. Intentaba pensar en otra cosa para distraerse del impulso de besarlo. Se sentía aturdida. Le daba vueltas la cabeza. Nunca había conocido el deseo físico, e ignoraba que pudiera ser tan embriagador.

—Parece muy interesada en mis idas y venidas —comentó Jack—, para no querer tener nada que ver conmigo —parecía divertido, seguro de sí mismo.

No hizo intento de tocarla y, sin embargo, Mairi se sintió como una presa. Se estremeció y apretó el paso.

—Yo he oído que se alojó con los Gowrie —añadió Jack.

Así que él también había preguntado por ella. Mairi sintió un destello de placer, aunque sabía que no debía.

–La cena fue excelente –repuso–. Se perdió usted un salmón estupendo. Pero tengo entendido que estaba demasiado ocupado para unirse a nosotros. Son tantas las personas que se disputan el placer de su compañía...

Jack sonrió.

–Es un problema constante para mí.

–No me cabe duda –contestó ella acerbamente. Empezaba a sentirse un poco más segura de sí misma y la puerta de la posada solo quedaba ya a unos metros de distancia.

–¿A usted no le pasa? –preguntó Jack–. Cuando uno es tan rico, todo el mundo quiere ser su amigo, lady Mairi.

–No, a mí no me lo parece –replicó ella–. Claro que yo no soy tan cínica como usted, señor Rutherford. O quizás sea simplemente que tengo mejores amigos. Tendemos a atraer a los amigos que nos merecemos.

Jack se rio.

–*Touché* –dijo–. ¿Dónde busca usted a los suyos? ¿También los elige en bailes de máscaras?

Mairi logró a duras penas refrenar una exclamación indignada.

–Muy rara vez –contestó–. Eso suele acabar mal.

–¿Usted cree? A mí me pareció que acabó bastante bien.

–Acabó –repuso Mairi–. Justamente.

–¿Está segura de eso? –preguntó Jack con suavidad–. Su interés por mí parece sugerir lo contrario.

Ella sonrió.

–Por desgracia mi interés por usted será siempre una pálida imitación de la fascinación que siente usted por sí mismo. No necesita ningún otro admirador, ¿verdad, señor Rutherford?

Agarró el pomo de la puerta y entró. Al instante, la luz, el calor y el ruido la envolvieron. Se sintió ridículamente aliviada, como si hubiera escapado a un peligro. Qué bobada. Seguramente habían sido todo imaginaciones suyas, aquella oleada de atracción, el arrebato de deseo y aquel antagonismo soterrado pero excitante, como si Jack no la hubiera perdonado del todo por engañarlo.

–Por favor, no me pague mi cuenta como hizo en Inverbeg –dijo–. Y le agradecería que me ahorrara el placer de su compañía hasta que lleguemos a Methven.

Vio sonreír a Jack, que cerró la puerta sin hacer ruido.

–Otra vez intenta tomar el control –dijo, mirándola pensativamente–. Pero yo no acepto órdenes.

Sin previo aviso, se acercó a ella. En la estrecha entrada no había adónde ir. Mairi no podía respirar, sentía la fragancia de su piel, una mezcla de olor a sudor, a aire fresco y a cuero. Se le fue derecho a la cabeza, como el champán, y al igual que el champán hizo que se le aflojaran las rodillas y que sus dedos se crisparan dentro de sus zapatos. Jack levantó la mano y acarició muy suavemente la curva de su mejilla.

–Lo único que quiero –dijo– es tenerte otra vez en mi cama.

Mairi sofocó un gemido. Estaba temblando. Su ternura la confundía, mezclada como estaba con un deseo puro y descarnado. Se quedó quieta un momento, aturdida, y dejó que diera el último paso, hasta tomarla en sus brazos.

La besó, deslizando los labios por los de ella con un ardor que la dejó sin aliento y le robó por completo su capacidad de resistencia. Cuando por fin se apartó, se sentía tan trémula que notó el picor de las lágrimas en la garganta. Era de suma importancia que se pusiera a salvo, antes de que Jack viera lo vulnerable que era. El pánico se apoderó de ella. Se sentía tan expuesta... Jack no debía saber cómo la hacía sentir.

—Estamos pisando terreno trillado –dijo–. Buenas noches, señor Rutherford.

Dio un paso atrás y vio que él dejaba caer los brazos. Vio que la expresión de sus ojos se disolvía en negrura. Mairi se giró y corrió escalera arriba. Todavía estaba temblando cuando llegó a su habitación. Deseaba que Jack Rutherford no hubiera vuelto a su vida.

Por la taberna La Cabeza del Borrego, en Candlemaker Row, Edimburgo, habían pasado a lo largo de los años gran cantidad de rufianes, de modo que, cuando un individuo alto y moreno, cubierto con un jubón raído y unos pantalones montañeses de tartán, entró a eso de las once de una noche lluviosa, nadie le dedicó una mirada, como no fuera para decirle entre dientes que se diera prisa en cerrar la puerta. El recién llegado traía consigo una extraña mezcla de olores: a calles recién lavadas por la lluvia, a tabaco y a prisión, pero esto último tampoco era extraño en La Cabeza del Borrego. El tabernero le lanzó una mirada acerada y señaló con la cabeza una puerta al fondo de la sala. El recién llegado asintió con un gesto y se deslizó por ella, silencioso como un fantasma.

—Cardross.

El caballero que lo esperaba no se levantó para saludarlo, ni le tendió la mano, lo cual era indicio de lo bajo que había caído el antiguo conde de Cardross. Despojado de su título y confiscadas sus propiedades, el conde fugitivo era una sombra del refinado aristócrata que había sido en tiempos. Él lo sabía y sentía un inmenso resentimiento por ello, pero una astucia feroz lo impulsaba a jugar con sumo cuidado aquella mano. Era el único as que tenía en la manga.

–¿Nos conocemos? –preguntó al sentarse frente al otro hombre y apoyar los codos sobre la mesa desvencijada. Observó a su interlocutor. Un hombre de aspecto corriente, grandullón, rubio, de apariencia nada peligrosa y, por tanto, fácil de subestimar por ello.

–No –contestó–. Aunque tenemos... amigos en común.

Cardross sonrió.

–¿Fueron sus amigos los que me sacaron de prisión? –preguntó.

–Tal vez –contestó el otro.

Cardross esperó, pero su interlocutor parecía sentirse cómodo en silencio, pues no dijo nada, se limitó a dejar que su mirada pálida y pensativa descansara sobre el rostro de Cardross. Pasado un momento chasqueó los dedos y un criado que aguardaba entre las sombras les llevó una jarra de cerveza y un plato de empanada de cordero fría. Cardross se abalanzó sobre la comida como un animal hambriento mientras su acompañante seguía en silencio, observándolo comer.

–¿Quiere vengarse, Cardross? –preguntó innecesariamente, y jugueteó con su copa vacía mientras contemplaba su rostro.

Cardross percibió dentro de sí un destello de crueldad que enseguida se apagó. Y no porque hubiera perdido sus violentos apetitos. Lejos de ello, ardían tan ansiosos como siempre. Pero la venganza, aunque tentadora, era también inútil, en último término. La venganza no le devolvería sus tierras, ni su título. El rey se los había quitado cuando había sido acusado de alta traición, y los había perdido para siempre.

–No quiero vengarme de esa zorrita de cara mustia que me robó mis tierras –dijo con aspereza–. Aplastar a la pequeña Dulcibella Brodrie sería una pérdida de tiempo. Sí, y a ese mequetrefe que tiene por marido.

El otro esbozó una tensa sonrisa.

–Me gusta eso de usted, Cardross –afirmó–. Tiene miras más amplias –empujó la jarra de cerveza hacia él, se recostó en la silla y observó cómo engullía Cardross el contenido de la jarra–. Si no quiere venganza –dijo con voz suave–, ¿qué es lo que quiere?

–Dinero –le espetó Cardross. Se limpió la boca con la manga sucia–. Dinero para comprar una vida nueva.

El hombre asintió.

–Con eso puedo ayudarlo.

Cardross hizo una mueca. Aquel tipo no era ningún benefactor. Habría un precio.

–¿Qué quiere a cambio? –quiso saber.

El otro sonrió, removiéndose en la silla. No contestó de inmediato. Tenía la mirada fija en el fuego. Luego levantó los ojos y Cardross se sobresaltó al ver su mirada. Había en ella odio, amargura y una violencia tan intensa y cruel como no la había visto nunca.

–Quiero a su prima, lady Mairi MacLeod –dijo el hombre–. Tiene algo que me pertenece por derecho. Cuando tenga a lady Mairi y su fortuna, tendrá usted su parte. Suficiente para comprarse una nueva vida.

Cardross lo miró con dureza.

–¿Quiere casarse con Mairi?

–No he dicho eso –contestó el otro tranquilamente. Su mirada volvía a ser hermética. Aquel fogonazo de indecible ferocidad se había esfumado.

Cardross sintió agitarse dentro de sí una curiosidad malsana. No sentía lealtad alguna por sus primos. Lucy, la hermana de Mairi, y su marido, Robert Methven habían sido en parte responsables de su caída. Y, sin embargo, había algo en aquel desconocido que le daba escalofríos.

—No es el único que quiere a lady Mairi —dijo—. O su fortuna.

—Eso he oído —contestó su interlocutor—. Michael Innes quiere el dinero —se encogió de hombros—. Es un abogado, no un luchador.

Cardross soltó una risa áspera.

—Aun así, Innes está dispuesto a jugar sucio en los tribunales. He oído el rumor de que se propone resucitar viejos escándalos y dañar la reputación de lady Mairi.

La mirada del otro se volvió de pronto cortante como una navaja. Su indolencia había desaparecido por completo.

—¿Ha oído esos rumores incluso estando en prisión?

Cardross se encogió de hombros, apuró la jarra de cerveza, la dejó violentamente sobre la mesa y soltó un largo eructo.

—Los presos hablan —dijo—. Los carceleros hablan. Todo el mundo dice que Michael Innes afirmará que lady Mairi es una fulana. Que jurará que lo negro es blanco con tal de apoderarse del dinero de Archie MacLeod.

Vio que el otro se relajaba un poco.

—¿Y los viejos escándalos? —preguntó apáticamente.

—Cosas relacionadas con Archie MacLeod —le irritaba no tener más información con la que negociar, pero no tenía sentido fingir lo contrario. Se encogió de hombros otra vez—. Hay quien dice que hubo un gran escándalo hace años y que el viejo MacLeod echó tierra sobre el asunto. No sé más.

—Confiemos en que nadie más lo sepa —comentó el

otro, pensativo–, incluido Michael Innes. O quizá tenga que matarlo.

Se hizo un extraño silencio, espeluznante por su intensidad. Cardross se descubrió de nuevo mirando con fijeza a su interlocutor. Los ojos claros del hombre parecían completamente desprovistos de emoción.

Cardross reprimió un estremecimiento. Había muy pocas cosas que lo asustaran, pero aquel verdugo implacable le hacía sentirse ligeramente enfermo. No le cabía ni sombra de duda de que había matado ya antes y de que volvería a hacerlo.

Carraspeó.

–Así que quiere a Mairi –dijo–, ¿y quiere que yo se la traiga?

El otro hizo un gesto afirmativo con la cabeza.

–Está de viaje, ha ido a Methven para el bautizo de su sobrino. Tendrá muchas oportunidades de secuestrarla por el camino antes de que llegue allí. Salga esta misma noche.

Cardross lo miró con desconfianza.

–Tiene gente que la protege.

El otro se encogió de hombros.

–El clan de Frazer. Un viejo y unos cuantos niños bonitos. No son rivales para usted, con los hombres que le he buscado –se inclinó hacia delante con repentina urgencia–. Ella no debe sufrir ningún daño, Cardross. ¿Entendido?

Eso le quitaba toda diversión al asunto. Cardross soltó un suspiro exagerado.

–¿Ni siquiera un poco?

–Ni siquiera un poco o no hay trato.

Cardross se metió las manos en los bolsillos y se recostó en la silla.

–¿Por qué razón he de confiar en que lo cumpla, de todos modos?

–Por ninguna –contestó el otro, encogiéndose de hombros con indiferencia–. O lo toma o lo deja. Pero ahí fuera hay soldados buscándolo en este preciso momento. Usted lo sabe. Yo puedo sacarlo de la ciudad y esconderlo en sitios donde nunca lo encontrarán.

Cardross se lo pensó. El trato no era gran cosa ni tenía garantías, pero la alternativa era esconderse en tabernas de mala muerte y casas de vecinos el resto de su vida, siempre huyendo, ocultándose de las autoridades, sin dinero ni futuro, y con la certeza de que algún día alguien lo delataría por lo que costaba una hogaza de pan.

Asintió con la cabeza.

–Si necesito comunicarme con usted...

–Yo lo encontraré.

Eso, pensó Cardross, no sonaba muy reconfortante. Asintió otra vez.

–Y si fallo... –ni siquiera sabía por qué lo preguntaba. Fallar estaba descartado.

El otro sonrió por primera vez.

–No falle –dijo.

Capítulo 7

A la mañana siguiente, Mairi oyó a Jack marcharse temprano y se alegró de que fuera por delante de ella. No había otras rutas para llegar a Methven atravesando aquellas agrestes montañas y no le apetecía alojarse en las mismas posadas que él el resto del viaje. Se sentía demasiado vulnerable cuando estaba con él. Tenía que mantener las distancias. Era poco probable que volvieran a coincidir: yendo a caballo, avanzaba mucho más deprisa que ella, y además ella tenía previsto pasar los dos días siguientes en el castillo de Dornie, donde la Sociedad de Damas Ilustradas de las Tierras Altas celebraba una reunión. Formaba parte de aquel exclusivo club de señoras desde su boda, y aunque se había perdido casi todas sus reuniones de los últimos tres meses, tenía muchas ganas de asistir a aquella, cuyo programa incluía conferencias sobre botánica y mecánica conforme al método newtoniano. Había planeados, además, entretenimientos mucho menos intelectuales. Las Damas Ilustradas se reunían todos los meses en un lugar distinto y se preciaban de la variedad de su repertorio. Eran escritoras y lectoras apasionadas, abiertas a nuevos intereses intelectuales y muy orgullosas de sus logros en un mundo dominado tan frecuentemente por hombres.

El tiempo volvía a ser bueno, el cielo azul pálido se abovedaba sobre su cabeza, salpicado de nubecillas blancas entre la radiante luz del sol. Mairi veía desplegarse el paisaje más allá de la ventanilla. Era cómodo viajar así, pero por primera vez desde su partida le parecía que el carruaje era una caja, una celda en la que, no por ser lujosa, dejaba de estar encerrada. Se preguntó de repente cómo sería cabalgar con Jack por los altos montes y vadear los arroyos. De pronto la asaltó el deseo de desprenderse de todas las normas que atenazaban su vida. Jack alentaba en ella una audacia que, pese a resultarle desconocida, era muy seductora.

Era pasada la hora de comer cuando llegaron a Dornie, y encontró el castillo en plena ebullición.

—¡Lady Mairi! —lady Dornie, muy elegante vestida de seda roja y adornada con diamantes, se acercó a estrechar sus manos tan pronto entró, y la condujo hacia un grupo de señoras que estaban conversando entre los helechos y las estatuas del invernadero—. ¡Cuánto me alegra que haya podido venir a nuestro encuentro de hoy! —añadió la dama—. Hacía tanto tiempo que no la veíamos que todas empezábamos a estar preocupadas por su salud —miró un instante su cintura, dejando claro como el agua lo que quería dar a entender—. Confío —continuó en tono rebosante de curiosidad— en que no haya estado enferma.

Mairi sintió un escalofrío de alarma. Más de una dama la miraba de reojo y unas cuantas, al igual que lady Dornie, miraban su vientre con más curiosidad que cortesía. Estaba claro lo que significaba aquello.

Creían que estaba embarazada.

Si aquel era el rumor al que había aludido Jeremy, era mucho peor de lo que se temía. Lady Dornie la observaba con una sonrisa un tanto maliciosa mientras aguardaba su respuesta. Mairi se repuso con cierto esfuerzo.

—Nunca he estado mejor de salud, gracias —dijo. Aceptó una copa de champán que le ofreció un lacayo—. Tenía un problema con los desagües de mi casa de Charlotte Square —añadió—. Olían a podrido. Así que me fui a pasar una temporada a Ardglen mientras los arreglaban.

—Ah, los desagües —dijo lady Dornie—. Claro. Qué inconveniente tan desagradable —se alejó para dar la bienvenida a otra recién llegada, dejando que Mairi contemplara a sus invitadas.

La reunión era enteramente femenina. La de las Damas Ilustradas de las Tierras Altas era una sociedad clandestina cuyos encuentros eran privados y cuyos intereses eran un secreto celosamente guardado. No se permitía a los hombres asistir a las reuniones, como no fuera para dar una conferencia o procurar algún tipo de entretenimiento.

—¡Mairi, querida! —lady Kenton, una pariente lejana y madrina de Lucy, su hermana, se acercó a ella rápidamente, deshaciéndose en sonrisas—. ¡Qué maravilla verte aquí! —dijo, sonriendo de oreja a oreja—. No sabía si ya estarías en Methven para el bautizo de Ewan.

—Me dirijo hacia allí —contestó Mairi—. ¿Usted también vendrá?

—¡Ay, no puedo! —contestó lady Kenton—. Mi sobrina se casa la semana que viene en Edimburgo —tomó sus manos y se echó hacia atrás para mirarla—. Pero me alegro muchísimo de verte. Tienes muy buen aspecto, querida mía, y estás muy delgada.

—No más de lo normal —repuso Mairi. Empezaba a

sentirse irritada. Reinaba en la habitación un ambiente de maledicencia. Los abanicos se agitaban y las señoras le sonreían al pasar, pero la miraban con frialdad. Había creído que estaría entre amigas, pero percibía en su charla una nota de malicia y de desdén. Habría esperado algo mejor de las Damas Ilustradas.

–Estabas bastante gorda en abril, en el baile de los MacAlmond –comentó lady Kenton–. Más de una lo comentó.

–Estoy más gorda en ciertos momentos del mes que en otros –repuso Mairi secamente–. Suele pasarles a las mujeres, según tengo entendido.

–Claro, claro –lady Kenton la miraba con el ceño un poco fruncido.

La agarró del brazo y la condujo hasta un par de sillas, en un rincón, bajo un limonero cargado de frutos. El tenue y dulce olor de los cítricos perfumaba el aire.

–Aquí podremos hablar tranquilamente –dijo lady Kenton al sentarse, entre el tintineo de sus pulseras y el destello de sus esmeraldas. Se inclinó hacia delante y clavó en Mairi sus grandes ojos azules–. No sabes lo feliz que fui en la boda de tu hermana. Como madrina de Lucy, la considero mi mayor logro.

Mairi entornó los ojos. Conocía a lady Kenton lo bastante bien como para saber que aquel aparente cambio de tema no era tal.

–No sabía que hubiera desempeñado un papel tan importante en la unión de Lucy y Robert, señora –dijo. Que ella recordara, lady Kenton había estado ansiosa por casar a Lucy con su primo, Wilfred Cardross, un enlace que, en opinión de Mairi, se habría fraguado en el infierno, más que en el cielo.

Pero lady Kenton había reescrito la historia a su conveniencia, al menos en su memoria. Agitó una mano, desdeñando el comentario de Mairi.

–En cuanto les vi juntos, supe que estaban hechos el uno para el otro –afirmó. Sus ojos se empañaron–. Y fíjate qué bien ha salido la cosa. Dos hijos ya, y llevan casados menos de tres años. Tu querida madre habría estado tan orgullosa... –su mirada se afiló al posarse en el rostro de Mairi–. Pero ¿y tú, querida mía? Ojalá encontraras la misma felicidad que tu hermana. He oído rumores, rumores desagradables, me temo –lady Kenton jugueteó con su copa–. Lo cierto es que no hay forma de escapar de este asunto, Mairi, querida. Se te considera, en el mejor de los casos, una viuda alegre y en el peor... –lady Kenton se detuvo y se enjugó los labios con el pañuelo–. Bien, la gente dice que... –se interrumpió, visiblemente incómoda.

–Por favor, sea franca, señora –dijo Mairi. Sintió otro escalofrío de ansiedad. La noche que había pasado con Jack era cosa suya, y le parecía intolerable que se convirtiera en pasto de chismosos. Quería convencerse de que ello se debía únicamente a que había sido un terrible error. Pero la sensación de vacío que notaba en el pecho no se debía únicamente al miedo a lo que pudieran decir las malas lenguas, sino a la convicción de que estaban intentando degradar algo que para ella había sido importante.

«Qué locura». Era un perfecto disparate. Su noche con Jack no había tenido nada de especial. Tragó saliva con esfuerzo y procuró concentrarse en lo que estaba diciendo lady Kenton.

–La culpa es de esa dichosa niña, Dulcibella –explicó lady Kenton–. ¡Ah, ojalá tu hermano no se hubiera fugado con ella! Es la criatura más desagradable que quepa imaginar, toda sonrisas y dulzura en apariencia, y tan cruel como una serpiente por debajo –lady Kenton miró con enojo su copa de champán–. Siempre ha tenido celos de ti, y hace unos meses le comentó a lady Dornie que estabas bastante gorda.

–Recuerdo esa ocasión –dijo Mairi–. Era un baile de disfraces. Esas túnicas romanas se hinchan mucho con el viento.

–En efecto, así es –repuso lady Kenton–. Y luego está esa pelliza tan ancha que llevaste en la cena de los Graham. El color era divino, pero el corte daba la impresión de que llevabas a todo un orfanato escondido bajo las faldas.

–Entiendo dónde quiere ir a parar –dijo Mairi con cierta acritud. La sensación de vacío que notaba en el estómago empezaba a extenderse–. También está ese enorme manguito que llevé en marzo, cuando nevó. Me gustaba mucho y estaba muy de moda, pero era inmenso.

–Lo bastante grande para ocultar una barriga –se lamentó lady Kenton–. Y después... –dudó un momento–. Bueno, estuvo el baile de máscaras de lady Durness.

Un escalofrío recorrió su piel.

–Te marchaste con un caballero –susurró lady Kenton. Se inclinó hacia ella y bajó aún más la voz–. Te vieron.

Aquel era el pecado cardinal. La discreción lo era todo. Mairi sabía que podía ser tan licenciosa como quisiera, siempre y cuando no la pillaran. Y la habían pillado.

«Maldita sea».

–No estoy segura de que fuera un caballero –contestó.

Lady Kenton se quedó pasmada.

–¿Quieres decir que los rumores son ciertos? ¿Todos? ¿Tu aventura? ¿El embarazo? ¿El bebé?

Mairi la miró con incredulidad.

–Por supuesto que no...

–Has estado tres meses fuera de la ciudad –siseó lady Kenton–. Y te vieron en una situación íntima con un hombre. Estabas engordando. Y ahora estás delgada. ¡Primero gorda y ahora delgada! –fijó en ella una mirada quejosa–. Puedes imaginarte lo que dice todo el mundo, querida. Imaginan que hace tiempo que tienes una aventura amorosa, te han visto con tu amante y están seguros de que has tenido un hijo suyo.

Mairi bebió un trago de champán. Aquello era mucho peor de lo que imaginaba. Necesitaba tiempo para pensar. Necesitaba, sobre todo, alejarse de las miradas hirientes y las malas lenguas, pero no podía hacerlo estando en el invernadero de lady Dornie, con todas las señoras de la Sociedad de Damas Ilustradas de las Tierras Altas esperando para abalanzarse sobre cualquier migaja de información. Ese era el problema de las escritoras ilustradas: que, si había alguna laguna en sus conocimientos, se limitaban a rellenarla con fantasías.

–La gente tiene demasiada imaginación y demasiado tiempo para chismorrear –contestó–. Haber hecho tanto de tan poco... –miró a lady Kenton, que esquivó su mirada–. Querida señora –estalló–, ¿no creerá usted esas bobadas? –y al ver que no contestaba de inmediato añadió–: ¿Qué más dicen? ¿Que me he deshecho del niño?

Había alzado la voz, llena de furia, pero por dentro se sentía desolada. Habría dado cualquier cosa por tener un hijo. Lo último que haría sería desprenderse de su bebé. Vio que lady Kenton miraba rápidamente a su alrededor y le hacía señas de que bajara la voz.

–Son bobadas –repitió, bajando el tono–. Usted lo sabe. Puede que haya pasado la noche con un amante, pero eso es todo.

–Claro, claro –dijo lady Kenton–. ¡Naturalmente que sí, querida Mairi! Y desde luego no cabe duda de que esto no supondrá tu ruina. Ya no eres una debutante. Eres viuda y, lo que es más importante, hija de un duque. Con tu posición, puedes estar segura de que nadie te dará de lado. Y además eres rica, lo que significa que, como mucho, se atreverán a decir de ti que eres una coqueta incorregible.

–Una coqueta incorregible –repitió Mairi–. Qué eufemismo tan encantador. Y todo por un asunto tan insignificante que apenas merece que se hable de él –a Jack, se dijo, no le habría hecho ninguna gracia oírla hablar así, teniendo en cuenta que se consideraba el mejor amante de Escocia. Y, que ella supiera, seguramente lo era.

–Ya sabes cómo son los rumores, querida –dijo lady Kenton, afligida–. Toman vida propia. La verdad se vuelve irrelevante y hasta la falta más insignificante... –dejó que su voz se apagara.

«La falta más insignificante...». Mairi se dijo que su noche con Jack había sido algo más que un pequeño error. La ocasión no había sido la más propicia, y el hecho de que la hubieran visto marcharse del baile con él era aún peor. Había sido un error monumental y estaba pagando por ello.

–Las gacetillas de cotilleos han publicado comentarios, algunos muy desagradables –continuó lady Kenton con aire compungido–. Hablan de tu «agitada» vida social y todo el mundo sabe que con eso quieren decir que tienes toda una cuadra de amantes. Y, naturalmente, esa horrible Dulcibella ha echado más leña al fuego diciendo que te habías marchado de Edimburgo a un lugar más íntimo para poder cultivar tus intereses.

Mairi resolvió estrangular a su cuñada en cuanto la viera. Así se animaría la reunión familiar en Methven.

–No lo sabía –dijo–. No he visto ninguna gaceta desde que me fui de Edimburgo –tamborileó con los dedos sobre la mesa, irritada.

Los rumores acerca de su vida amorosa no habían cesado desde la muerte de Archie. Había ocultado eficazmente su soledad y su tristeza bajo un velo de excesos hedonistas, un torbellino de fiestas, bailes y coqueteos. No era de extrañar que su reputación se hubiera visto afectada. En realidad, no le había importado lo que dijera la gente. Estaba demasiado absorta en su infelicidad para que le importara. Lo irónico era que no se había llevado a un solo hombre a la cama hasta aquella noche con Jack Rutherford, cuando se había sentido tan sola que había intentado olvidar su desesperación durante un rato. Y ahora la gente hablaba, ella estaba empantanada en sórdidos rumores y se sentía totalmente desgraciada. Por un instante la embargó la misma asfixiante desesperanza que había experimentado en Ardglen. Se sentía tan sola...

–Naturalmente, una mujer tiene ciertas necesidades –estaba diciendo lady Kenton mientras bebía delicadamente su segunda copa de champán. Se había puesto un poco colorada–. Eso lo entiendo. Un hombre apasionado en la cama... –bebió otro sorbo de champán y sus ojos brillaron–. Dime, querida mía... –se inclinó hacia delante con aire conspirativo–. ¿Quién era él?

–Mis labios están sellados –contestó Mairi. Si los chismosos carecían de aquel dato, ella no iba a proporcionárselo. Y no por lealtad a Jack, sino por pura rabia.

Lady Kenton, sin embargo, estaba hecha de una pasta muy dura.

–¿Era... bueno? –susurró con un brillo en la mirada.

–Excepcional –repuso Mairi, muy seria–. Apasionado, vigoroso y con mucho talento.

Lady Kenton se abanicó frenéticamente con las manos.

—¡Ay, madre! —pareció recordar que se suponía que estaba haciendo el papel de sabia consejera y respiró hondo—. Bien, eso no viene a cuento. Me parece que lo mejor sería que te casaras de nuevo. Eso pondría fin a las habladurías. Ya he pensado en lord Donaldson como novio para ti. Sería muy complaciente si tuvieras... otros intereses.

—Qué considerado por su parte —respondió Mairi, y suspiró—. Querida señora, no tengo otros intereses. He vivido casi como una monja desde la muerte de Archie. Ese incidente en el baile fue... —se encogió de hombros. ¿Cómo describir a Jack?—. Un error —añadió—. Y por lo visto me he convertido en la comidilla de toda Escocia.

—Desde luego, es mala suerte que te pillen la única vez —convino lady Kenton—. ¡Qué lástima! Podrías habértelo pasado en grande —le dio unas palmaditas en el brazo—. Pero ten presente mi consejo, querida. Y si quieres que te presente a lord Donaldson, lo haré encantada. Todavía tiene pelo y casi todos los dientes.

—Es asombroso que no esté más solicitado —comentó Mairi—. Sé que quiere lo mejor para mí, señora —añadió—, pero estoy segura de que podré acallar ese escándalo, puesto que no hay en realidad escándalo alguno.

—Todo eso está muy bien —repuso lady Kenton—, pero ¿qué hay de Michael Innes? Sin duda intentará aprovecharse de esto. Tú sabes que está convencido de que la fortuna de Archie debería haber ido a parar a él como heredero de los MacLeod, y no a ti. Y es abogado —lady Kenton se retorció las manos—. Tiene buenos contactos entre los jueces. No puedes permitirte darle esta oportunidad.

Una sombra gélida rozó el corazón de Mairi. Recordó la carta que había recibido en Ardglen. Había intentado restarle importancia pensando que no era más que otra de las amenazas de Innes, pero tenía el desagradable regusto de la jactancia. Quizás aquello era lo que Innes intentaba usar en su contra. En sus manos, aquellos rumores cobrarían la forma más repugnante. Innes la pintaría como una mujer corrupta e inmoral que había traicionado el recuerdo de un marido que le había confiado todas sus posesiones, la presentaría como una cortesana deplorable e indigna de toda confianza. Y si empezaba a indagar, no había modo de saber qué encontraría. El pasado de Archie podía salir a la luz, su nombre se vería arrastrado por el polvo, sus padres no podrían soportarlo y la sombra del pasado alcanzaría el presente y aniquilaría otras vidas. Lady Kenton tenía también razón al decir que Innes era un abogado con muchos contactos en el mundo de la magistratura. Y era lo bastante artero como para utilizar hasta el último de ellos en beneficio propio.

—Creo —añadió lady Kenton, observando su expresión— que deberías tener muy en cuenta mi consejo. Un compromiso matrimonial te protegería de futuros deslices...

—¡Yo me basto sola para protegerme! —exclamó Mairi—. Siempre lo he hecho —se detuvo y apretó los labios con fuerza.

Era la verdad, pero lady Kenton no conocía los secretos que escondía su matrimonio con Archie MacLeod y era demasiado convencional para confiárselos.

—Le pido disculpas, señora —añadió Mairi al ver su nerviosismo—. No era mi intención contestarle así, pero estoy disgustada —apretó las manos de lady Kenton en un intento por pedirle disculpas y reconfortarla—. Sepa usted que consideraré muy seriamente su consejo. Y gracias. Le estoy muy agradecida.

Lady Kenton se había animado y una sonrisa iluminaba de nuevo su cara.

—Eres una buena chica, Mairi, y esas personas que dicen que eres una cabezota no se dan cuenta de lo buena que eres.

—Gracias, señora —contestó Mairi con desgana. Se inclinó para besarla en la mejilla—. Ahora, por favor, discúlpeme. Debo ir a prepararme para nuestra primera conferencia.

—Esta tarde son de botánica y arte chino —dijo lady Kenton—. Y a última hora hay baños de barro. Es muy saludable, ¿sabes? Estupendo para la piel.

—Claro —dijo Mairi. Conocía por su hermana Lucy los tratamientos medicinales de lady Kenton. Unos años antes, cierta confusión acerca de un tratamiento de masajes en una reunión de las Damas Ilustradas de las Tierras Altas había abocado a Lucy a comprometerse con Robert Methven. Mairi se dijo que los baños de barro podían ser igual de peligrosos.

Disfrutó de la conferencia de botánica y prefirió luego pasar la tarde acurrucada en el asiento de la ventana de la gran biblioteca de Dornie, leyendo números atrasados de la *Revista Trimestral*. Pero tan pronto sonó el gong de la cena y se reunió con las demás damas en el salón, volvió a cobrar conciencia del torbellino de rumores y habladurías que la rodeaba. Era tan palpable que le dieron ganas de marcharse y buscar una posada en la que pasar la noche, pero sabía que con ello solo conseguiría dar más pábulo a los rumores.

Sabía también que con el tiempo surgiría otro escándalo y la gente se olvidaría por completo de ella, entusiasmada ante la posibilidad de hacer trizas la reputación de otra persona. Pero Michael Innes no cejaría en su empeño. Era un hombre vengativo y avaricioso que aprovecharía cualquier oportunidad para intentar apoderarse de su dinero y sus tierras.

Se pasó toda la noche dando vueltas en la cama, intentando dar con un modo de impedir la destrucción de todo cuanto había querido proteger.

Capítulo 8

–Es usted muy amable, señor Rutherford –lord MacLeod estrechó la mano de Jack. Su apretón era fuerte, pero su mano fría, de piel fina como papel. Había insistido en levantarse para saludarlo, pero Jack temió que su anfitrión se desplomara antes de regresar al sillón, junto al fuego.

Lord MacLeod avanzó lentamente hacia su asiento. Cada paso parecía costarle un enorme esfuerzo, y sin embargo había también algo de desafiante en su actitud, un rechazo absoluto a que lo ayudaran que Jack no podía sino respetar.

Un lacayo les llevó un tentempié. Le ofrecieron vino, pero Jack prefirió café. Quería mantener la cabeza despejada. Ignoraba por qué lo había hecho llamar el señor de MacLeod. Apenas se conocían, pero sospechaba que el anciano quería algo, y sospechaba también que no iba a gustarle lo que fuera. Por regla general, no hacía favores a menos que obtuviera de ellos alguna ventaja sustancial. Era una norma que le daba buenos resultados. También era egoísta y poco honorable, pero eso le importaba poco.

–Mi esposa le pide disculpas, pero hoy su mala salud no le permite salir a saludarlo –lord MacLeod había vuelto a acomodarse en su sillón, con una copa de clarete junto al codo.

–Transmítale mis mejores deseos –dijo Jack–. Lamento mucho que esté indispuesta –se removió en su silla.

Se sentía incómodo. Hacía demasiado calor en la habitación. El fuego estaba encendido, a pesar de que fuera brillaba el sol, haciendo relampaguear las aguas del lago Carron y suavizando los bordes aserrados de las montañas. Con aquella luz, hasta los picos más altos parecían menos impresionantes. Imaginaba, sin embargo, que los severos muros de aquel viejo castillo no podían transmitir alegría alguna a sus habitantes. El ambiente estaba cargado de una infelicidad que calaba en el espíritu. Jack era el menos supersticioso de los hombres, pero hasta él sentía su aliento gélido.

Había conocido al heredero de lord MacLeod, Ruraidh MacLeod, durante su estancia en Canadá e incluso había hecho negocios con él. Se habían vigilado mutuamente las espaldas en territorio salvaje. MacLeod había sido uno de los muchos aventureros escoceses que habían cruzado el océano dispuestos a hacer fortuna, lo mismo que él. Jack ignoraba entonces que era heredero de una baronía, y mucho más que fuera el cuñado de lady Mairi MacLeod. Era un hombre extremadamente taciturno, que jamás hablaba de su casa o su familia. Jack había dado por sentado que, como muchos otros miembros de su familia, había ido al Nuevo Mundo a empezar una nueva vida. Era una norma tácita no hacer preguntas.

Pero al morir Ruraidh de unas fiebres y ocuparse Jack de devolver sus efectos personales a la familia, había visitado el castillo de Strome y conocido allí a lord y lady MacLeod, dos ancianos que intentaban gallardamente no derrumbarse ante la desgarradora pérdida no de uno de sus hijos, sino de los dos. Los había visitado un par de veces desde entonces, consciente de que deseaban hablar sobre Ruraidh con alguien que lo hubiera conocido bien y descubrir algo sobre la vida de su hijo en Canadá. Le parecía un esfuerzo muy pequeño y tenía la sensación de que lord y lady MacLeod sufrían una soledad dolorosa, ocultando su pena tras una fachada de valerosa entereza. Admiraba su negativa a rendirse a la desesperación.

Esa mañana, sin embargo, intuía que lord MacLeod quería de él algo más que un recuerdo de la vida de su hijo en ultramar. La mirada del anciano era aún más penetrante y atenta que de costumbre cuando la posó sobre él. Intercambiaron algunas frases corteses acerca del tiempo y el estado de los caminos. Jack volvió a llenar la copa de clarete del anciano y rehusó tomar más café. Lord MacLeod cambió de postura en su sillón, apartándose del rayo de sol que caía sobre él y refugiándose en la sombra. Jugueteó con su copa como si reflexionara acerca de alguna decisión importante. Luego cuadró los hombros y miró a Jack a los ojos.

—Necesito su ayuda, señor Rutherford.

Jack sintió el impulso de escapar, igual que cuando Robert le había pedido que fuera el padrino de su hijo. Los lazos que ataban a otros hombres no eran para él. Estuvo a punto de decírselo así al anciano, pero advirtió entonces la negra desolación de su mirada. El anciano señor no tenía nadie más con quien hablar.

—¿Señor? —dijo Jack.

Su reticencia debía de ser evidente, pues de nuevo

vio aquel inquietante brillo de ironía en los ojos de lord MacLeod. El señor de Strome podía ser viejo, pero su inteligencia no tenía nada de frágil.

–Se trata de mi nuera –continuó lord MacLeod–. Lady Mairi, la viuda de mi hijo pequeño.

A Jack se le quedó la boca seca. Tragó saliva. Nunca había hablado con lord MacLeod de Mairi. Su nombre ni siquiera había salido a relucir en sus conversaciones. Lo asaltó de pronto una curiosa sensación de temor y mala conciencia, como si tuviera otra vez siete años y estuviera en el despacho de su padre, en las raras ocasiones en que su padre había reparado en su existencia, a punto de recibir una reprimenda por algún pecado que había cometido. En el caso de Mairi, su pecado resultaba evidente: era la lujuria.

–La conoce usted, imagino –prosiguió lord MacLeod.

–Sí –contestó Jack–. Nos conocemos.

El anciano asintió.

–Suponía que se conocían, puesto que está emparentada por matrimonio con su primo, lord Methven.

Hizo una pausa, como si esperara que Jack hiciera alguna observación sobre Mairi. Jack guardó un prudente silencio. Lord MacLeod esbozó una sonrisa.

–Mi esposa y yo le tenemos un gran cariño a lady Mairi –dijo–. Le debemos mucho –una sombra cayó sobre sus ojos, como si estuviera mirando hacia el pasado, muy lejos de allí–. Es una hija para nosotros, tanto como si fuera carne de nuestra carne.

Jack confiaba en que su cara no reflejara la sorpresa que sentía. No imaginaba que lady Mairi MacLeod pudiera tener un lado amable. Pero eso poco importaba. Decididamente, no iba a inmiscuirse en aquel asunto. Tal vez le interesara conocer mejor a Mairi en un sentido puramente físico, pero de ningún modo quería verse envuelto en los asuntos familiares de los MacLeod.

–Lamento saber que tienen dificultades, milord –dijo con cuidado–, pero no creo que yo sea la persona indicada para ayudarles –sintió que el sudor le cosquilleaba en el cuello. La corbata le ahogaba.

«No soy como creéis que soy».

MacLeod se removió un poco en su sillón. Jack advirtió que le resultaba penoso moverse. El dolor se había grabado profundamente en los pliegues de su rostro, y, sin embargo, ni sus palabras ni su mirada dejaban traslucir su sufrimiento. Mantuvo los ojos fijos en la cara de Jack hasta que este comenzó a sentirse avergonzado. Su negativa le parecía de pronto indigna y falta de coraje. Aquella sensación lo llenó de asombro. Muy pocos hombres tenían el poder de intimidarlo. Le sorprendía que lord MacLeod fuera uno de ellos.

–Lamento oírle decir eso, señor Rutherford –dijo MacLeod al fin. Su voz sonó seca. Se resquebrajaba como un viejo pergamino–. Le creo un hombre de honor. Permítame exponer mi situación más claramente. Permítame apelar a su honor –clavó en Jack una mirada sombría y enérgica–. Recurro a usted, señor Rutherford, porque ya no me quedan hijos varones. De hecho, no tengo ningún pariente cercano, aparte de mi mujer y mi nuera. En circunstancias normales, no se me pasaría por la cabeza importunar a un conocido. Pero las circunstancias no son normales.

–Tiene usted un heredero, milord –repuso Jack con creciente desesperación.

«No apele a mi honor. No tengo».

MacLeod sonrió, pero no había humor en su mirada.

–Es precisamente mi heredero, el señor Michael Innes, quien nos ha puesto en esta situación, señor Rutherford. Es un primo lejano, traicionero e indigno de confianza. Mi título y mis tierras le están destinados, pero por lo visto no le basta con eso. Quiere más. Ha empezado a hacer amenazas.

Se hizo otro silencio. La mirada de lord MacLeod era tan afilada como una espada. No se movía, pero tras su obstinada dignidad, Jack adivinó que habría dado todo lo que tenía por recuperar sus antiguas fuerzas y ser capaz de defender lo que quedaba de su familia con la espada.

–Su confianza me honra, milord –dijo–, pero me temo que no puedo...

–Las amenazas van dirigidas contra lady Mairi –lo interrumpió lord MacLeod abruptamente–. Tengo entendido que mi heredero se propone arrebatarle la herencia de mi difunto hijo. Para ello está dispuesto a ensuciar su nombre de la manera que pueda. Va a llevarla a los tribunales e intentará arruinarla.

Jack sintió un arrebato de furia que lo sorprendió. De haber estado allí Michael Innes, muy probablemente lo habría hecho pedazos. Su reacción lo llenó de perplejidad. Debía darle absolutamente igual que Mairi MacLeod estuviera en apuros. De hecho, con su modo de proceder era más que probable que acabara metiéndose en líos, y él no era quién para sacarla de ellos. Desde luego que no.

–No creo que lady Mairi se deje intimidar por hombre alguno –comentó–. Debería decirle que se vaya al infierno.

Pensó en el ejército de sirvientes del que se rodeaba Mairi. Aquella guardia privada tenía de pronto mucho más sentido. No era el simple capricho de una dama rica, ni una muestra de arrogancia.

Mairi tenía miedo.

Experimentó de nuevo aquella extraña sensación: temor, afán de protegerla. No deseaba sentir el impulso de proteger a lady Mairi MacLeod. Eso complicaría mucho más una situación ya de por sí complicada. Alejó aquella idea. Estaba sacando de quicio sus propias reacciones. Lady Mairi era muy bella y la deseaba. Eso no era complicado. Era muy sencillo.

Lord MacLeod estaba sonriendo.

–Parece que conoce bien a mi nuera, señor Rutherford. Imagino que esa sería su primera reacción. No se deja asustar fácilmente. Pero este asunto entraña mucho más que una amenaza contra la reputación de Mairi –cerró los dedos sobre el pomo de su bastón y sus nudillos se transparentaron, blancos–. Si mi heredero se propone sacar a la luz trapos sucios, quizá se tope con antiguos secretos que serían la ruina de todos nosotros –se quedó callado, con la vista fija en el rojo corazón del fuego.

–¿De qué índole son esos secretos? –inquirió Jack. No se le ocurría nada que pudiera ser escandaloso hasta ese extremo. El señor de MacLeod, sin embargo, no era hombre que se asustara fácilmente, y su enjuto rostro aparecía ensombrecido por el miedo y la rabia.

MacLeod volvió a fijar la mirada en él.

–No puedo decírselo –respondió–. Si acepta usted mi encargo, será decisión de Mairi confiarle la verdad. Ha de elegir usted, señor Rutherford –miró a lo lejos, con la expresión abstraída de un hombre cuya mente estaba fija en un tiempo ya muy lejano. Le tembló la mano al alcanzar su copa. Miró de nuevo a Jack y de pronto pareció cansado, decrépito y sin fuerzas–. Yo no puedo hacer nada –señaló su cuerpo–. Soy un viejo atenazado por la enfermedad. Pero usted... usted podría ayudar a mi nuera. Podría protegerla y... persuadir al señor Innes de que no le conviene amenazarla.

La respuesta era no, obviamente. Jack ni siquiera tuvo que pensárselo. No se dedicaba a ayudar a ancianos, ni a sacar de apuros a mujeres bellas. Aquello no tenía nada que ver con él. Aquel absurdo impulso de proteger a Mairi se desvaneció y su duro caparazón volvió a envolverlo, frío y desapasionado.

–Es a mi primo y no a mí a quien debería dirigirse, milord –afirmó–. Como pariente político de lady Mairi, lord Methven estaría dispuesto a ofrecerle su ayuda, estoy seguro.

Robert, se dijo, lo maldeciría por involucrarlo en las disputas de otros, pero era un hombre que se tomaba muy en serio las responsabilidades familiares. Él, en cambio, no. En absoluto. De pronto ansió una copa de brandy y, con la misma fuerza, deseó verse libre del castillo de Strome, de sus oscuros secretos y del sentimiento de responsabilidad que lord MacLeod estaba intentando imponerle.

El anciano asintió con un gesto.

–Pensé en pedírselo a lord Methven, pero imagino que para él sería más difícil mantener este asunto en secreto. Mientras que usted... –sonrió–. Usted es un hombre solitario, ¿no es cierto, señor Rutherford? Acostumbrado a guardar secretos.

Hizo una pausa, y Jack volvió a sentirse incómodo. MacLeod tenía razón, por supuesto. Era un solitario por vocación. Razón por la cual se sentía aún menos inclinado a embrollarse en problemas ajenos.

–Milord... –repitió.

–No le sería difícil ayudarnos –continuó el anciano como si no lo hubiera oído–. Además... –levantó la vista y la clavó en él– la ayuda en la que estoy pensando no puede prestárnosla lord Methven. He pensado que se comprometa usted en matrimonio con lady Mairi.

Jack casi se atragantó con los posos de su café. Pensó por un momento que había oído mal, pero lord MacLeod seguía sonriendo suavemente, como si acabara de hacerle una oferta tan tentadora que sin duda no podría rechazar. Jack dejó con cuidado su taza y se aclaró la garganta. La corbata le apretaba más aún. Se resistió al impulso de aflojársela.

–Milord... –dijo por tercera vez.

–Como prometido de lady Mairi, podría procurarle la protección que necesita y tendría derecho a ocuparse de la amenaza que supone mi heredero –prosiguió MacLeod, sin hacerle caso–. Averigüe lo que sabe. Persuádalo de que retire la demanda. Una vez eliminada esa amenaza, sería usted libre, naturalmente, de poner fin al compromiso si así lo deseara.

Jack respiró hondo.

–Señor, me siento honrado por que me considere un digno prometido para lady Mairi, pero me temo que se equivoca usted de hombre –dijo–. Prometerse conmigo en matrimonio no la ayudaría en modo alguno a preservar su reputación. Al contrario, seguramente la hundiría sin remedio.

Lord MacLeod lo miró con astucia.

–Soy consciente de que no siente usted inclinación natural alguna por el matrimonio, señor Rutherford, pero eso no es lo que se necesita en este caso. Lo que se necesita es un hombre lo bastante fuerte para proteger a lady Mairi y lo bastante enérgico para tratar con el señor Innes. Usted es ambas cosas.

Jack sabía distinguir un halago cuando lo oía, pero también se vio obligado a reconocer que lord MacLeod tenía razón: ciertamente, no se dejaría intimidar por un abogado que intentaba destruir la reputación de lady Mairi MacLeod. Pero le era imposible inmiscuirse en aquel asunto. Sencillamente, no iba a hacerlo. Se preguntaba, sin embargo, por qué le resultaba tan difícil contestar con una simple negativa.

—¿Conoce lady Mairi sus planes, milord? —quiso saber—. Dudo mucho que le agrade su propuesta.

MacLeod sonrió.

—A Mairi no le hará ninguna gracia que interfiera, pero como jefe de este clan todavía tengo derecho a ordenar su matrimonio.

Mairi, pensó Jack, se pondría absolutamente furiosa al verse manipulada de aquel modo. Conociendo su afán de independencia y su deseo de controlar su propia vida, estaba seguro de que montaría en cólera al saber que el jefe del clan se disponía a intervenir.

Casi merecía la pena decir que sí solo por ver su cara.

Se hizo de nuevo el silencio. Solo se oían el suave siseo del fuego, y su chisporroteo cuando un tronco se partía entre una lluvia de chispas. Fuera, el día seguía siendo radiante. Jack vio como rizaba la brisa la superficie del lago Carron. A lo lejos, un elegante carruaje negro se apartó de la carretera de Achnasheen y tomó el camino hacia la casa. Jack lo reconoció de inmediato.

—Veo que su nuera viene a visitarles de camino a Methven —comentó.

—Lady Mairi siempre viene a vernos cuando pasa por Strome —repuso lord MacLeod—. Confiaba en conocer su decisión para planteársela a su llegada.

Dejó su copa vacía sobre la mesa con un suave tintineo y no hizo más intentos de persuadirlo. Jack observó el carruaje, que avanzaba por la avenida de caliza, hacia el castillo. Se permitió considerar, solo por un momento, las ventajas del plan de lord MacLeod. Por sorprendente que fuera admitirlo, había ciertos aspectos de su encargo que le resultaban muy tentadores. Su vida había sido muy aburrida últimamente. Al regresar a Escocia desde Canadá, se había propuesto como siguiente desafío la compra de su finca de Glen Calder, pero en cuanto la había llevado a efecto, se había sentido asaltado de nuevo por el desasosiego. Jamás podría sentar la cabeza, o eso sospechaba. Los negocios podían ocuparlo durante un tiempo, había invertido en fundiciones, en ingeniería y construcción de barcos, en importación de bienes de lujo para la floreciente Ciudad Nueva de Edimburgo, pero siempre tenía la impresión de que a su vida le faltaba algo. Si accedía a ayudar a MacLeod, al menos llenaría algunas horas ociosas. Después del bautizo en Methven podría ir en busca del señor Michael Innes, descubrir sus planes y persuadirlo de la manera más amable posible de que abandonara su propósito.

Y luego estaba lady Mairi. La deseaba muchísimo y estaba seguro de que podía convencerla con cierta facilidad para que retomaran su aventura amorosa. El ardor con que había respondido la noche anterior lo demostraba. Aceptar el encargo de lord MacLeod lo acercaría a ella, al ocupar en público el papel de prometido. Podía aprovechar esa respetabilidad pública para ser su amante en privado. La sola idea bastó para que se excitara. Sería deshonroso servirse de la coyuntura para convertir a Mairi en su amante, pero nunca antes había tenido tales escrúpulos de conciencia.

Fuera se oyó el crujir de la grava aplastada por las ruedas del carruaje y el golpe de una puerta. Era hora de decidirse.

La puerta de la biblioteca se abrió.

Un momento antes de que ella se diera cuenta de que estaba allí, Jack vio una Mairi MacLeod muy distinta a la que lo había tratado con tan puntilloso desdén. No esperó a que el mayordomo la anunciara, sino que se dirigió apresuradamente hacia lord MacLeod, sonriendo y con las manos tendidas. Llevaba un vestido de viaje amarillo cuyo color contrastaba maravillosamente con su pelo y la hacía parecer un rayo de sol entre las sombras de la sala. Su rostro estaba iluminado por una alegría tal que Jack sintió que algo se removía dentro de su ser, una extraña sensación de vacío que no logró explicarse.

Lord MacLeod también sonrió al levantarse y acercar la mejilla para darle un beso. Luego, Mairi vio a Jack y se detuvo. El sol seguía brillando, pero Jack tuvo la impresión de que la temperatura bajaba bruscamente varios grados. Vio que sus ojos se entornaban y comprendió que se estaba preguntando qué demonios hacía allí y si su suegro sabía algo respecto a la verdadera naturaleza de su relación. Levantó un poco la barbilla, con ese aire resuelto que Jack reconoció al instante. No parecía intimidada, ni asustada. Lo miró directamente a los ojos.

Jack le dedicó una sonrisa suave. No veía nada de malo en ocultarle qué asuntos lo habían llevado al castillo de Strome.

—Mairi, querida —dijo lord MacLeod—, creo que ya conoces al señor Rutherford. Ha tenido la amabilidad de acceder a actuar en mi nombre para tratar con Michael Innes.

La sorpresa de Mairi resultó casi cómica. Pero también puso cara de profunda desaprobación, y no se molestó en ocultarlo.

–¿Está seguro, milord? –preguntó–. No me imagino al señor Rutherford haciendo algo tan caballeroso.

Jack tomó una decisión.

–Será un placer –dijo al instante, con una reverencia.

La sospecha y las dudas inundaron la mirada de Mairi, que pareció desafiarlo a decir la verdad.

–¿De veras, milord?

Jack sonrió.

–Naturalmente. Y a fin de reforzar mi posición a la hora de tratar con ese caballero, hemos acordado que usted y yo debemos comprometernos en matrimonio.

Mairi se quedó boquiabierta. Cerró la boca con un chasquido.

–¿Cómo ha dicho? ¿Que qué?

–Estamos prometidos –afirmó Jack. Se acercó a ella y la tomó de la mano.

Le dio un beso respetuoso en la mejilla y sonrió cuando Mairi se apartó como si la hubiera mordido.

–Cuidado –dijo él en voz baja, y su aliento agitó el pelo de Mairi–. No querrá disgustar a su suegro. Está muy satisfecho de su plan.

Desde tan cerca, pudo ver las pintas doradas de sus tormentosos ojos azules y la línea furiosa de aquellos labios rojos y carnosos, tan próximos a los suyos. Su cuerpo se estremeció.

–Está claro que uno de los dos ha perdido el juicio –comentó Mairi–, y no creo que sea yo –lo miró entornando sus bellísimos ojos–. Dígame, señor Rutherford –añadió–, antes de que haga añicos ese plan, ¿qué lo ha inducido a aceptarlo? ¿Qué sale usted ganando?

Él sonrió y la atrajo hacia sí hasta posar los labios en su oído.

–A ti –contestó.

Capítulo 9

Media hora después, Jack estaba sentado en el salón de Strome, con una taza de café recién hecho y un periódico de hacía tres días que mirar. Lady Mairi seguía encerrada con su suegro en la biblioteca, seguramente intentando persuadirlo de que abandonara su plan. Jack no tenía más remedio que esperar. Estaba divirtiéndose mucho más de lo que había imaginado. Y también estaba seguro de que Mairi no se saldría con la suya. El señor de Strome era viejo, pero tenía una voluntad de hierro.

Oyó un portazo y el sonido de unos pasos precipitados. Un momento después, Mairi irrumpió en el salón. Parecía furiosa. Tenía las mejillas coloradas y sus ojos azules brillaban, llenos de rabia. Jack descubrió que le gustaba así, despojada de su elegante fachada y poseída por una emoción descarnada y sincera. Hasta ese momento había estado escondiéndose. Ahora, sin embargo, esas barreras habían caído y Jack sintió que su cuerpo reaccionaba con un temblor de deseo. Dejó a un lado el periódico.

—¿Se ha torcido la conversación? —inquirió.

Mairi le lanzó una mirada desdeñosa.

—Mi suegro —dijo— ha oído que corre el rumor de que me he entregado al libertinaje y cree que me conviene acogerme a la protección de su nombre inmediatamente.

Jack sonrió.

—¿Al libertinaje? Eso suena interesante. Cuénteme más.

—No necesito decirle más —replicó ella—. ¡Usted estaba allí! —se pasó las manos por el pelo, dispersando sus horquillas adornadas con diamantes por el suelo bruñido de la estancia, donde centellearon al sol—. Todo es culpa suya.

—Eso es un poco injusto —repuso Jack con suavidad—, teniendo en cuenta que fue usted quien me sedujo y no al contrario.

Ella le dedicó otra mirada furiosa, pero no le llevó la contraria.

—Maldita sea —dijo—. La única vez que... —se interrumpió.

—¿No la habían pillado nunca? —preguntó Jack.

Mairi volvió a clavar en él su afilada mirada azul.

—Nunca antes me había entregado al libertinaje, señor Rutherford —afirmó con un tono a medio camino entre el enojo y la desesperación.

Jack se alegró de saberlo. Sospechaba que estaba diciendo la verdad. Era demasiado comedida, demasiado cuidadosa para correr ese riesgo. Lo cual hacía aquello tanto más interesante.

—Maldita sea —repitió ella, esta vez en voz baja.

Se frotó la frente. De su encantador peinado de rizos, sostenido por una cinta amarilla, cayeron más horquillas, y su cabellera se desplomó alrededor de sus hombros, dándole un aspecto deliciosamente desaliñado.

—No puedo creer que hayan hecho un escándalo monstruoso de tan poca cosa.

—No es una descripción muy halagüeña de nuestra noche juntos —repuso Jack.

Ella sonrió de mala gana.

—Su ego podrá soportarlo —contestó—. Está completamente intacto, no como mi reputación —tamborileó con los dedos sobre la mesa, irritada—. Normalmente no haría ningún caso —dijo—. Los chismorreos siempre acaban por desvanecerse y soy viuda, así que tengo ciertas libertades. Pero con Michael Innes olfateando en busca de un escándalo, esto no podría haber pasado en peor momento.

—Eso tengo entendido —repuso Jack—. Lord MacLeod me ha dicho que Innes se propone denunciarla ante los tribunales a fin de apropiarse de su fortuna.

Mairi lo miró de soslayo.

—¿Solo le ha dicho eso?

—No —contestó—. Me ha dicho que si Innes indaga con el suficiente empeño, tal vez descubra viejos secretos que serían peligrosos incluso ahora. Secretos relacionados con su difunto marido.

Pensándolo bien, no sabía si quería contribuir a preservar la sagrada memoria de Archibald MacLeod. Los celos eran una emoción a la que no estaba acostumbrado, pero estaba más o menos seguro de que, si los sentía, era únicamente porque deseaba a Mairi. Quería llevarla a la cama y hacer que se olvidara de la existencia de Archie, y lo haría muy pronto.

Vio que ella cerraba los ojos un instante. Cuando volvió a abrirlos, le sorprendió ver en ellos una desesperación despojada de toda impostura. Evidentemente, su suegro no había exagerado. Se trataba de un secreto muy peligroso. Lo cual fortalecía su posición, puesto que Mairi estaría dispuesta a hacer cualquier cosa para mantenerlo oculto. No sentía escrúpulo alguno por aprovecharse de la situación. Era una cuestión de negocios, del negocio de la seducción, y si Mairi necesitaba que la protegieran, tendría que pagar un precio a cambio.

—No me explico —continuó ella— cómo ha podido mi suegro elegir a un hombre tan inadecuado como usted para ayudarnos, señor Rutherford. Todavía estoy esperando que me explique cómo ha sido —había apoyado las manos sobre la mesa de mármol.

Era una posición tentadora, que apretaba sus pechos contra el vaporoso corpiño de muselina de su vestido mientras sus faldas rozaban la curva de sus nalgas y sus muslos. Evidentemente, ignoraba por completo el aspecto que presentaba. Los pensamientos de Jack siguieron el rumbo inevitable, hasta tal punto que Mairi tuvo que repetir lo que había dicho para que por fin la escuchara.

—¿Cómo ha dicho? —preguntó él.

Ella arrugó el ceño como si fuera un cretino.

—Estoy esperando que me explique cuál es su relación con Strome y con la familia MacLeod. ¿Es que no me está haciendo caso?

—Sí —contestó mientras la observaba más detenidamente—, pero no estoy prestando atención a su pregunta.

Ella se incorporó con un bufido, cruzó los brazos sobre el pecho y se puso muy colorada.

—¡Señor Rutherford! Conteste a mi pregunta.

—Conocí a Ruraidh MacLeod en Canadá —respondió Jack—. Visito a sus padres de vez en cuando.

Mairi pareció atónita.

—¿De veras? —dijo—. No me esperaba que fuera tan considerado.

—No se preocupe por herir mis sentimientos.

—No me preocupo —lo miraba como si sospechara que

le estaba ocultando algo–. Supongo que eso explica por qué lord MacLeod ha recurrido a usted –dijo de mala gana–, aunque en cuanto por qué ha accedido...

–Eso también se lo he explicado –repuso Jack–. Tengo intención de sacar partido de esta situación.

Ella le lanzó otra mirada, penetrante e intensamente azul.

–Eso ha dicho antes –dijo–. Y dado que no soy una doncella ingenua, solo puedo suponer que el precio por su ayuda es que me convierta en su amante –su voz rebosaba desprecio–. Tiene usted una idea muy extraña de los privilegios de un prometido. Según todos los libros de buenas maneras que he leído, un caballero prometido en matrimonio puede traerle a una dama un vaso de limonada y bailar con ella tres veces en un baile. Hasta ahí debe llegar su atrevimiento.

–Creo –contestó Jack– que descubrirá usted que mi interpretación del papel resulta mucho más placentera –ya la deseaba, la deseaba allí mismo, en ese instante. Era tan deliciosamente tentadora, y el deseo que se agitaba entre ambos brillaba como el fuego.

Mairi se dejó caer en un sillón, frente a él, y se llevó las manos a las mejillas coloradas.

–¿No puedo apelar a su honor? –preguntó en voz baja. Sus ojos eran de un azul purísimo. Parecía sincera.

Jack suspiró. Estaba cansándose un poco de que los demás le pidieran que ejerciera una virtud que no poseía. No entendía por qué estaban convencidos de que era un hombre íntegro por el mero hecho de ser hijo de un caballero. Tenía su propio código ético, desde luego. Pero en lo tocante a seducir a mujeres por las que se sentía atraído y que también lo deseaban, no vacilaba.

–Me temo que no –respondió con voz suave–. El egoísmo es la base de todas mis relaciones.

Mairi meneó la cabeza ligeramente. Había fruncido el ceño.

–Eso no puede ser. Robert y usted están muy unidos. Han de estarlo. Lleva diez años trabajando con él.

–Siempre me ha convenido hacerlo –repuso Jack.

Mairi pareció horrorizada, como si hubiera abrigado ilusiones acerca de sus relaciones familiares.

–Creía que iba a ser el padrino de Ewan...

Jack la atajó con un ademán.

–Me negué a serlo. La responsabilidad sin beneficios no es nada ventajosa.

Advirtió que una mirada de desconfianza afloraba a sus ojos. Y, sin embargo, no parecía del todo convencida de que pudiera ser tan cruel.

–¿Qué me dice, entonces, de su abuela?

Un recuerdo asaltó de pronto a Jack, inopinadamente. Vio abrirse la puerta de la prisión y a su abuela allí parada, su vestido de seda y puntillas como una incongruencia en medio de la suciedad, los gritos de los borrachos y los alaridos de los locos. Recordó lo avergonzado que se había sentido del estado en que estaba, del hedor a alcohol de su ropa, de la sangre y la mugre. Su abuela lo había alejado de todo eso y lo había obligado a encauzar su vida. Pero no había sido capaz de remediar lo demás. Era demasiado tarde para eso. Había fallado a demasiada gente. En aquel momento, entre la vergüenza y la humillación que había sentido, había sabido que nunca se permitiría volver a preocuparse por nadie, volver a amar, porque volvería a perder, a fallar, y eso no podía suceder.

Cortó a Mairi con otro brusco ademán.

–Créame, carezco de buenos sentimientos –afirmó–.

Puede que sea un caballero por nacimiento, pero por naturaleza soy un hombre que solo piensa en su interés. Su presencia en mi cama es el precio que obtendré a cambio de mi ayuda. Tómelo o déjelo.

Mairi se levantó de un salto.

—No sé por qué, pero dudo que haya hablado de esa parte de su plan con mi suegro —dijo—. Él le considera un hombre honorable —señaló hacia la puerta—. Debería volver ahí y decirle exactamente la clase de hombre que es en realidad.

Jack la agarró de la muñeca.

—Pero no va a hacerlo, ¿verdad? —dijo suavemente—. Porque necesita mi ayuda. Me necesita... desesperadamente. Hemos de preservar su... impecable... reputación, al menos en público, para que los secretos de su difunto marido permanezcan escondidos.

Se miraron a los ojos. Jack vio furia y desprecio en los suyos, pero también algo rayano en la desolación. Estaba atrapada, y odiaba estarlo. Para una mujer como Mairi MacLeod, acostumbrada a ejercer el mando, sentirse tan indefensa debía de ser de lo más frustrante. Detestaba tener que dar su brazo a torcer y, sin embargo, si no lo hacía, se arriesgaba a perder todo lo que le importaba.

—Es usted insoportable —afirmó.

—Estoy de acuerdo —contestó Jack—. No obstante, tendrá que soportarme si quiere mi ayuda.

Mairi le lanzó otra mirada, fijando esta vez sus ojos azules en la entrepierna de Jack.

—En circunstancias normales —dijo—, sería usted el último hombre sobre la faz de la Tierra con el que accedería a comprometerme, pero por desgracia no hay ningún otro.

–Gracias –respondió Jack.
–Si hubiera alguna otra solución... –añadió Mairi.
–Eso lo daremos por supuesto –la atajó Jack.
Ella inclinó la cabeza.
–En cuanto sea posible, lo dejaré plantado –dijo–. Completamente y con considerable satisfacción.
–No sin que antes le haya hecho el amor –repuso él–. Completamente y con considerable satisfacción.

Los ojos de Mairi se dilataron, oscurecidos por emociones que Jack no lograba entender, ni interpretar. Alargó la mano y tocó uno de sus rizos rojizos, que había escapado de la cinta. Era suave y se deslizó confiadamente entre sus dedos como un nudo de seda. Tocó su mejilla. Su piel también era suave. Se acordó de pronto de las tiernas curvas y las concavidades de su cuerpo, y lo embargó un deseo tan intenso y elemental que estuvo a punto de estrecharla entre sus brazos. Pero, con un supremo alarde de autocontrol, deslizó la mano hasta su nuca y la atrajo un poco hacia sí, hasta que sus labios quedaron separados solo por unos centímetros.

Fue como encender un fuego. Cuando el muslo de Jack rozó la tela de su vestido, Mairi dejó escapar un gemido casi inaudible. Sus ojos se tornaron oscuros como el humo, de un azul soñoliento. Sus labios se entreabrieron.

Así pues, ella también lo sentía. Jack había estado seguro de ello, había sabido desde el momento en que la había besado en Ardglen que la atracción que había entre ellos era apasionada y mutua. Pero al ver la prueba de que Mairi se hallaba tan cerca como él de perder el control, estuvo a punto de precipitarse en el abismo.

–Ríndete a mí –susurró–. La última vez obtuviste lo que querías. Esta vez me toca a mí –su mente se llenó de imágenes de la noche que habían pasado juntos, de su cuerpo resbaladizo y ardiente tendido junto al suyo, sobre el suyo, bajo el suyo.

Mairi puso una mano sobre su pecho. A Jack le pareció sentir que también ardía, que lo marcaba como un hierro al rojo vivo.

Luego, como desde muy lejos, se dio cuenta de que estaba intentando apartarlo, no atrayéndolo hacia sí. Seguían estando muy cerca, casi se tocaban.

–Es usted un chantajista –musitó ella, y sus labios se rozaron–. Quiere aprovecharse de mi debilidad. No es mejor que el señor Innes.

Jack sonrió.

–Creo que descubrirá que soy mucho mejor que el señor Innes –afirmó–. O que cualquier otro –ladeó ligeramente la cabeza, intentando ahondar el beso. Tocó con la lengua la comisura de su boca y la deslizó luego por su labio inferior.

Mairi se abrió a él de inmediato, como si no pudiera resistirse. Sabía a fresas y a sol, y Jack se sintió embargado por un arrebato de puro deseo.

–¿Y bien? –dijo al soltarla.

–No puedo...

–Yo creo que sí –la atajó él. Pasó el pulgar por su labio y la sintió temblar.

–No respondo bien al chantaje –dijo ella.

–Al contrario. Acabas de hacerlo.

Mairi sacudió un poco la cabeza. Jack no sabía si estaba decepcionada con él o consigo misma. Si era con él, le importaba muy poco, pero de pronto descubrió que no le gustaba en absoluto que se sintiera decepcionada consigo misma. Lo cual era extraño, puesto que no tenía ni idea de por qué le importaba.

—Convéncete de que no tienes elección —le aconsejó—, si deseas fingir que eres virtuosa.

Sus ojos se llenaron de desilusión.

—Siempre hay elección, señor Rutherford. Si me convierto en su amante, no voy a engañarme diciéndome que fue decisión de otros y no mía.

Jack sonrió al ver que insistía en llamarlo «señor Rutherford».

—Si vas a convertirte en mi amante —dijo—, deberías llamarme Jack. Ya que estamos prometidos, es perfectamente aceptable que me tutees en público... Mairi.

Pareció escandalizada. Una mujer que le había entregado su cuerpo sin inhibiciones, parecía escandalizada porque se dirigiera a ella por su nombre de pila. Aquello le divirtió.

—Se toma usted muchas libertades —dijo ella, crispada.

—Pues eso no es nada —contestó él.

La besó otra vez. Notó su resistencia, su indecisión y un tumulto de emociones distintas que no entendió, pero cuando Mairi abrió la boca, se olvidó de todo y se dejó llevar por el deseo arrollador que sentía por ella. Cuando la soltó, sus ojos tenían una expresión de perplejidad. Se llevó los dedos a los labios.

—No puedo creer lo que siento —musitó. Parecía confusa, incrédula. Y también muy joven e inexperta.

Jack sintió una punzada de incertidumbre. Se preguntó si la había juzgado mal, si su sofisticación no era más que una pose.

—¿Qué sientes? —preguntó. No esperaba que contestara. Era demasiado celosa de sus emociones para abrirse a él, pero de pronto lo miraba con una expresión tan candorosa y maravillada que, de no haber sido un completo descreído, Jack se habría sentido como un dios.

—Me siento acalorada, aturdida y un poquitín borracha —reconoció ella.

Jack sonrió. No pudo evitarlo. Así pues, su santo esposo no había sido tan perfecto, después de todo. Estaba claro que, en cuestión de sexo, había sido un perfecto inútil.

—Pareces una debutante después de su primer beso —comentó, y se arrepintió de sus palabras al ver que aquella luz suave se desvanecía de sus ojos.

—No soy una debutante —dijo enérgicamente.

—Eso es cierto —tomó su mano y la hizo volverse para mirarlo—. Cuando te pregunté por esa noche en Edimburgo —dijo con la voz un poco ronca—, dijiste que no sabías que era yo. ¿Eso también era cierto?

Mairi bajó los ojos. Jack la sintió temblar.

—Sí —susurró.

Jack sintió una desilusión brutal. Había estado tan seguro de que estaba mintiendo... Y sin embargo ella misma había admitido que esa noche se había propuesto seducir a un hombre, a cualquier hombre. La vulnerabilidad que había percibido en ella un momento antes era un producto de su imaginación. La había visto porque quería verla. No estaba seguro de por qué se sentía tan decepcionado. A fin de cuentas, solo le interesaba poseerla.

—Esa noche quería olvidarme de todo —continuó ella.

Jack la vio tragar saliva compulsivamente.

—Buscaba el olvido.

Jack se acordó de sus lágrimas. Sin duda esa noche había echado de menos a Archie MacLeod, con quien había compartido un matrimonio, una relación de pareja mucho más profunda que una simple aventura. Intentó compadecerse de ella, pero solo sintió una aguda punzada de celos: celos por la lealtad a su marido, y furia por que hubiera intentado ahogar sus penas en los brazos de cualquier hombre que sirviera para sus propósitos. Cualquier otro podría haberla poseído. Habría hecho el amor con cualquiera del mismo modo que lo había hecho con él, con ardor, pasión y abandono.

–Bien –dijo con aspereza–, la próxima vez sabrás sin ninguna duda que soy yo –la besó de nuevo. Estaba todavía enfadado y lo demostró en la forma en que se apoderó de su boca, devorándola hasta hacerla gemir.

La soltó, pero solo para poder mirarla a los ojos.

–Que conste –dijo hoscamente– que si accedes a ser mi amante, lo quiero todo. Has de darme todo lo que te pida.

Ella estaba temblando, pero no de miedo. Asintió con la cabeza.

–Dilo –ordenó Jack.

–Sí –susurró ella, y Jack sintió de nuevo aquel súbito arrebato de euforia.

La soltó.

–Viajaremos juntos –dijo tranquilamente–, puesto que estamos prometidos. Uno de tus hombres puede llevar mi caballo.

Vio que se mordía el labio. Saltaba a la vista que aborrecía la idea de permitirle tomar el control. Jack sintió el antagonismo que desprendía en oleadas. Pero el antagonismo a menudo hacía que la conquista fuera aún más dulce.

Ella lo había utilizado. Ahora le tocaba a él.

Nunca, en toda su vida, un hombre la había turbado tanto. Jack iba arrellanado en el asiento de enfrente, completamente a sus anchas, con los anchos hombros apoyados en los cojines, las largas piernas estiradas y los tobillos cruzados. Era tan guapo que su belleza casi resultaba indecente. Y en un espacio reducido, el efecto que su espectacular apostura surtía sobre ella era de lo más incómodo. Una especie de peligroso ardor iba extendiéndose poco a poco por su cuerpo, y el corazón le latía con violencia dentro del pecho. Jack no la miraba, pero pese a ello, Mairi tenía la impresión de que no le quitaba ojo. Parecía estar pensando en todas las cosas que iban a hacer juntos: en todas esas cosas perversas, pecaminosas y excitantes que ella ansiaba y al mismo tiempo temía. No entendía por qué se sentía tan atraída por Jack Rutherford, y no le gustaba que así fuera, pero ignoraba cómo evitarlo. Carecía de sentido fingir que se había metido en aquella situación obligada por él. Jack le había hecho una proposición indecente y ella había aceptado, no solo para gozar de la protección de su nombre, sino porque desde aquella noche en Edimburgo sus sentidos ansiaban más. Se sentía casi como si hubiera estado viviendo en blanco y negro y Jack hubiera dado a su vida no solo color, sino también gusto y textura.

Sus ojos se encontraron un momento y Mairi sintió una oleada de deseo. Sacudió la cabeza con energía. Solo parecía capaz de pensar en Jack y en el momento en que decidiría exigirle que cumpliera su parte del trato. Tal vez incluso fuera allí, ahora, en el carruaje... Posó los ojos en su cara y se dio cuenta de que estaba mirándola. De hecho, se estaba riendo de ella. Le había leído el pensamiento.

–No soy tan bruto, te lo aseguro –dijo en voz baja, divertido–. Aunque practicar el sexo en un carruaje puede ser una experiencia estimulante. ¿La has probado?

–No –apartó la cara, consciente de que se estaba sonrojando. Era extraño que, al elegirlo en Edimburgo, se hubiera sentido tan osada y segura de sí misma y que sin embargo ahora la embargaran los sentimientos contrarios.

Pensaba en aquella noche como en algo que no alcanzaba a explicarse, algo sorprendente y prodigioso. Se había sentido tan sola y tan abandonada, tan aislada, que había actuado de un modo que apenas reconocía. Pero eso tampoco quería explicárselo a Jack. Una confesión semejante desembocaría inevitablemente en preguntas acerca de su relación con Archie, y no quería hablar de ese asunto, al menos con Jack. Los penosos secretos que le había dejado Archie la abrumaban como un peso. No podía confiarle la verdad a Jack. No se fiaba de nadie.

Fijó la mirada en el paisaje, sin verlo en realidad a través de la pátina de lágrimas de sus ojos. El desconcierto era una emoción con la que no estaba familiarizada. Había tomado las riendas de su vida a edad muy temprana, y a continuación también las de su matrimonio y las de la herencia y el patrimonio de Archie. Todo había sido siempre claro y ordenado, y había sido ella quien lo había puesto en orden.

Se sentía sofocada y nerviosa y no quería que Jack se diera cuenta. Podía entregarle su cuerpo a cambio de su protección, pero no le permitiría entrar en sus pensamientos.

Pensó en Michael Innes y en el peligro que representaba. La idea de que la llevara ante los tribunales la llenaba de frío espanto. Sería humillante ver su vida expuesta a escrutinio público. Humillante, doloroso y vergonzante para su familia. Pero eso no era nada comparado con el daño que podía causar Innes si descubría y hacía públicos los secretos del pasado de Archie. La salud de lady Mac-

Leod era aún más frágil que la de su marido, y la vergüenza del deshonor acabaría sin duda con ella. Su hija Eleanor, la única que les quedaba a los MacLeod, se vería salpicada por el escándalo y tendría que renunciar a sus esperanzas de casarse. Innes se quedaría con el dinero y con las tierras y desharía todo cuanto Archie había intentado conseguir. Su marido le había confiado su legado para que mantuviera a salvo sus tierras y a las personas vinculadas a ellas. No soportaba la idea de fallarle y traicionar su confianza.

Miró a Jack. Parecía reconcentrado, como si su pensamiento estuviera muy lejos de allí. Tenía un aspecto duro, inflexible. Mairi sabía por lo poco que su hermana Lucy le había contado sobre los negocios de Robert y Jack en el extranjero que podía ser tenaz e implacable. Pero, a decir verdad, ella ya lo había adivinado. Bajo su elegancia y su encanto, Jack Rutherford era duro como el pedernal. De pronto se preguntó por qué era así. Desconocía por completo su pasado. Sabía muy poco de él, aparte de que era primo de Robert y nieto de la viuda lady Methven. La gente hablaba de sus intereses comerciales, de su fortuna y de sus propiedades, pero nunca del hombre, ni de sus orígenes.

Se preguntó qué diría la anciana lady Methven cuando supiera de su compromiso, y qué dirían Robert y Lucy. No quería mentir a su familia, pero tampoco podía decirles la verdad.

Pensó en Jack tocándola con naturalidad, en el gesto íntimo de tutearla en público. Se vería obligada a soportar su conducta sin quejarse cuando la tratara como si de veras fuera su prometida. Le pareció mucho más de lo que estaba dispuesta a dar. Pensó después en qué más tendría que darle, su cuerpo, sin reservas ni traba alguna, y le dio un vuelco el estómago. Una mezcla de temor y perversa emoción se apoderó de ella.

Se llevó los dedos a las mejillas encendidas.

–Pronto pararemos en la posada de Kinlochewe –dijo Jack–. He pensado que podíamos pasar allí la noche.

Era la última parada antes de Methven. Mairi deseó en parte seguir viajando hasta llegar a su destino, pero faltaban todavía un par de horas por carreteras en mal estado y, al llegar a Methven, habría que dar demasiadas explicaciones. Volvió a dolerle la cabeza con fuerza. Se llevó una mano a la frente y se la frotó con aire distraído.

Jack la estaba observando.

–¿Qué ocurre? –preguntó.

–Me duele la cabeza –dijo ella escuetamente–. Y estoy muy cansada. Le agradecería que me dejara sola esta noche... a no ser que insista en reclamarme como su amante inmediatamente.

Jack esbozó una sonrisa malévola.

–La perspectiva de hacerle el amor a una mujer con una fuerte jaqueca no me resulta muy apetecible –contestó con sorna–. Además, la expectación añade emoción al deseo.

Mairi apartó la cara otra vez, pero sintió que sus mejillas, ya acaloradas, se sonrojaban más aún. El carruaje cruzó traqueteando la verja del patio de la posada. Jack la ayudó a apearse y la sujetó un momento contra sí cuando sus pies tocaron el suelo. Con la mano apoyada en sus riñones, la besó despacio. Cuando la soltó, Mairi tenía la cara en llamas. Jack se había asegurado de que todo el mundo les viera. La había hecho suya y ahora todo el mundo lo sabría.

Capítulo 10

Jack no podía dormir. Normalmente dormía bien, pero esa noche estaba inquieto. Dio vueltas en la cama, enredó las sábanas en un torniquete a su alrededor, apartó las mantas y volvió a arroparse cuando el frío de la madrugada invadió la habitación. El motivo de su malestar no estaba muy lejos de allí: a unos dos metros, al otro lado de la delgada pared.

Con anterioridad a esa noche, había ignorado que tuviera conciencia. Había hecho muchas cosas en su vida de las que muchos hombres se avergonzarían, y sin embargo nunca había sentido ni un ápice de remordimiento. Se enorgullecía de ser implacable, de su capacidad para conseguir lo que quería, de servirse de todos los medios a su alcance para lograrlo. Había pensado que aquello no era distinto, que su conducta estaba del todo justificada, que era natural que le exigiera a Mairi lo único que le interesaba de ella. Ella lo había utilizado. Ahora le tocaba a él. No sentía, pese a todo, euforia alguna. No sentía nada, como no fuera una especie de vacío.

Se suponía que no debía ser así.

Se quedó mirando el techo, el juego de las sombras

sobre la descascarillada pintura blanca y el suave balanceo de las telarañas que colgaban de las vigas. Sabía que Mairi lo deseaba con un ansia comparable a la suya. Lo había sentido en cada uno de sus besos. Ella misma lo había reconocido. Pero sabía también que el chantaje no era lo que quería. Era indigno de él. Y lo que era más importante: quería que Mairi se entregara a él libremente, por propia voluntad.

Se le estaban reblandeciendo los sesos. Era inexplicable.

Mascullando un improperio, apartó de nuevo las mantas y se acercó a la mesa, vertió agua de la jarra en la jofaina y se salpicó la cara. Se acercó a la ventana. Estaba entreabierta y apartó la cortina para contemplar las montañas. Una neblina blanca pendía entre ellas, ligera como gasa. Estaba amaneciendo. Iba a ser otro día precioso.

Un ruido de cascos en la carretera llamó su atención. Un jinete solitario se acercaba velozmente desde el este. A hora tan temprana o de noche, la llegada de un jinete solía significar la llegada de un mensaje urgente. Jack se puso la chaqueta y echó mano de sus botas.

El jinete entró en el patio de abajo. Al asomarse, Jack vio la librea de los Methven. Salió por la puerta del cuarto con cuidado de no hacer ruido para no despertar al resto de los huéspedes de la posada, pero al dirigirse a las escaleras vio que alguien se movía entre las sombras. Echó instintivamente mano de la espada y entonces reconoció el brillo de su cara. Era Mairi. Llevaba el pelo suelto, formando una nube rojiza y oscura. Estaba descalza bajo el reborde de encaje de su camisón. No llevaba nada más, salvo un chal sobre los hombros, y a la luz mortecina de la mañana parecía pálida y tan vulnerable que Jack sintió un extraño sobresalto en el corazón. Murmurando una maldición, dejó que su espada volviera a deslizarse en la funda.

—He visto al mensajero de Methven —dijo ella—. Voy a bajar con usted.

—¿Así? —preguntó Jack—. Con solo verte se le olvidará a qué ha venido —deslizó la mirada sobre ella.

Uno de sus rizos había resbalado más allá del escote de delicado encaje de su camisón y se había posado en el valle de sus pechos. Jack vio su forma redondeada bajo la fina tela de algodón y la silueta más oscura de los pezones rozando el tejido. Bajó la vista hasta la sombra de su pubis. De pronto su ternura se esfumó por completo, sustituida por el deseo. Sintió que su cuerpo se tensaba, lleno de excitación. Sus ojos, oscuros y ardientes, se clavaron en los de ella y vio reflejado allí el mismo ardor que sentía. Fue como la vez anterior, solo que mucho más intenso.

Dio un paso hacia ella, olvidándose por completo del mensajero y de su carta. En ese instante, sin embargo, Mairi se puso rígida, dio un paso atrás y se ciñó el chal sobre los hombros, apretándolo con fuerza entre sus puños. Aquel gesto hizo brincar de nuevo el corazón de Jack. En lugar de desear arrancarle el camisón y tomarla contra la pared, sintió el impulso de abrazarla y protegerla. El cambio de depredador a protector lo pilló completamente desprevenido. Maldijo en voz baja.

—Vendré a decirte lo que pasa en cuanto hable con él —dijo con brusquedad.

Pensó por un momento que ella iba a insistir en acompañarlo, pero, finalmente, Mairi hizo un gesto de asentimiento igual de brusco y retrocedió hacia la puerta de su cuarto.

—Gracias —dijo, y añadió con aspereza—: No se olvide de hacerlo.

Sonriendo, Jack bajó las escaleras. El soñoliento posadero estaba corriendo los cerrojos, respondiendo a las llamadas del mensajero. Diez minutos después, el lacayo estaba tomando el desayuno para reponer fuerzas antes de regresar a Methven y Jack subía las escaleras de nuevo con una carta en la mano.

Llamó a la puerta de la habitación de Mairi.

–Ven conmigo –dijo, señalando la puerta de al lado, la de su habitación. No quería que su doncella les interrumpiera.

Mairi había aprovechado su ausencia para cubrirse con un manto de terciopelo rojo. Aparte de su cara, no se veía ni un solo centímetro de su piel. Curiosamente, Jack pensó que seguía habiendo en ella algo de misterioso y de seductor incluso cuando iba completamente tapada. El terciopelo rojo ondulaba alrededor de su cuerpo esbelto y parecía fundirse con su cabello rojo, que seguía suelto alrededor de sus hombros. Estaba maravillosa. Jack se descubrió embelesado por el brillo y el fluir del terciopelo y por la certeza de lo que se escondía bajo el rico tejido.

¡Demonios! Había perdido por completo la concentración, y todo porque aquella mujer parecía capaz de dominar sus sentidos por el solo hecho de existir. Para él era una experiencia novedosa hallarse tan a merced de sus emociones. No le gustaba en absoluto, pero no parecía poder evitarlo. Dejó que Mairi entrara delante de él en la habitación y cerró la puerta.

Ella se volvió y esperó a que dijera algo, arqueando las cejas con expresión imperiosa. Al ver que no decía nada, su semblante se llenó de ansiedad.

–¿Ocurre algo malo? –preguntó–. ¿Lucy... los niños... están bien?

Parecía tan preocupada que Jack se maldijo por haberla alarmado.

—Están todos bien —vio que su semblante se relajaba.

Mairi alisó su manto. Le temblaban los dedos.

—Gracias a Dios —dijo.

—Pero Rob envía una advertencia —añadió Jack—. Tu primo, Wilfred Cardross, ha escapado de la prisión de Edimburgo. Quería que lo supiéramos por si acaso Cardross intenta atacarnos.

Mairi arrugó el ceño. Se sentó al borde de la cama.

—¿Cree que Wilfred podría atacarnos durante el viaje? ¿Y estando tan cerca de Methven?

—Puesto que está resentido con las dos familias —contestó Jack secamente—, no me sorprendería en absoluto.

Robert y él habían tendido la trampa que había capturado a Wilfred Cardross tres años antes. Lachlan, el hermano de Mairi, era ahora el señor de las antiguas tierras de Cardross, gracias a su matrimonio con Dulcibella. Cardross, pensó Jack, tenía motivos sobrados para guardarles un tremendo rencor.

—Despide a tus hombres y cabalga conmigo esta mañana —dijo—. Cardross esperará que viajes en carruaje. Es un blanco muy fácil. Estarás más segura conmigo.

Vio brillar la tentación en su mirada, vio un destello de emoción que se disipó al instante y se extinguió. Durante el viaje, días antes, se había preguntado si su formidable dominio de sí misma había despojado a Mairi de toda espontaneidad. Ahora veía que, bajo aquellas capas de constreñimiento, había todavía una chispa de locura. Quiso avivar esa chispa hasta convertirla en una llama.

—Hazlo —dijo con voz áspera—. Tú sabes que quieres hacerlo.

Ella había bajado la cabeza y no lo miraba a los ojos, pero Jack sintió su indecisión como un hilo del que alguien tirara hasta tensarlo. Pensó por un momento que iba a aceptar y se le inflamó el corazón. Pero luego, ella desvió los ojos y sacudió la cabeza.

–Sería absurdo –dijo– y peligroso. Estaré más segura en el carruaje.

Jack se acercó a ella.

–¿De qué tienes miedo? –preguntó con suavidad–. Te he dicho que te protegeré.

Oyó que contenía la respiración. Estaba tan cerca de ella que veía cómo subían y bajaban sus pechos y sentía su respiración agitada. Mairi esquivó de nuevo su mirada.

–Mírame –dijo Jack.

Levantó la mirada. Sus ojos azules parecían llenos de sombras.

–¿De qué tienes miedo? –repitió él.

–De estar a solas contigo –musitó ella–. De cómo me haces sentir.

De pronto ya no estaban hablando del viaje a Methven ni del peligro que representaba Wilfred Cardross, y él no había deseado a una mujer tan desesperadamente en toda su vida.

Agarró su barbilla y la hizo volver la cara hacia él. A pesar del ardiente deseo que sentía, esperó, le dio tiempo para apartarse. Pero Mairi se arrimó un poco más a él, inconscientemente, como llevada por su instinto. El manto de terciopelo rojo acarició sensualmente el cuerpo de Jack. Una pasión arrebatadora estalló dentro de él, y la besó. Había querido mostrarse tierno al principio, pero el ansia se impuso a la ternura y la besó con fuerza. Ella reaccionó de inmediato, y su respuesta amenazó con hacerlos zozobrar a ambos demasiado pronto, demasiado deprisa. Jack se sintió como si se deslizara hacia el abismo. Sentía un frenesí que no reconocía. Luchando por recuperar el aliento, se apartó un poco.

−¿Puedo...? −su voz sonó ronca. La deseaba, inmediatamente, pero igual que horas antes le importaba más que ella estuviera de acuerdo, que se entregara a él sin coerciones, sin dudas ni reticencias. El día anterior había creído que podía pasar por alto sus sentimientos. Ahora se daba cuenta de lo necio que había sido.

Esta vez, ella no reaccionó de inmediato. Se quedó callada un segundo, dos. Jack estaba empezando a desear no habérselo preguntado cuando dijo:

−Sí. Por favor.

Fue aquel «por favor» lo que selló su perdición.

La levantó en brazos y la dejó caer en el centro de la cama. Los muelles del colchón protestaron cuando aterrizó y el edredón la envolvió casi por completo. Quedó tumbada de espaldas, con los brazos y las piernas estirados como una estrella de mar, el manto de terciopelo rojo abierto y el camisón arrebujado alrededor de sus muslos.

Vio que la risa que brillaba en los ojos de Jack se desvanecía y se le secó la garganta cuando él entornó los párpados y comenzó a deslizarse sobre ella, desde el cabello que le caía sobre los hombros, pasando por el escote de encaje del camisón, hasta llegar al lugar donde sus pezones se apretaban contra la tela y más abajo. El corazón le latía ya con tanta fuerza que temió desmayarse. Una oleada de calor rompió dentro de su cuerpo y una especie de timidez se apoderó de ella mientras yacía expuesta a su mirada. Comenzó a bajar los brazos, pero Jack fue más rápido que ella, le sujetó las muñecas por encima de la cabeza y las mantuvo allí con una mano mientras metía una rodilla entre sus piernas y se las separaba a la fuerza.

Mairi miró un momento su cara, fijamente. Estaba tan cerca que podía ver la barba que comenzaba a crecerle en la enjuta mejilla y el denso oro de sus pestañas. Vio también como un deseo reconcentrado oscurecía sus ojos. Su estómago dio un vuelco y luego otro.

Era demasiado tarde para arrepentimientos y de todos modos no estaba segura de sentirlos. Sentía un anhelo sensual tan embriagador como el vino. Quería probar de nuevo un bocado de placer perverso, en medio de su yerma existencia.

Jack se inclinó hacia ella. Besó sus labios suavemente, sin el ansia feroz que se había apoderado de él momentos antes. Se tomó su tiempo, dándole dulces besos que prometían mucho más y que al mismo tiempo parecían guardarse algo. Al poco rato, ella estaba jadeando, ansiosa. Deseaba tenderle los brazos, pero Jack seguía sujetándole las muñecas por encima de la cabeza mientras la conducía paso a paso hacia la dicha más deliciosa.

Una parte de su ser que Mairi creía enterrada cobró vida. No podía entender sus sentimientos por Jack Rutherford, ni dominarlos. Se apoderaban de ella y arramblaban con todo, salvo con el deseo.

Había perdido ya su timidez, destruida por la necesidad de satisfacer aquella ansia que la llenaba de frustración. Ya no se avergonzaba por estar tendida bajo Jack, separados sus cuerpos por una finísima capa de seda casi transparente. Deseó que la seda también desapareciera, deseó que Jack le soltara las manos para poder tocarlo, deseó que moviera la pierna hacia arriba apenas unos centímetros, hasta su sexo, para que pudiera apretarse desvergonzadamente contra él y aliviar el latido carnal que sentía dentro. Él pareció notarlo, porque se apartó un poco cuando Mairi se arqueó hacia arriba, y siguió besándola profundamente, hasta que ella comenzó a retorcerse sobre la cama. Notaba la piel caliente y erizada. Reaccionaba a cada contacto de su boca y ansiaba sentirla por todas partes.

Jack se apartó un poco. La cabeza le daba vueltas. La luz de la mañana parecía brillar detrás de los párpados cerrados de Mairi, su cuerpo latía, tembloroso.

–Abre los ojos –dijo Jack. Su voz era áspera, pero el beso que punteó las palabras era tierno–. Esta vez quiero que sepas que soy yo.

Mairi abrió los ojos. Su mirada también era áspera. Había rabia en sus ojos, y Mairi comprendió en ese instante que no la había perdonado por buscar el olvido con cualquier hombre, con cualquier amante. Todavía se lo reprochaba, como si debiera pertenecerle solo a él. También había ternura en él, sin embargo. Al fin soltó sus muñecas y deslizó las manos por sus hombros en una suave caricia, apartando el camisón de seda al tiempo que se inclinaba para besar el hueco de su clavícula, la piel ardiente de su cuello, la concavidad del arranque de su garganta. Mairi se retorció, sintiendo como se deslizaba la seda sobre sus pechos, casi tan acariciadora como las manos de un amante.

–Por favor... –se arqueó de nuevo.

Jack detuvo las manos sobre sus hombros. Agarró la parte delantera de su camisón y la rasgó hasta la altura de su ombligo, tan violenta y rápidamente que Mairi dejó escapar un grito. El aire frío de la mañana sopló sobre su piel, endureciendo sus pezones. Jack apartó los jirones de seda y se metió un pezón en la boca, tiró de él, lo lamió y lo chupó. Su barba le arañó la piel. La mente de Mairi estalló, hecha añicos.

—Abre los ojos —susurró él mientras mordía suavemente un lado de su pecho.

Mairi se estremeció. Sintió de nuevo sus dientes, esta vez sobre el pezón. Su cuerpo se convulsionó por entero. Sus párpados se agitaron.

—He dicho que abras los ojos.

Volvió a morderla. Con más fuerza. Mairi estuvo a punto de alcanzar el orgasmo, pero hizo lo que le pedía y abrió los ojos. El deseo enturbiaba su mirada. Vio la mejilla de Jack apoyada sobre su pecho, su cabellera rozándole la piel, dorada y oscura sobre su blancura. Él le sostuvo la mirada. Levantó una mano y la posó sobre su pecho, sosteniéndolo en la palma, y Mairi comprendió que estaba reclamando la propiedad de su cuerpo. Jugueteó con sus pezones con los dedos como si ella fuera un objeto, una de sus posesiones. El placer se tensó y vibró dentro de ella.

—No cierres los ojos —lamió su pezón, saboreándolo como si fuera un helado, con una caricia premeditada. Ella gimió, arqueándose. Jack sonrió y volvió a lamerla.

Agarró los jirones del camisón y lo rasgó hasta abajo. Después pegó los labios a su vientre, por encima de su pubis. Deslizó los dedos hasta su sexo y los introdujo dentro de ella. Mairi ya no podía pensar, no podría refrenarse. Una sola pasada del pulgar de Jack sobre su clítoris, una segunda, y se deshizo en mil pedazos, tan dulce y violentamente que habría gritado de no haberle tapado Jack la boca con un beso.

Sintió que él cambiaba de postura encima de ella, que

luchaba por liberar su verga. Estaba temblando. Lo notó a pesar de que su cuerpo se estremecía aún, presa de una cascada de placer.

—Mírame —ordenó él nuevamente, pero parecía menos dueño de sí mismo, a punto de perder el control.

Mairi sintió una oleada de poder que la hizo sonreír. Mantuvo los ojos cerrados. Las manos de Jack se deslizaron por su cuerpo, desde los hombros, pasando por sus pechos y su vientre, apoderándose de ella otra vez con sus caricias. Aquella sensación fugaz de plenitud se desvaneció. Un agudo deseo volvió a embargarla. Sintió la punta de la verga de Jack apretada contra su sexo e intentó no arquearse para salir a su encuentro, intentó no suplicarle que siguiera. Pero era imposible. Le tendió los brazos, abrió las piernas para que se acomodara entre ellas y clavó los dedos en sus nalgas, atrayéndolo hacia sí. Le oyó contener bruscamente la respiración.

—Qué caliente... Qué tenso... —su aliento agitó los mechones de pelo que colgaban lacios hasta el cuello de Mairi. Sus labios le rozaron la garganta—. He soñado con esto, he soñado contigo.

Mairi pensaba que la tomaría violentamente para demostrarle que esta vez era él quien iba a usarla. No le habría importado. Otra vez ardía en deseo, su cuerpo ansiaba más. Pero Jack no se hundió en ella bruscamente. Se movió en largas y lentas acometidas que agitaron de nuevo el placer de Mairi, fortaleciéndolo poco a poco, sin prisas, hasta que sintió su cuerpo poseído por una tensión insoportable. Entonces abrió los ojos y lo miró. Lo miró mientras le hacía el amor, lo miró mientras inclinaba la cabeza para besar sus pechos, lo miró mientras acariciaba posesivamente sus caderas, levantándola para que saliera al encuentro de sus largas y profundas embestidas. Estaba todavía mirándolo cuando finalmente se apoderó de ella un orgasmo lento y delicioso y, echando la cabeza hacia atrás, se arqueó hacia arriba, arrastrando a Jack consigo.

Poco a poco fue cobrando de nuevo conciencia de lo que la rodeaba, vio que la luz que entraba en el cuarto era más intensa y oyó cantar a los pájaros más allá de la ventana. La posada empezaba a despertar a su alrededor. Su corazón seguía latiendo a toda prisa. Se sentía aturdida por el descubrimiento de un placer cuya existencia había desconocido hasta entonces. Había sido muy distinto a la vez anterior. Luchó por comprender por qué y se dio cuenta de que anteriormente solo había ansiado el olvido.

Sintió miedo de pronto. Esta vez, había deseado a Jack. No había pensado en nada, salvo en él. Su deseo había sido arrebatador, y su reacción física también.

Las emociones la embargaron, sentimientos que no alcanzaba a entender se apoderaron de ella.

—Jack —dijo.

Era la primera vez que lo llamaba por su nombre de pila. Se dio cuenta de que su voz debía de haber delatado en parte sus sentimientos, porque notó que él se movía, apartándose de ella. El aire frío envolvió su cuerpo, y de pronto cobró conciencia de que estaba desnuda, tumbada sobre la cama, con las piernas abiertas, saciada y lánguida, mientras que Jack seguía con la ropa puesta.

—Tienes que regresar a tu cuarto antes de que tu doncella venga a buscarte —la voz de Jack sonó fría, desprovista de emoción—. No nos conviene crear más escándalo —se sentó y se abrochó los pantalones. No la miró.

Mairi dio un respingo. La vergüenza la inundó como una oleada.

Se sentía como una prostituta, salvo porque una prostituta no habría esperado más que un puñado de monedas. Ella, en cambio, había esperado al menos un mínimo de respeto. De pronto comprendió su error. Se había dejado seducir. Había olvidado que Jack la había chantajeado para que fuera su amante, que su relación solo serviría para degradarla, que él no le tenía ningún respeto.

En ese momento se odió a sí misma. Odió lo que había hecho y cómo se había sentido y deseó odiar también a Jack, pero no pudo y eso la hizo sentirse aún peor. Jack nunca le había ocultado que no buscaba intimidad de ningún tipo. No quería comprometerse sentimentalmente con nadie. Ella lo había sabido desde el principio, pero en el calor del deseo lo había olvidado. Jack no le había mentido, ni le había hecho falsas promesas. Se había acostado con ella porque la deseaba, y ahora que había satisfecho su lujuria, quería que se fuera.

Durante unos segundos, la humillación la mantuvo inmóvil. Después se levantó de un salto, agarró su manto tan rápidamente como pudo y se envolvió en él con manos temblorosas. Una vez cubierta, pudo mirarlo de nuevo a los ojos. Él ya se había adecentado la ropa y esperaba sentado a que se marchara, con impaciencia mal disimulada.

–Nuestro compromiso ha terminado –dijo ella de pronto.

–¿Cómo has dicho? –Jack levantó una ceja.

Mairi intentó no fijarse en lo guapo y viril que estaba con el pelo revuelto y aquel aspecto un tanto desaliñado. Tragó saliva, se ciñó el manto con fuerza y procuró hacer acopio de dignidad.

–Nuestro compromiso ha terminado –repitió enérgicamente–. Fue un error. Como también lo ha sido acostarme contigo. No necesito tu ayuda. No quiero nada más de ti y no voy a ser tu amante.

Se interrumpió. Jack se había levantado y parecía enfadado. Dio un paso hacia ella y la agarró de los hombros. A pesar de la ira que brillaba en sus ojos, la sujetó con delicadeza, y el calor de sus manos se difundió de nuevo, traicioneramente, por el cuerpo de Mairi, que se estremeció y se ciñó el manto aún con más fuerza.

–Hay un límite de veces para que hagas el amor conmigo y luego finjas que no quieres hacerlo –dijo Jack con suavidad. La suave caricia de sus manos sobre el terciopelo la hizo estremecerse otra vez. Él deslizó una mano dentro del manto y la posó sobre uno de sus pechos, acariciando el pezón con el pulgar. Se inclinó hacia delante de modo que sus labios quedaran separados por apenas unos centímetros–. Me deseas, ¿verdad, cariño? –dijo, y no era una pregunta. Ya sabía la respuesta.

Mairi intentó resistirse a la dulce indolencia que embargaba su cuerpo.

–Eso no está en disputa –sofocó un gemido cuando él pellizcó su pezón y tiró de él. Sintió que se le aflojaban las rodillas. Un segundo más y estaría de nuevo en la cama, tumbada de espaldas, con él encima. Levantó la barbilla y luchó por concentrarse–. No permito que nadie me trate como a una puta. No voy a permitir que me usen y me tiren.

Sintió que Jack se ponía rígido y bajaba la mano.

–Así que ya sabes cómo me sentí cuando me desperté aquella mañana, después de que te marcharas –dijo. Sus ojos tenían un destello de ira.

–Muy bien –replicó ella–. Ahora que ya te has vengado, que me has tenido, quizá puedas olvidarlo –volvió a colocarse el manto, ignorando el ardor del deseo que sentía en las entrañas y el escozor, aún más intenso, de la tristeza. Una tristeza que evidenciaba que las cosas no debían ser así.

–No quiero tu protección –añadió–. Y menos aún tu compañía. Cuando lleguemos a Methven, procura mantenerte alejado de mí en la medida de lo posible.

Luchó con el pomo de la puerta. Ansiaba solo la intimidad de su cuarto, agua caliente y ropa limpia. Podía lavarse y refrescarse, pero sospechaba que no sería tan fácil deshacerse del recuerdo de las caricias de Jack. Él tenía razón: seguía deseándolo, anhelaba el placer que él podía darle, pero de ningún modo se entregaría a él si no la respetaba.

Cerró la puerta suavemente tras ella.

Jack no hizo intento de llamarla.

Rayos, rayos y centellas. Jack no recordaba la última vez que había estado de tan mal humor. De pie junto a la ventana, observaba a los sirvientes de Mairi cargar el carruaje. Ella esperaba allí cerca, llena de impaciencia. Frazer tenía mala cara. Los mozos se movían de acá para allá con prisas, como si los faldones de sus camisas estuvieran en llamas. Evidentemente, Mairi había desahogado con ellos su furia, lo cual era muy impropio de su carácter. Claro que estaba muy disgustada.

Jack sabía que toda la culpa era suya. Había echado a patadas de su cama a lady Mairi MacLeod. Era un idiota, además de un bruto. Mairi no era mujer que aceptase ese tratamiento de nadie. Su única excusa, y no era una excusa, era que estaba tan trémulo, tan turbado por lo que había ocurrido entre ellos, que instintivamente había buscado distanciarse de ella.

Refrenó una maldición. No había tenido intención de tratar a Mairi como a una puta por venganza. Ni siquiera se le había pasado por la cabeza. En cuanto había empezado a hacerle el amor, se había olvidado por completo de que ella lo había utilizado en el pasado. Se había olvidado de que quería doblegarla, imponerle sus exigencias. Se había sentido arrastrado a una esfera desconocida para él, aturdido y maravillado por sus propias respuestas y aterrado por aquella sensación de estar a merced de sus emociones. Había tenido, además, intención de retirarse en el momento del clímax, pero el placer había sido tan arrollador que no lo había hecho, lo cual era una tremenda muestra de irresponsabilidad.

Frunciendo el ceño, se pasó una mano por el pelo. El placer sexual no era nada nuevo para él. Había tenido experiencias sexuales fabulosas. Pero aquello era distinto. Era excepcional. Había sentido un vínculo con Mairi, un anhelo que superaba lo puramente físico. Le había llegado a lo más hondo del alma. Y puesto que creía no tener alma, ni sentimientos nobles de ninguna clase, aquello resultaba más que perturbador.

Se apartó del alféizar de la ventana y dio la espalda al carruaje que partía. Estaba sacando de quicio aquel asunto. Debía olvidarlo, aunque solo fuera porque no iba a tener más oportunidades de hacer el amor con lady Mairi MacLeod y no pensaba torturarse añorando lo que no podía tener. Tendría que olvidarse de la suavidad satinada de su piel, de sus gemidos cuando la arrastraba hacia el clímax y del turbio azul de sus ojos cuando, sosteniéndole la mirada, se había precipitado al abismo del placer.

Estaba otra vez excitado. Si aquello era olvidar, más valía que no intentara recordar nada. Mairi había cortado toda relación con él. Tenía suerte de que no hubiera cortado nada más, de paso, teniendo en cuenta su destreza con la daga. Y debía alegrarse por haberse librado de la tediosa tarea de hacerse pasar por su prometido y del engorroso encargo de lord MacLeod. Aquello significaba que no tenía ya compromiso alguno con ella, ninguna atadura, justamente lo que él quería.

Esperó, creyendo que se sentiría aliviado.

Pero no sucedió nada.

Capítulo 11

La carretera de Torridon era una larga y empinada pista de piedras que bordeaba el enorme flanco gris de Beinn Eighe: un monte imponente, semejante a una descomunal fortaleza. Eran pocos los árboles que afloraban en medio de aquel yermo de roca pelada. Las cascadas se precipitaban por el abrupto pedregal, vertiéndose violentamente en pequeñas lagunas que reflejaban el azul del cielo. Era un paisaje majestuoso, pero solitario, y Mairi prefería con mucho las verdes y ondulantes colinas del sur.

Con un suspiro, apartó los ojos de la ventanilla. Quería dormir, pero no podía. Estaba demasiado alterada. Cada vez que cerraba los ojos, veía a Jack, su cuerpo fuerte y tostado por el sol suspendido sobre ella, sus miembros entrelazados. Sentía el roce de su piel, oía su respiración, notaba su calor. Era como si pudiera sentir el eco de sus caricias bajo la piel. Lo sentía en el latido de su corazón y no podía escapar de él.

No podía degradar aquel encuentro considerándolo un error. Jack la había dejado elegir desde el principio. Cuando le había propuesto aquel trato perverso, ella había accedido a pesar de sus reservas porque había querido saborear de nuevo su pasión. Se había dejado seducir. Y a continuación había sido rechazada implacablemente, con calculada frialdad.

Eran muchos los motivos por los que no debía tener una aventura con Jack Rutherford, pero ese era quizás el de más peso: se valoraba demasiado a sí misma para entregarse a un hombre que no podía esperar a que se enfriaran las sábanas para echarla de su cama. Además, era demasiado peligroso. Por suerte tenía el menstruo muy regular y durante esos días no corría peligro de quedarse embarazada, o eso creía. Ni siquiera había pensado en ello cuando estaba en la cama con Jack, lo cual era una estupidez por su parte.

Se estremeció, a pesar de que tenía un ladrillo caliente a los pies y una gruesa manta sobre el regazo. El frío estaba dentro de ella, no fuera. Hacía mucho tiempo que ansiaba tener un hijo, y ver crecer a la familia de Lucy le resultaba muy duro. Quería tener un bebé, pero no así.

Una idea la inquietaba especialmente: ignoraba cómo contrarrestar las amenazas de Michael Innes. Al rechazar la ayuda de Jack había vuelto a exponerse al peligro, pero se decía que acabaría por encontrar una solución. Siempre se las había arreglado sola. El precio de la protección de Jack era el respeto por sí misma, y era un precio demasiado alto.

Se quedó adormilada y despertó pasado un rato, sobresaltada por los zarandeos del carruaje al pasar por un bache especialmente hondo del camino. El coche se zarandeó de nuevo violentamente, arrojándola del asiento. Se oyó un disparo y luego otro, más cerca. Echó mano de la pistola que llevaba en el carruaje, pero las sacudidas le hicieron perder de nuevo el equilibrio. Oyó gritos y más disparos. El carruaje se detuvo bruscamente, chirriando, y ella cayó al suelo.

Le dio un vuelco el corazón al darse cuenta de que había estado tan enfrascada pensando en Jack que había olvidado por completo advertir a Frazer y a sus hijos del peligro que representaba Wilfred Cardross. No creía, en realidad, que Wilfred fuera a atacarlos. No tenía nada contra ella y parecía absurdo intentar nada estando tan cerca de Methven.

La puerta se abrió de golpe y una figura tapó la luz. Era Cardross, pero no se parecía a como lo recordaba Mairi. El elegante galán que frecuentaba los salones de baile de Edimburgo había desaparecido sin dejar rastro. Llevaba el pelo sucio y mal cortado y la chaqueta hecha harapos. Sostenía una pistola en la mano y miraba a Mairi con una sonrisa cruel y desdeñosa. Detrás de ella, Mairi vio desencadenarse una batalla campal entre sus sirvientes y el hatajo de rufianes que Wilfred parecía haber llevado consigo.

—¿Sorprendida de verme, prima? —preguntó Cardross con sorna, indicándole con la pistola que se quedara en el suelo, como estaba.

Mairi comprendió que quería humillarla y se sintió aún más furiosa. Su sonrisa malévola le revolvió el estómago.

—Sí —contestó—. ¿No deberías estar en la cárcel?

Wilfred sonrió.

—Con el debido cebo, se puede hacer saltar cualquier trampa —replicó.

—Una metáfora relacionada con las sabandijas —comentó Mairi con frialdad—. Cuán apropiada. ¿Qué quieres, Wilfred?

—A ti —contestó—. Tengo un amigo al que le interesas.

–La gente suele venir a verme en lugar de secuestrarme –dijo Mairi–. No me gustan los métodos de tu amigo. Así no va a conseguir nada.

Intentó levantarse y agarrar de nuevo la pistola que colgaba a un lado de la puerta, metida en una bolsa, pero Wilfred fue más rápido que ella. Le asestó un puñetazo en la frente, haciéndola caer sobre el asiento. Mairi sintió una oleada de mareo y se quedó allí parada un momento, sin poder respirar.

–Veamos de qué va a disfrutar mi amigo –oyó que decía Wilfred. Estiró una mano, le abrió de un tirón la chaqueta y le bajó el cuello del vestido, intentando desnudar sus pechos.

–Eres repugnante –le espetó Mairi. Intentó cubrirse, pero se quedó paralizada cuando la pistola tocó su mejilla.

–Nada de eso, prima –dijo Wilfred–. Voy a ver qué tienes ahí. He oído que has estado puteando por ahí, acostándote con cualquiera, así que no te importará mucho, ¿verdad?

Le indicó con la pistola que se abriera la chaqueta, pero Mairi volvió la cabeza enérgicamente y no se movió. Pasado un segundo, Wilfred se echó a reír y estiró de nuevo el brazo para hacerlo él mismo. De pronto, sin embargo, se oyó un grito furioso desde fuera del carruaje.

–¡Cardross!

Era Jack, espada en mano. Sus ojos se encontraron un momento con los de Mairi. Había en ellos una ferocidad reconcentrada. Wilfred se giró, levantando la pistola, y Mairi aprovechó la oportunidad para propinarle una patada en la espinilla que le hizo maldecir furiosamente. Intentó agarrarla de nuevo y ella comprendió que se proponía servirse de ella como rehén. Le mordió la mano con todas sus fuerzas y Cardross lanzó un alarido. La pistola cayó de su mano y rodó por el suelo. Jack lo agarró por el cuello y tiró de él hacia atrás. Cardross bajó maldiciendo del carruaje. Mairi se ajustó el vestido y la chaqueta y se acercó a gatas a la portezuela.

Fuera del coche reinaba el caos. Los harapientos forajidos de Wilfred luchaban frenéticamente, pero los hombres de Mairi, fuertes y bien entrenados, eran muy superiores a ellos. Tres estaban peleando con Jack, intentando ayudar a Wilfred a escapar y apoderarse de ella de nuevo, pero sus esfuerzos no servían de nada: Jack era, simplemente, demasiado bueno. Se había quitado la chaqueta y la camisa empapada de sudor se ceñía a sus hombros y su espalda. Era muy rápido y luchaba con formidable concentración, como un espadachín nato. Mairi nunca había visto manejar la espada a un hombre con una destreza tan natural. Mandó volando la espada de uno de sus contrincantes hacia los brezos y asestó a otro una estocada en el brazo que le hizo aullar de dolor. Mientras esquivaba las acometidas de los rufianes, Mairi se sintió un poco desfallecida y no solo por el golpe que le había propinado Wilfred en la cabeza.

Jack se libró de otro de aquellos rufianes y se volvió hacia Wilfred. Su primo le echó una ojeada y se subió atropelladamente a lomos de un potro harapiento. Al verse abandonados, sus hombres lanzaron un rugido de furia y se retiraron, corriendo hacia los escasos árboles de más arriba del monte.

Mairi se levantó de un salto y agarró la pistola que había dejado caer Wilfred. Su primo estaba ya a cincuenta metros, agachado sobre la silla, pero estaba segura de que podría acertarle desde aquella distancia. Se giró y casi de inmediato cayó otra vez al suelo, aplastada por Jack. Un segundo después, un disparo pasó silbando junto a su oreja, tan cerca que sintió ondear el aire.

–¡No te levantes! –gritó él.

Mairi no tenía opción, en realidad. Jack la mantenía aplastada contra el suelo del carruaje con su cuerpo. Más allá del carruaje se oyeron nuevos gritos, golpes amortiguados y luego silencio.

No supo cuánto tiempo estuvieron allí, con Jack encima de ella. Seguramente no fueron más que unos segundos, durante los cuales solo sintió el latido de su corazón, el sonido de la respiración de Jack junto a su oído y el peso de su cuerpo. Abrió los ojos. La elegante camisa de Jack tenía un desgarrón de varios palmos de largo en la manga, claramente hecho por una espada. Sintió el olor de su sudor, un olor terrenal que agitó sus sentidos. Su cuello fuerte y moreno estaba solo a unos centímetros de sus labios. Él inclinó la cabeza y su pelo le rozó la mejilla. Mairi sintió agitarse en su sangre el ardor elemental de la batalla. Estaba en el contacto de sus manos, en la fortaleza de sus brazos, que la sujetaban como bandas de hierro.

Jack la había rescatado. De pronto se sintió temblorosa, vulnerable, a punto de llorar. Pero de ningún modo iba a permitir que él lo viera.

–Me has arruinado el disparo –dijo enojada, empujando su pecho inútilmente–. Podría haber abatido a Wilfred.

–Y podrían haberte matado de paso –replicó Jack, y se apartó de ella–. Te he salvado la vida –añadió–. No estaría de más que me dieras las gracias.

–Gracias –contestó ella–, pero ya te dije que no necesitaba tu protección.

Jack pareció enfadado.

–Pues la tienes –contestó entre dientes–, así que ve haciéndote a la idea.

Le tendió una mano para ayudarla a sentarse. Sin saber por qué, aquel gesto irritó a Mairi. ¡Ella no era una tía solterona que no supiera cuidar de sí misma! Jack fijó la mirada en su chaqueta desgarrada y Mairi vio que fruncía más aún el ceño.

–He visto lo que te ha hecho ese canalla –dijo él a regañadientes mientras juntaba las solapas rasgadas de la chaqueta y abrochaba los botones con gran cuidado.

–No tiene importancia... –comenzó a decir Mairi, pero se calló al ver su mirada.

–Claro que la tiene –afirmó él con voz ronca, cargada de furia, y añadió–: Lo mataré por esto.

Levantó la mano y le hizo volver la cara hacia la luz, de nuevo con tanta ternura que Mairi sintió ganas de llorar. Metió los dedos entre su pelo con delicadeza, pero aun así le hizo daño. Los sacó manchados de sangre y Mairi sintió de pronto el escozor del corte. Cuando volvió a hablar, la voz de Jack había cambiado de nuevo. Era suave, pero había algo en ella que la espantó.

–¿Esto también te lo ha hecho Cardross?

A Mairi se le aceleró el corazón. Los ojos de Jack reflejaban de pronto una furia inmensa.

–Intentaba secuestrarme –contestó, trémula–. Y no le gustó que me resistiera –estaba temblando, le castañeteaban los dientes. Oyó maldecir a Jack. Agarró su manto y se lo puso sobre los hombros. Mairi se envolvió en sus pliegues, y de pronto deseó decirle que era el consuelo de sus brazos lo que necesitaba para calmarse. Anhelaba su calor y el olor de su piel. Se estremeció otra vez. El ataque de Wilfred había puesto en evidencia su debilidad. No quería necesitar a Jack Rutherford. Seguía furiosa con él por cómo la había tratado. No porque le hubiera salvado la vida iba a olvidarse de eso, pero era tan extraño sentir al mismo tiempo el impulso de abofetearlo y de darle un beso...

Jack estaba inspeccionando el carruaje.

—¿Llevas brandy, además de una pistola?

—Claro —contestó Mairi—. Está en el armario de debajo del asiento, si te hace falta.

—Es para ti —dijo Jack—, no para mí.

—Detesto el brandy —sabía que parecía petulante y consentida y se odió a sí misma por ello.

Jack le ordenó con una mirada que hiciera lo que le decía y le puso la petaca de brandy en la mano. A Mairi le sorprendió comprobar que estaba temblando. Pasado un momento, él dijo:

—Bebe o te lo haré tragar yo mismo.

—Tu fama de encantador es exagerada —replicó Mairi, pero se llevó la petaca a los labios y bebió un largo trago.

El brandy le quemó la garganta, recordándole por qué le gustaba tan poco, pero casi de inmediato hizo que se extendiera por su sangre una especie de cálida laxitud. Enseguida se sintió más tranquila y dueña de sí misma.

Frazer asomó la cabeza por la portezuela del carruaje.

—¿Señora?

—Está bien —contestó Jack secamente—. Asustada, pero casi intacta.

Mairi vio que Frazer miraba el pañuelo manchado de sangre que sostenía en la mano. El mayordomo tensó los labios.

—Maldito canalla...

—Podría haberle disparado —dijo Mairi—, si el señor

Rutherford no hubiera escogido ese momento para salvarme la vida.

Frazer se rio.

—Es usted un luchador magnífico, señor —le dijo a Jack—. Nos alegramos de tenerlo de nuestro lado. A los chicos les gustaría que les enseñara algunas cosas cuando tenga un rato libre.

—Los chicos se las arreglan muy bien ellos solos —Jack sonrió—, pero lo haré encantado.

—¿Hay alguien herido? —preguntó Mairi.

—¿Por esos mamarrachos? —contestó Frazer, como si fuera una afrenta para él que alguno de sus hijos hubiera sufrido daños en la pelea—. No, señora, apenas algún rasguño.

—¿Y Jessie? —su doncella viajaba en el segundo carruaje, con su baúl. Mairi se sintió culpable de pronto por haberla relegado allí, pero esa mañana no le había apetecido escuchar su cháchara.

—Ha dado a uno una patada en las pelotas —dijo Frazer con evidente satisfacción—. Sus gritos debían de oírse hasta en el valle de al lado —señaló a Jack con la cabeza—. Si me disculpan, señores, tenemos que prepararnos para seguir viaje a Methven.

—Envíe a un par de sus muchachos por delante para avisar a mi primo de lo que ha pasado —dijo Jack—. Mandará algunos hombres para que nos escolten.

Mairi los miró a los dos.

—Aquí quien da las órdenes soy yo —afirmó—. Me han dado un golpe en la cabeza, pero eso no me incapacita para tomar decisiones.

Jack levantó una ceja. Frazer disimuló una sonrisa.

—Sí, señora —dijo.

—Haz lo que sugiere el señor Rutherford —dijo Mairi.

—Sí, señora —Frazer hizo un saludo militar y se apeó.

Jack lanzó una sonrisa a Mairi.

—Gracias —dijo.

—De nada —repuso ella—. Sería una estupidez contradecirte. Frazer y sus hijos ya te consideran una especie de dios.

—Tú tampoco lo haces mal del todo —contestó él. Se recostó en el asiento y la observó detenidamente.

La turbulenta ira que Mairi había visto en su semblante poco antes parecía haberse disipado, pero Mairi no estaba del todo segura de que así fuera. No querría estar en el pellejo de Wilfred Cardross cuando Jack consiguiera atraparlo.

Él la miró pensativamente, entornando los ojos.

—¿De veras lo habrías matado? —preguntó—. ¿A tu propio primo?

—Sin el menor remordimiento —contestó ella—. Y además no es mi primo. Solo somos parientes lejanos. Llamarlo «primo» es una muestra de cortesía que Wilfred no se merece —añadió—. El rey debería haberlo hecho ahorcar cuando tuvo ocasión. Es una sabandija.

—Robert dice que tu hermana es tan valiente como tú —comentó Jack—. He de admitir que nadie lo adivinaría al veros.

—Descendemos de Malcolm MacMorlan, el Zorro Rojo de Forres. ¿Qué esperabas? ¿Que me pusiera a oler sales y me desmayara? Eso se lo dejamos a Dulcibella.

Jack se rio.

—¿Sabes que tu clan y el mío han sido siempre enemigos? No deberíamos luchar en el mismo bando.

Una oleada de emoción recorrió a Mairi. Reprimió un escalofrío de otra especie. Volvía a sentir que entre ellos crecía el cariño y la intimidad. Sintió que el deseo que le inspiraba Jack cobraba vida de nuevo, y no quiso que así fuera. Estaba decidida a combatirlo. No iba a volver a cometer los mismos errores.

Jack seguía mirándola fijamente. Su mirada parecía quemarla.

—Eso explica nuestro antagonismo —dijo Mairi con ligereza.

Los ojos de Jack se ensombrecieron. Se inclinó hacia ella.

—¿Eso es lo que sientes por mí, Mairi MacLeod? —preguntó, y besó suavemente sus labios.

—Entre otras cosas —contestó ella.

Se mantuvo envarada, negándose a reaccionar a su beso, pero aun así su corazón aleteó, y sintió como si por sus venas fluyera miel.

—No rompas el compromiso aún, Mairi —dijo él en voz baja—. No puedo protegerte si no eres mía —tocó su mejilla y un instante después se apeó del carruaje y se alejó.

—Bastardo arrogante —murmuró Mairi, pero se dio cuenta de que se había llevado los dedos a la boca como si todavía pudiera sentir el contacto de sus labios.

Tardaron aún tres horas en llegar a Methven. El viaje transcurrió sin incidentes, pero Mairi se sintió inmensamente aliviada al ver las sólidas paredes grises de la casa elevándose hacia el cielo. Esta vez, Jessie había ido con ella en el carruaje.

—¡Santo Dios! —decía continuamente la muchacha—. El conde de Cardross es un hombre muy malo, señora. Primero intentó secuestrar a su hermana y ahora quiere secuestrarla a usted. No parece importarle mucho con qué hermana se quede.

—Gracias, Jessie —dijo Mairi—. No creo que Wilfred me quisiera para sí. Dijo algo de un amigo al que yo le interesaba.

—Ah, sí —dijo Jessie—. No sería el primer hombre que se interesa por la señora, pero el señor Rutherford sabrá ponerlo en su sitio ahora que están prometidos —la miró por el rabillo del ojo—. Es una suerte tenerlo de parte de una en una pelea. Y usted lleva demasiado tiempo sola, señora, después de lo del señor Archie y antes también. Claro que el señor Rutherford no es como el señor Archie.

—Desde luego que no —repuso Mairi. Entre ellos no había ningún parecido. Si alguien hubiera atacado el carruaje de Archie, su marido probablemente le habría entregado la caja fuerte y a ella de propina.

Jessie sonrió.

—Puede que el señor Rutherford sea un poquitín mandón...

—Más que un poquitín —dijo Mairi con sorna.

—Pero a usted le gusta —añadió la doncella con picardía.

—Me duele demasiado la cabeza para discutir —repuso Mairi.

Era verdad a medias. Le había sorprendido descubrir que en realidad era un cambio estimulante dejar que otra persona tomara las riendas de vez en cuando. Aunque jamás lo reconocería ante Jack, desde luego. Miró por la ventanilla y vio a los hombres de Methven cabalgando junto al coche. En cuanto había recibido el mensaje de Jack, Robert había enviado a varios hombres del clan armados para que les escoltaran hasta la casa. Como consecuencia de ello, su llegada se asemejó a un cortejo medieval.

Le impresionó el despliegue de autoridad de Jack, pero aún más le impresionó que consultara con Frazer todas sus decisiones. Hasta le oyó dirigirse a los hijos de Frazer por su nombre. Estaba claro que se había tomado la molestia de fijarse en todos ellos. Mairi se acordó de las muestras de camaradería que había visto entre Jack y los hombres de la posada de Inverbeg. Jack tenía el don de relacionarse fácilmente con los demás y, al mismo tiempo, era un hombre muy hermético y solitario. En ciertos sentidos, su extroversión era tan falsa como la de ella. Ninguno de los dos dejaba entrever lo que se ocultaba debajo.

Cruzaron la verja, con sus altos pilares rematados con grifos, y avanzaron por el sinuoso camino de grava que llevaba al castillo. Jack abrió la portezuela del carruaje y antes de que Mairi pudiera protestar la bajó en volandas y la llevó en brazos a la puerta principal, donde Robert, Lucy y la marquesa viuda de Methven esperaban para darles la bienvenida.

Mairi se sintió avergonzada. Que Jack tomara las riendas durante un rato era una cosa, y otra bien distinta que la llevara en brazos como si fuera una niña.

—Bájame —siseó—. Puedo andar perfectamente —se retorció.

Jack reaccionó agarrándola con más fuerza. Mairi notó que se estaba divirtiendo.

—Solo por una vez —dijo él en voz baja, inclinando la cabeza para que pudiera oírle—, deja de resistirte y permite que los demás te cuiden.

Clavó sus ojos castaños en ella. A Mairi le dio un vuelco el corazón. Jack tenía una expresión posesiva, profunda, casi primitiva. Recordó cómo la había besado delante de todo el mundo en la posada. No ocultaba que ahora era suya.

Mairi se preguntó de repente si lord MacLeod le habría hablado a alguien de su compromiso. Confiaba en que no hubiera tenido tiempo de hacerlo, y sobre todo en que la noticia no hubiera llegado aún a Methven. Quería hacer aquello a su manera, aunque apenas había tenido tiempo de pensar cómo iba a encararlo.

–¡Mairi! –Lucy se acercó corriendo cuando comenzaron a subir la escalinata–. Si puedes llevarla a la Alcoba Azul... –empezó a decirle a Jack.

–Estoy perfectamente –afirmó Mairi con energía–. Señor Rutherford, por favor, déjeme en el suelo.

Se sentía acalorada, tensa y en desventaja. Vio que Robert Methven apenas podía contener la risa cuando miró primero su cara y luego la de su primo.

–Como ordene la señora –contestó Jack con sorna, y, por un momento, Mairi tuvo el presentimiento de que iba a dejarla caer allí donde estaban. Luego, sin embargo, él la depositó sobre sus pies con la misma delicadeza que si estuviera hecha de cristal hilado y la sujetó poniéndole una mano bajo el codo.

–Muy bonita, Jack –la marquesa viuda de Methven se había acercado a saludarlos.

Era una mujer menuda, muy tiesa y rebosante de energía. Mairi solo había coincidido con ella un par de veces en Edimburgo, y lo cierto era que le aterrorizaban su mirada inquisitiva y su lengua afilada. Lucy le había dicho que, a pesar de su aparente fiereza, la marquesa viuda era suave como la mantequilla. Mairi, sin embargo, estaba segura de que nunca llegaría a ver más allá de la fachada que presentaba ante el mundo. Dudaba mucho que alguna vez pudiera contar con su aprobación, y menos aún si dejaba plantado a su nieto.

Hizo una reverencia respetuosa y se llevó una sorpresa cuando la anciana señora la tomó de las manos y la atrajo hacia sí para besarla en la mejilla.

–Estoy encantada de volver a verte, querida –dijo con una sonrisa cariñosa–. Me alegré muchísimo al enterarme de que vas a ser la esposa de mi nieto.

A Mairi se le cayó el alma a los pies. Lord MacLeod se había dado prisa en difundir la noticia.

Al ver el brillo de alegría de los ojos de la abuela de Jack, Mairi sintió como una farsante.

–Gracias, señora –dijo–. No sabía que ya les hubiera llegado la noticia. Ha sido muy rápido.

–Bueno, Jack mandó recado anoche, desde Kinlochewe –dijo lady Methven con expresión serena–. Imagino que estaba tan emocionado por la noticia que no pudo esperar más.

–Desde luego –dijo Jack con voz tersa–. No vi necesidad de esperar.

–Claro que no –dijo Mairi.

Él pareció ver un destello de ira en sus ojos, porque la miró levantando una ceja. Mairi reprimió las ganas de clavarle el tacón en el pie. Desde luego, hacía falta cierta audacia, pensó, para enviar recado a su familia de que se había comprometido formalmente y al mismo tiempo estar seduciéndola en su cama.

–Desde luego, me has trastornado los planes, Jack –comentó lady Methven mientras sus astutos ojos azules escudriñaban el rostro de Jack–. Había invitado a unas cuantas señoras con la esperanza de que alguna te interesara como esposa, pero como ahora estarían de más, se han excusado y se han marchado esta misma mañana.

–Oigo el ruido de los corazones al romperse por toda Escocia –murmuró Mairi. De pronto entendía por qué había tenido Jack tanta prisa en avisar de su compromiso matrimonial. Había saboteado limpiamente los planes de su abuela.

–Cuánto lo siento, abuela –dijo Jack con una sonrisa tan satisfecha que Mairi sintió otra vez el impulso de darle una bofetada.

–Lo dudo mucho, Jack –repuso lady Methven con sorna–. Además... –miró de nuevo a Mairi con afecto–, no tienes nada que lamentar. No podrías haber encontrado una novia más valiente, bella y refinada. Espero que estés a su altura.

Mairi se sonrojó. Se sentía avergonzada. Y también culpable. Era imposible no sentirse culpable al ver la sincera alegría con que lady Methven había acogido el compromiso. Aquella farsa le parecía de pronto indigna y rastrera, y cada minuto que pasaba se sentía más y más incómoda.

Robert se acercó para estrechar la mano de Jack. Miró divertido la expresión avergonzada de Mairi y el semblante indolente de Jack.

–Tengo que reconocerlo, Jack –dijo–: te conozco desde hace mucho tiempo y aún tienes la capacidad de sorprenderme –besó a Mairi en la mejilla–. Enhorabuena, Mairi –dijo–. Estoy muy contento por los dos.

–Yo también, claro –añadió Lucy, y miró a su hermana con intención–. ¡Pero Jack y tú! ¡Casi no puedo creerlo! Me muero de curiosidad por saber cómo es que has cambiado de idea, con la antipatía que le tenías. Recuerdo que en nuestra boda dijiste que Jack era un cochino arrogante y que te sacaba de tus casillas... –se quedó callada cuando Robert carraspeó estruendosamente.

Mairi se sonrojó. Dado que Jack era consciente de la antipatía que le tenía y había sentido exactamente lo mismo por ella, ignoraba por qué el torpe comentario de su hermana la avergonzaba, pero así era.

—Me he dado cuenta de que el señor Rutherford tiene excelentes cualidades —contestó, y vio un destello de ironía en los ojos de Jack.

—Ya lo creo —dijo Lucy, un tanto perpleja—. Pero... ¿Jack y tú, juntos?

—Sí, Jack y yo —constató Mairi, y pensó que si su hermana volvía a decir aquello una vez más, la estrangularía.

De pronto se oyó un grito tan agudo que todos se sobresaltaron. Pareció retumbar en las montañas de alrededor y disiparse valle abajo.

—Santo cielo —dijo Mairi—. ¿Habrá lanzado Wilfred otro ataque?

—Me temo que es Dulcibella —contestó Lucy mientras se oían nuevos chillidos—. Está histérica desde que anoche nos enteramos de que Wilfred había escapado de la prisión de Edimburgo. Está convencida de que entrará en el castillo y la asesinará en la cama.

—Puede que la asesine yo antes si no se calla pronto —masculló Robert cuando los gritos de Dulcibella se hicieron tan agudos como para hacer añicos una lámpara de cristal—. Costaría encontrar una criatura más egocéntrica. Casi me da pena tu hermano por haberse fugado con ella, y eso que pensaba que jamás diría una cosa así.

—Robert —dijo Lucy en tono de reproche, pero no pudo refrenar una sonrisa—. Pobre Lachlan. ¡Cuánto tiene que soportar!

—Tiene lo que se merece, está más claro que el agua —comentó lady Methven con satisfacción—. Pero tú piensa, Robert, que podrías haber sido tú.

—Doy gracias todos los días porque no haya sido así

–repuso Robert, y sonrió a Lucy con tanto cariño que Mairi sintió una punzada de envidia.

–No debemos tenerte aquí de pie, con este frío, después del calvario que has pasado –dijo Lucy rápidamente, notando el malestar de su hermana. Tomó a Mairi del brazo y la llevó dentro.

El tono de los gritos de Dulcibella había bajado ligeramente, pero siguieron oyéndose las voces furiosas de un hombre y una mujer y el golpe sordo de diversos objetos al chocar contra las paredes del castillo. Algo se rompió con estrépito.

–Creía haber quitado toda la porcelana y las cosas que podían romperse del dormitorio de Dulcibella –dijo Lucy, arrugando el ceño–. Sale increíblemente caro tenerla por invitada.

El estruendo resonó en la cabeza de Mairi, despertando su latente jaqueca.

–Creo que prefiero saludar a Lachlan más tarde –dijo–. Y también al resto de la familia. ¿Papá está aquí?

Lucy hizo un gesto negativo.

–No se encuentra bien –dijo–. Solo es gota, nada más grave, pero al final ha preferido no venir. Aunque me pregunto... –se detuvo al oír que las voces de Dulcibella y Lachlan volvían a subir de tono–. Me pregunto si sencillamente no soportaba la idea de tener que oír tantas riñas domésticas.

Mairi notó que los lacayos que montaban guardia a ambos lados de la entrada se habían puesto colorados y procuraban aparentar que no estaban escuchando, pero era imposible no oír los insultos que resonaban en el aire.

–¡Refrénate, mujer! –gritó Lachlan.

Entre tanto, Dulcibella chilló:

—¡Para ti va todo a pedir de boca, pedazo de patán insensato! ¡No es a ti a quien quiere matar!

—Es de muy mala educación hacer sufrir a todos la propia histeria —comentó lady Methven—. Si va a entregarse a ese vicio, esa condenada muchacha debería hacerlo en privado.

—Como una aventura amorosa —susurró Jack al oído de Mairi.

Murdo y Hamish estaban metiendo su equipaje.

—Te he puesto en la habitación azul —dijo Lucy mientras la conducía hacia la elegante curva de la escalera principal—. Sé que al principio me pediste estar lo más lejos posible de Jack, pero...

—¿Eso hiciste, cielo mío? —preguntó Jack con una sonrisa perversa.

—Pero como ahora estáis prometidos, he pensado que... —su hermana se detuvo como si se diera cuenta de pronto de que estaba llevando la conservación hacia un terreno indecoroso—. En fin... —meneó las manos, azorada—. He puesto a Jack en la suite de al lado por si necesitáis... Quiero decir por si os hace falta...

—Yo que tú pararía ya —comentó Robert—, antes de que empeores las cosas.

—Con tal de estar en un ala distinta al de Dulcibella —comentó Mairi, que tenía ya un espantoso dolor de cabeza.

—Nunca una mujer llevó un nombre tan poco adecuado a su carácter —dijo la anciana lady Methven mientras Dulcibella volvía a gritarle algo a Lachlan y se alejaba corriendo por la galería después de dar un portazo. La marquesa viuda se volvió hacia Mairi—. Me temo, querida, que la noticia de vuestro compromiso solo ha empeorado las cosas —dijo—. Lady Dulcibella detesta no ser el centro de atención, y cuando le mencioné que íbamos a dar un baile para celebrarlo, se puso aún más histérica.

—Oh, por favor —dijo Mairi involuntariamente—. Se supone que esta fiesta es para celebrar el bautizo de Ewan, no nuestro compromiso. Les ruego que no se tomen tantas molestias.

—Tonterías, querida —la marquesa viuda le dio unas palmaditas en el brazo—. Es una celebración por partida doble. Pero me doy cuenta de que ahora necesitas descansar. ¡Qué experiencia tan horrible, toparte con ese odioso Cardross! Cuando te encuentres con más fuerzas, planearemos algo.

Mairi sintió una especie de vacío en las entrañas. Lady Methven era una fuerza de la naturaleza, y tan astuta como encantadora. A aquel paso, Su Excelencia reservaría iglesia y hablaría con el párroco antes de que se diera cuenta. Cuando lady Methven quería algo, lo conseguía, y Mairi veía claramente que estaba decidida a casar a Jack.

Un grupo de hombres a caballo entró con estruendo en el patio.

—Tenemos que hablar del ataque de Cardross —dijo Robert—. ¿Después de la cena, quizá? Ahora mismo pareces agotada, Mairi —se volvió hacia Jack—. Estoy mandando patrullas en busca de Cardross. ¿Quieres unirte a la próxima?

Mairi advirtió que Jack quería ir. Sintió su impaciencia, el deseo de salir y hacer algo. De pronto pensó que, desde que conocía a Jack Rutherford, siempre había intuido en él esa especie de inquietud. Siempre estaba en movimiento, nunca se detenía. Era como si no supiera estarse quieto.

Él sonrió.

—Me has leído el pensamiento, Rob —dijo, y miró a Mairi—. No tardaré mucho, cariño —añadió—. Y de todos modos necesitas descansar. Luego hablaremos.

—Sí —dijo Mairi—, claro —empezaban a irritarla sobremanera las palabras cariñosas que Jack le dedicaba con tanta facilidad.

Quizá se dirigía a todas sus amantes llamándolas «cariño». De ese modo no tenía que recordar sus nombres. Aquella idea no hizo nada por mejorar su humor.

—No quiero entretenerte —agregó—. No te necesito para nada aquí.

—Tú siempre tan generosa —repuso Jack con sorna. Se acercó a ella y sin previo aviso la tomó en sus brazos—. ¿No vas a darme las gracias por mis servicios de hoy? —le murmuró al oído.

De pronto estaba tan cerca de ella y su virilidad era tan abrumadora que Mairi sintió la garganta seca. Comprendió que había sido una ingenua al pensar que la estaba utilizando para escapar a los intentos de casarlo de lady Methven. Su abuela podía hacer desfilar ante él a cincuenta debutantes casaderas, que a él le importaría un bledo. Lo que quería Jack era seguir sirviéndose de su falso compromiso matrimonial para acostarse con ella, para continuar aquella aventura apasionada y sin ataduras por ninguna de las dos partes. Creía que podía ignorar sus protestas y sus exigencias de respeto y gozar de su cuerpo como una especie de pago por los servicios prestados.

Pues bien, si eso era lo que esperaba, iba a llevarse un buen chasco. Y no porque no le tentara la idea, que le tentaba, y mucho, no podía fingir lo contrario. Cuando estaba en brazos de Jack, se olvidaba por completo del pudor y el decoro. Quería sexo tanto como él, aunque no fuera muy propio de una dama el reconocerlo. Pero aun así no pensaba permitir que Jack se saliera del todo con la suya.

–De mí no vas a conseguir nada más –murmuró.

Vio un brillo divertido en sus ojos. Jack se llevó su mano a los labios, le dio la vuelta y besó la palma. Mairi se estremeció al sentir el contacto de su piel. Antes de darse cuenta de lo que hacía, cerró los dedos y atrapó el beso.

–Ten cuidado –dijo con ligereza–. Si te matan, se estropeará la fiesta.

Jack se rio.

–Cardross no va a poder matarme.

Un escalofrío recorrió la espalda de Mairi como una sombra. Agarró su manga con repentina urgencia.

–Prométeme que tendrás cuidado.

Comprendió al instante que había sido un error decir aquello. El brillo de buen humor de los ojos de Jack se desvaneció. Su expresión cambió por completo, como si una puerta se cerrara de golpe. Retrocedió lentamente.

A Mairi le dio un vuelco el estómago. Ignoraba por qué había dicho aquello, por qué había sentido aquel impulso. En ese momento, había temido por él. Le había aterrorizado que resultara herido. Había sido una sensación tan intensa que las palabras se le habían escapado sin pensar. Ahora se sentía mortificada, su cuerpo entero ardía de vergüenza por el modo en que se había traicionado.

Pero todo el mundo la miraba con aprobación. Comprendió que la habían oído y que su muestra de preocupación conyugal era justo lo que hacía falta para reforzar la idea de que se casaban por amor. Jack también se dio cuenta. Pasado un momento, Mairi vio que su expresión se suavizaba. Jack volvió a tomarla en sus brazos.

–Qué gran actriz eres –dijo en voz baja–. ¡Bravo! –de pronto tenía una mirada fría y distante. Le dio un rápido beso, la soltó y acarició su mejilla. Fue un toque muy dulce.

Mairi oyó que la marquesa viuda suspiraba de un modo de lo más sentimental. Pronto, se dijo, se superarían el uno al otro en sus fingidas muestras de afecto. Salvo que, en su caso, en ese momento, no había fingimiento alguno. Y eso era lo que la asustaba.

Capítulo 12

La patrulla de Jack no encontró ni rastro de Wilfred Cardross. Más tarde, ese mismo día, salieron de nuevo con los hombres de Methven y recorrieron las colinas que se alzaban sobre el castillo y los valles de alrededor, hasta Kinlochewe por el este y Sheildaig por el oeste. No encontraron más que confusas huellas de cascos y los restos de una hoguera dentro de un viejo refugio de pastores, sin duda de la noche anterior, cuando los forajidos se habían escondido allí, a la espera del carruaje de Mairi. Jack confiaba en que, después de ver frustrado su ataque, Wilfred permanecería escondido algún tiempo, y en aquellas montañas un hombre podía desvanecerse en el paisaje tan fácilmente como un fantasma. Robert había enviado recado a Edimburgo y pronto habría soldados peinando el campo en busca del fugitivo. Pero Cardross era muy astuto y buscaba venganza. Jack estaba seguro de que volverían a tener noticias suyas.

Se sentía frustrado cuando volvió al castillo de Methven. Seguía estando furioso con Cardross. Quería hacer picadillo a aquel canalla por cómo había tratado a Mairi. Algún día le encontraría y acabaría con él. Mairi estaba ahora bajo su protección y para él era una cuestión de honor mantenerla a salvo. Era el único que podía hacerlo.

Esa noche la cena fue muy tranquila. Dulcibella MacMorlan no estuvo presente, para alivio de todos, y Mairi alegó que estaba muy cansada y se quedó en su habitación. Lady Methven también estaba ausente. Robert le había dicho a Jack que estaba todavía débil después de un reciente acceso de fiebre, pero que la noticia de su compromiso le había levantado enormemente el ánimo. Jack procuró no sentirse demasiado culpable. Dudaba de que su abuela estuviera tan contenta cuando Mairi lo dejara plantado «completamente y con considerable satisfacción», tal y como había dicho.

Esbozó una sonrisa al recordarlo. Le estaba encantando batirse con Mairi. Era una mujer de armas tomar, valiente, fiera a veces, de ingenio agudo y con sentido del humor, después de todo. Eso le había sorprendido. Pero le gustaba. Le gustaba que supusiera un desafío. Sabía que iba a tener que esforzarse mucho si quería persuadirla de que volviera a su cama. Ahora sentía respeto por ella e iba a tener que demostrárselo. Aquel compromiso estaba resultando mucho más interesante de lo que había imaginado.

Una pregunta de Robert acerca de la última remesa de madera del Báltico que había importado a través de Leith devolvió a Jack al curso de la conversación. Angus MacMorlan, el hermano mayor de Mairi y heredero del ducado de Forres, estaba interesado en invertir y se puso a hablar de la política del gobierno y de márgenes de pérdidas y beneficios mientras los sirvientes retiraban de la mesa el asado y les llevaban el pudín. Pasado un rato, Lucy se retiró con su hermana Christina y su cuñada Gertrude al salón mientras los caballeros tomaban oporto. Un rato después, tomaron el té todos juntos. Fue todo perfectamente ejemplar y aburridísimo, y Jack se descubrió bostezando de continuo.

Había creído que podría hablar a solas con Robert algo más tarde, pero Lachlan MacMorlan quiso hablar con ellos dos sobre el ataque de Wilfred Cardross y los pasos que iban a tomar para darle caza. Jack no tenía en mucha estima a MacMorlan, a quien consideraba débil y superficial. Había notado que, mientras que Robert y él salían a caballo con las patrullas, los dos hermanos MacMorlan se habían quedado en el castillo, Angus porque como heredero de un ducado se creía demasiado importante para arriesgar el pellejo y Lachlan, presuntamente, para apaciguar a su esposa. Al parecer, la valerosa sangre de Malcolm MacMorlan, el Zorro Rojo de Forres, se había saltado el lado masculino de la familia y ahora solo residía en las mujeres. Jack se preguntó vagamente si Christina MacMorlan, que era tan callada que parecía casi invisible, era en realidad tan enérgica como sus hermanas.

Permaneció callado mientras Robert daba explicaciones a MacMorlan. Saltaba a la vista que le aterrorizaba que, puesto que Dulcibella se había quedado con todas las tierras de Cardross cuando el conde había sido juzgado por traición, el fugitivo buscara ahora asesinarlos a ambos. Jack no se creía una palabra, pero le pareció admirable la paciencia con que su primo calmaba los temores de MacMorlan.

–Eres un anfitrión ejemplar –le dijo a Robert con una sonrisa cuando por fin se marchó su angustiado cuñado y la puerta de la biblioteca se cerró tras él–. Yo le habría dicho que, si tanto le preocupa, que salga él mismo en busca de Cardross en lugar de dejarle el trabajo sucio a los demás.

Robert se rio y se acercó a la mesa lateral.

—MacMorlan es un amante, no un guerrero —comentó—. Además, si usara la espada se le torcería la chaqueta —tomó dos copas y la botella de brandy. Luego se volvió hacia Jack y vaciló.

Jack negó con la cabeza. Le apetecía beber, quería sentir la quemazón del brandy, pero sabía que no podía arriesgarse.

—Tomaré una copa de mosto —dijo. En Methven nadie cuestionaba sus extraños hábitos a la hora de beber. En otros lugares, su predilección por el café y los zumos de fruta causaba miradas de perplejidad, pero Jack nunca daba explicaciones. Le importaba un comino lo que pensara la gente.

Esa noche se sentía inquieto, fuera de sí. Y se debía a Mairi. Sabía que ella estaba a salvo dentro de los muros del castillo de Methven, así que no se explicaba por qué seguía estando tan nervioso. Se había llevado una decepción al ver que no bajaba a cenar. Quería verla, hablar con ella. Tampoco sabía por qué: ni siquiera estaba seguro de qué quería decirle. Arrugó el entrecejo, tomó la copa que le ofrecía Robert y se bebió la mitad de su contenido sin notarlo siquiera.

—Creo que los temores de MacMorlan son infundados —dijo bruscamente—. En mi opinión, Cardross solo buscaba a Mairi.

Robert ocupó el sillón de orejas, frente a él, y dejó suavemente su copa sobre la mesa.

—¿Por qué crees que quiere matar a lady Mairi? —preguntó.

—No quería matarla —repuso Jack—. Intentaba secuestrarla –levantó la mirada de la copa y la fijó en los ojos oscuros de su primo–. Le oí decirle que tenía un amigo que estaba interesado en ella.

Robert frunció el ceño.

–¿Qué quería decir con eso?

–No lo sé, pero Mairi me dijo una vez que si viaja con un batallón es porque muchos hombres ambicionan casarse con ella por su dinero.

Robert se recostó en su asiento.

–Imagino que alguien podría haber pagado a Cardross para que la secuestrara, alguien que no quería que lo identificaran –comentó–. Tienes razón: no sería la primera vez que un hombre intenta forzar a Mairi a casarse para apoderarse de los millones de los MacLeod, pero... –arrugó el ceño.

–¿Qué? –lo apremió Jack.

Robert sacudió la cabeza.

–No estoy seguro. Tengo un mal presentimiento respecto a este asunto.

–Eso no es propio de ti. No eres nada supersticioso –dijo Jack.

–Lo sé –contestó Robert con expresión grave–. Por eso tengo un mal presentimiento.

Jack se rio, pero enseguida se puso serio.

–Bueno, Cardross tendrá que pasar primero por encima de mí. Y no creo que tenga mucho que hacer.

Notó que Robert lo miraba con interés y se preguntó qué habría deducido su primo de sus palabras. Era cierto que sentía un extraño afán de proteger a Mairi. Por eso, principalmente, no estaba dispuesto a permitir que rompiera aún su compromiso ficticio. Había dado su palabra, ella era responsabilidad suya y no iba a ser él quien le dijera a lord MacLeod que había fracasado a la hora de defenderla. No tenía nada que ver con sus sentimientos y sí con su reputación. O eso se decía. Se había comprometido a proteger a Mairi y cumpliría su palabra.

—Jack —dijo Robert—, por favor, no creas que tienes la obligación de contármelo todo, pero Lucy está preocupada por tu relación con lady Mairi y yo... —hizo una pausa—. Bien, admito que tengo cierta curiosidad. La última vez que te vi, ni siquiera te apetecía acompañarla en el viaje hasta aquí. Si no recuerdo mal, dijiste que te era extremadamente antipática.

—Es complicado —contestó Jack evasivamente.

—Me asombras —dijo Robert con sorna—. Tus relaciones con las mujeres nunca son complicadas.

—Y no estoy seguro de haber dicho que me desagradaba Mairi —añadió Jack—. Puede que lo dieras por sentado. Yo nunca he dicho eso —le sorprendió darse cuenta de cuánto habían cambiado sus sentimientos por Mairi. En Edimburgo, la había considerado una criatura mimada y desdeñosa. Ahora se daba cuenta de lo compleja que era. Había en ella afecto, pasión y ternura, además de fortaleza y tenacidad. Lo sentía cada vez que hacían el amor. Se excitó al pensarlo.

Robert levantó las cejas.

—Había cierta hostilidad entre vosotros —murmuró.

—Eso lo reconozco —convino Jack.

—Además —dijo Robert—, estabas completamente prendado de esa dama misteriosa a la que habías conocido en un baile de máscaras, en Edimburgo... —se paró en seco y una expresión de asombro apareció en sus ojos—. Santo cielo, Jack —dijo—. ¿No sería lady Mairi?

—Ojalá no te hubiera contado eso —contestó Jack con vehemencia.

Sintió de nuevo el impulso de proteger a Mairi. No

quería que Robert pensara mal de ella porque era su amante. Pero hasta él se daba cuenta de lo contradictoria que era su actitud. Maldiciendo enérgicamente, se pasó las manos por el pelo. Empezaba a sacarlo de sus casillas que Mairi fuera capaz de suscitar en él toda clase de emociones que no quería sentir. Estaba decidido a regresar al deseo, impuro pero sencillo. Era lo único que comprendía. Lo único que le interesaba.

–Está olvidado –dijo su primo con un brillo divertido en la mirada.

Los músculos tensos de Jack se relajaron un poco.

–Gracias.

–Dime que no me meta donde no me llaman, si quieres –añadió Robert después de una pausa–, pero este compromiso vuestro...

–Es temporal –lo interrumpió Jack. La tensión había vuelto: podía sentirla en el músculo de su nuca y en el agarrotamiento de sus hombros–. Ni lady Mairi ni yo tenemos deseo alguno de casarnos.

Robert observó su brandy con repentina fascinación.

–No quiero interferir –dijo pasado un momento–, pero entre otras cosas estás dando una idea equivocada a nuestra abuela.

–Lo sé –Jack apretó la mandíbula–. Pero no puedo casarme para complacer a nuestra abuela solo por que está enferma y quiere que siente la cabeza antes de que ella muera.

Robert suspiró.

–Mientras no le hagas daño a sabiendas –dijo–. Ni a lady Mairi, desde luego –añadió–. Puede que actúe como una viuda alegre, pero no lo es.

–Lo sé –repitió Jack, y de nuevo sintió agitarse su conciencia–. Maldita sea, ya lo sé.

–Bien, entonces –dijo Robert–, ten cuidado –sonrió un poco. Su copa tintineó cuando volvió a llenarla. Señaló la de Jack–. ¿Quieres otro?

–No, gracias –el mosto que podía tomar un hombre tenía un límite.

–Entonces, si es temporal –añadió Robert–, ¿qué sentido tiene? –ladeó una ceja–. ¿Deduzco que le has prometido protección?

–Maldita sea, ¿es que no vas a dejarme en paz? –preguntó Jack bruscamente–. ¿Desde cuándo es asunto tuyo mi vida sexual, Robert?

–Desde que afecta a mi cuñada –contestó su primo–. Odiaría tener que desafiarte en duelo por arruinar la reputación de Mairi –había hablado con suavidad, pero su mirada era dura como el granito.

Jack lo había visto así otras veces. Su primo tenía un estricto sentido de la moral y un respeto por la familia igualmente fuerte que no compartía con Jack. Parecía, sin embargo, que en aquel caso, Robert estaba empeñado en imponerle sus principios. Jack estaba persuadido de que era un error. Él no era un hombre de principios. Ni tenía intención de dejarse arrastrar hasta el altar.

–Sospecho que tendrías que ponerte a la cola, detrás de lord MacLeod –dijo–. Puede que sea mayor, pero seguro que todavía sabe disparar derecho.

Robert sonrió de mala gana, pero no se dejó distraer.

–¿MacLeod está metido en esto? ¿Fue él quien organizó vuestro compromiso?

Jack suspiró. Se moría por beber un poco de brandy. La conversación le estaba resultando mucho más dura de lo que esperaba. A veces lo sacaba de quicio ser tan abstemio.

–MacLeod me pidió ayuda –dijo–. Su heredero está

amenazando a lady Mairi. Circulan muchos rumores acerca de ella, habladurías desagradables. Y lo que es peor: MacLeod cree que su heredero, Michael Innes, va a intentar desenterrar viejos escándalos para apoderarse de la fortuna de lady Mairi. Le dije que le ofrecería la protección de mi nombre hasta que se resolviera la situación.

–Qué galante por tu parte –dijo Robert con sorna–. Y qué impropio de ti.

–¿Qué insinúas? –quiso saber Jack–. ¿Que soy un canalla indolente al que le importan un rábano los demás?

Robert tensó los labios.

–¿No es así como te defines tú mismo? –preguntó–. Indolente no eres, desde luego –añadió–. Pero no te inmiscuyes en la vida de los demás.

–Esta vez tenía un incentivo –comentó Jack tranquilamente.

La sonrisa que brillaba en los ojos de Robert se apagó. Su boca se tensó, convirtiéndose en una línea muy fina.

–Lady Mairi. Sí, entiendo. A veces puedes ser un perfecto canalla, Jack. Y sin embargo... –se detuvo cuando se disponía a echar mano otra vez de la botella de brandy y lanzó a su primo una mirada pensativa–. Cuanto más argumentas, menos convencido estoy –sonrió de repente–. ¿Podemos cambiar de tema antes de que lleguemos a las manos? ¿Crees que hay alguna relación entre Wilfred Cardross y el heredero de lord MacLeod? ¿Que habrán unido sus fuerzas para sacar partido de la situación por puro resentimiento?

–No veo cómo encaja Cardross en esto –Jack arrugó el ceño. Tenía la impresión de estar pasando algo por alto. Había alguna clave, pero no veía cuál era. Y si no la encontraba, no podría mantener a Mairi a salvo.

—Tendremos que encontrarlo y preguntárselo —dijo Robert en un tono que daba a entender que el interrogatorio no sería cordial—. Seguiremos con las patrullas, y no hay duda de que van a mandar un contingente de Edimburgo, pero tardará varios días en llegar y aquí, en estos valles agrestes... —se encogió de hombros expresivamente—. En fin, va a ser difícil capturarlo.

—Tengo intención de ir a ver a Michael Innes en cuanto vuelva al sur —añadió Jack—. MacLeod me dijo que había salido de Edimburgo por asuntos de negocios, pero cuando regrese me haré una idea clara de su implicación. Quizás él pueda aclararnos dónde encaja Cardross.

Robert sonrió.

—Deduzco que vas a disfrutar de la entrevista —lo miró a los ojos—. Casi compadezco a ese hombre.

—Pues no lo compadezcas —repuso Jack—. No se lo merece —pensó en el peligro que corría Mairi. Hasta que llegaran al fondo de aquel asunto, estaría siempre amenazada. Pensó en su arrojo y sintió de nuevo aquel afán de protegerla, como una intensa punzada. De pronto se dio cuenta de que mataría por ella.

Apuró su mosto. El brandy lo atraía como una mujer fatal, ofreciéndole refugio para escapar de unos sentimientos que no quería reconocer. Miró fijamente la botella unos segundos. Luego apartó su copa.

—Solo una cosa más —dijo lentamente—. MacLeod habló de un viejo escándalo relacionado con el marido de lady Mairi. Me dio a entender que sería muy perjudicial incluso ahora, si saliera a la luz. ¿Sabes de qué puede tratarse?

Robert no contestó de inmediato.

—No conocí a Archie MacLeod —dijo pasado un momento–. Ya había muerto cuando conocí a Lucy. Nunca he oído hablar mal de él. Por lo que dicen, era un tipo muy decente.

–Eso he oído yo también –comentó Jack entre dientes.

Robert se rio.

–Me parece que eran amigos de la infancia.

–Eso creo –Jack empezó a desear no haber preguntado nada. Le desagradaba pensar que Mairi y Archie se habían conocido de toda la vida, que entre ellos había esos profundos lazos de intimidad que conllevaban las amistades de la infancia.

–Mairi se casó con él en contra de la voluntad de su padre –explicó Robert–. Eso sí lo sé. El duque de Forres tenía previsto otro marido para ella, uno muy distinto. Lucy dice que no le hizo ninguna gracia ver frustrados sus planes.

–Debía de tener muchas ganas de casarse con MacLeod si se atrevió a desafiar a su padre –repuso Jack.

–O quizá quería librarse de su otro pretendiente –contestó Robert con suavidad, y dejó aquel pensamiento en el aire un momento–. Sé otra cosa, además –añadió–. Aunque probablemente no debería decírtelo –miró a los ojos a Jack un momento–. Lucy me contó que Mairi le dijo una vez que su marido y ella no tenían relaciones íntimas. No compartían la cama. No sé por qué. No sé si fue siempre así, pero el caso es que cada uno hacía su vida, al menos como marido y mujer. Y ya he dicho demasiado.

Jack sintió que se le ponían los pelos de punta. Pensó en la noche en que Mairi lo había seducido. Había dicho que buscaba el olvido. Él había dado por sentado que sufría por la muerte de su marido, pero quizá lo que lloraba era algo muy distinto, la pérdida de un amigo, o de la confianza en una relación que se había torcido.

—Jack —la voz de su primo lo sacó de su ensimismamiento—. Permíteme que te dé un consejo. Si quieres saber la verdad, pregúntale a Mairi. Si confía en ti, te lo contará. Pero... —su voz tenía una nota divertida— tal vez te cueste un poco, teniendo en cuenta tus antecedentes.

Jack hizo una mueca. No había dado motivos a Mairi para que confiara en él, y sí para que recelara. Ella podía haberle entregado su cuerpo, pero no tenía intención de revelarle sus secretos. Si quería que eso cambiara, tendría que ganarse su confianza. Nada de intentar seducirla detrás de los setos. Nada de colarse en su alcoba cuando se hubiera retirado el servicio. No estaba seguro de poder soportarlo mucho tiempo.

Gruñó. La deseaba muchísimo y no estaba acostumbrado al rechazo. Normalmente, si quería algo, lo conseguía. Si era una cosa, la compraba. Si era una mujer, ella solía estar tan interesada como él en explorar su mutuo deseo. Mairi, en cambio, le había dicho que era un patán, una reprimenda que se merecía con creces. Le había dicho que no era digno de ella.

Y tenía razón.

Sintió agitarse dentro de él la antigua amargura, revolviéndose como una oscura marea. Lo asaltaron los recuerdos y el remordimiento. Por un momento había corrido peligro de olvidar que no era el salvador de nadie. Se había visto a sí mismo como un caballero andante.

«No te acerques demasiado. No corras ese riesgo».

—No necesito conocer los secretos de Mairi para vérmelas ni con Cardross, ni con Innes —afirmó en tono ligero—. Buenas noches, Rob —dio media vuelta y se marchó antes de tener ocasión de ver la decepción que sin duda reflejarían los ojos de su primo.

−¿Y bien? −cuando su marido entró en la alcoba, Lucy dejó la novela que estaba leyendo y clavó en él sus brillantes ojos azules−. ¡Has tardado una eternidad! Ya creía que no venías −esperó, pero al ver que Robert no contestaba de inmediato, soltó una risilla impaciente−. ¡Robert! ¿Qué te ha dicho? ¡Estoy muerta de curiosidad! ¿La ha chantajeado para que se comprometiera con él? ¿O ha sido ella? ¿Está enamorado de Mairi?

Robert se rio.

−Calma, calma, amor mío −se quitó su bata y se metió en la cama, junto a ella, atrayéndola hacia sí para que apoyara la cabeza en su hombro.

Estuvieron callados un momento, en un apacible silencio lleno de reflexiones, amor y delicadeza. Lucy sonrió y se arrimó un poco más a él, poniendo la mano sobre su pecho desnudo.

−Más vale que no hagas eso si quieres que me concentre en tu pregunta −dijo Robert suavemente, posando una mano sobre la suya−. Jack ha accedido a comprometerse con Mairi para hacerle un favor a lord MacLeod.

−Qué extraño −comentó Lucy, y arrugó el ceño.

No conocía bien a Jack. El primo de su marido no dejaba que nadie se le acercara demasiado, y daba la impresión de que quería pocos tratos con la familia. Lucy sospechaba, no obstante, que les quería. Robert y él habían trabajado juntos durante años y se tenían mucho respeto y lealtad. Estaba segura de que también quería a su abuela, aunque seguramente Jack preferiría morir antes que reconocerlo. En todo caso, tenía una habilidad extraordinaria para mostrarse encantador y al mismo tiempo no desvelar nunca sus verdaderos sentimientos.

–No es propio de Jack ofrecer su ayuda si no consigue nada a cambio –comentó con cierta acritud–. Algo saldrá ganando de todo esto.

–Estoy seguro de que sí –repuso Robert con sorna–. No me cabe duda de que ha obtenido algún beneficio de tu hermana.

–Y no estoy segura de que ella le haya puesto reparos –comentó Lucy en el mismo tono–. Cuando le he preguntado a Mairi por el compromiso, solo me ha dicho que Jack es el mejor amante de Escocia. Sé que quería dejarme pasmada para que no la incordiara más –suspiró–. Sé que es ridículamente romántico por mi parte –añadió–, pero ojalá se enamoraran.

–Jack no quiere a nadie –repuso Robert.

–Salvo a sí mismo.

Robert sacudió ligeramente la cabeza.

–A sí mismo menos que a nadie. Se culpa por la muerte de su madre y su hermana. Nunca se permitirá querer a nadie, por miedo a perder también a esa persona –giró un poco la cabeza para mirarla–. Quieres que Mairi sea feliz. Eres un cielo. ¿Te ha dicho ella algo más?

–Nada –respondió Lucy, y experimentó una frustración que conocía muy bien.

Mairi y ella nunca habían estado lo bastante unidas para hacerse confesiones, y habría deseado que las cosas fueran de otro modo–. Me dijo que le dolía la cabeza y me mandó marcharme con la bandeja de la cena como si fuera una criada.

Robert le dio un beso en el pelo para reconfortarla.

–Lo siento. Siento que no quiera hablar contigo.

–Estoy acostumbrada –dijo Lucy con cierta tristeza–.

Pero me duele –se acurrucó junto a él–. La verdad es que nunca hablamos de verdad. Imagino que, como Alice y yo éramos gemelas, excluíamos a todos los demás cuando éramos pequeñas. No lo hacíamos a propósito, pero no necesitábamos a nadie más. Y cuando murió Alice, Mairi ya estaba casada. Después enviudó y comenzó a desempeñar el papel de viuda elegante que tiene ahora. Pero es todo una pose. Sé que lo es –se dio la vuelta y miró fijamente las cortinas de terciopelo azul de la cama–. Lo peor de todo es que estoy segura de que Mairi también sufre, Robert –dijo–. Aparta a la gente de sí porque teme quererles. Es culpa de Archie –su voz se afiló–. Estoy segura. Mairi confiaba en él y él hizo algo malo, la traicionó de algún modo.

Comprendió que Robert estaba perdiendo interés en el tema. Se había puesto a juguetear con su pelo, de ese modo que a ella tanto le gustaba. Había en sus ojos un calor reconcentrado mientras entrelazaba sus mechones rojizos entre los dedos.

–¿De modo que tu hermana opina que Jack es el mejor amante de Escocia? –dijo. De pronto cambió de postura, volviéndose para mirarla. Posó la mano sobre la cinta que ataba su camisón–. ¿Tú qué crees?

–Reconozco –contestó Lucy con indolencia y un brillo malicioso en la mirada– que a veces me he preguntado si sería cierto. Jack es tan travieso... Y además tiene muchísima experiencia.

Los dedos de su marido se detuvieron sobre la cinta de raso. La miró con incredulidad.

–¿Te has preguntado cómo sería mi primo en la cama?

Lucy se sonrojó, pero no pudo reprimir la sonrisilla que danzaba en sus labios.

–Solo en un sentido puramente hipotético –murmuró–. Por curiosidad intelectual. Ya sabes lo curiosa que puedo llegar a ser, Robert.

Su marido se tumbó sobre ella.

–Lo sé, en efecto, señora –gruñó. La besó al tiempo que hundía las manos entre su pelo, haciéndole abrir los labios con tanta ansia que Lucy se sintió arrollada por su pasión. Robert tiró con fuerza de la cinta. El lazo se desató y él deslizó la mano dentro del camisón y acarició su pecho. Lucy contuvo un gemido.

–¿Sigues teniendo curiosidad por Jack? –preguntó Robert. La besó de nuevo, despacio, ardientemente, hasta que Lucy comenzó a retorcerse febrilmente.

–¿Por quién? –preguntó ella.

Capítulo 13

Al acabar su primera semana de estancia en el castillo de Methven, Mairi recordaba ya todas las razones por las que aborrecía las fiestas de aquel tipo. Estaba encerrada en una casa con un disparatado grupo de parientes y conocidos, con la mayoría de los cuales no habría querido pasar su tiempo en otras circunstancias. Angus, su hermano mayor, nunca había sido muy de su agrado. Era pedante y altanero, de niña la había tratado a golpes y todavía intentaba decirle lo que tenía que hacer. Su esposa, Gertrude, era una señorona espantosamente despótica que intentaba obligar a Christina, la hermana mayor de Mairi, a actuar como carabina de su hija durante la temporada siguiente. Lachlan siempre había sido un botarate, y ahora parecía desdichado y asustadizo como un niño pequeño, y Dulcibella, por su parte, era francamente odiosa: su belleza de muñequita de porcelana escondía una lengua tan afilada como una aguja. Solía pagar su mal humor con Lachlan, pero al ver a Mairi en el desayuno, el primer día, su cara se había iluminado visiblemente ante el placer de tener una nueva presa.

—Cuánto me alegra que haya sacado tiempo para nosotros, teniendo una vida social tan ajetreada, lady Mairi —había ronroneado—. Sé que los señores se vuelven locos por su... compañía. Y a usted le sabe tan mal decepcionarlos...

—Restrinjo todos mis afectos a un solo hombre, lady Dulcibella —había respondido Mairi, sonriendo a Jack desde el otro lado de la mesa con la mirada más arrobada que logró componer—. Siempre he creído que es una ventaja que te guste la persona con la que estás prometida o casada, ¿no está usted de acuerdo? —había lanzado una mirada cargada de intención a Lachlan, que se había llevado su plato de bollitos con mantequilla al otro extremo de la mesa, lo más lejos posible de su mujer, y estaba hojeando morosamente el periódico.

Durante esos primeros días, había envidiado a Jack. Él al menos podía escapar de la casa cuando salía a caballo con las patrullas que recorrían las colinas en busca de Wilfred Cardross. Se sentía encerrada y constreñida, en parte porque, por motivos de seguridad, no podía salir de los límites de la finca de Methven, y en parte también porque estaba tan pendiente de Jack que no lograba relajarse. La desconcertaba que él estuviera desempeñando a la perfección el papel de prometido siempre atento a sus necesidades. Le llevaba tazas de té y vasos de limonada durante las tardes calurosas, se sentaba a su lado y hablaba con ella, le pasaba las páginas de la partitura cuando ella tocaba el piano después de la cena y paseaba con ella por los jardines. Lo hacía todo con el mayor decoro y con un perverso brillo de satisfacción en la mirada.

Nunca la besaba.

Mairi daba por sentado que, al igual que ella, era consciente de que debían respetar las reglas del decoro en público, aunque aquello parecía contradecir todo cuanto sabía sobre su carácter. El Jack Rutherford al que conocía debería haber intentado propasarse con ella en la larga galería o llevarla a hurtadillas al laberinto de setos para un rápido escarceo amoroso. El hecho de que no lo hiciera no dejaba de asombrarla. También la decepcionaba, y la hacía enojarse consigo misma y con él. Más de una vez, mientras estaba tumbada en la cama, se quedaba con la vista fija en la puerta que comunicaba su dormitorio con el pequeño vestidor contiguo a la habitación de Jack. Pero ni en sueños incumpliría su palabra y abriría aquella puerta. Jack podía ser atractivo, pero no era irresistible. O eso se decía ella.

Había tomado la costumbre de visitar la biblioteca cada noche para elegir un libro que la ayudara a pasar las largas horas de vigilia. Escogía obras de filosofía y teoría económica, biografías de grandes generales e indigestos tomos de historia con la esperanza de dormirse de puro aburrimiento. Pensaba que esas obras tan poco románticas eran lo que necesitaba para sofocar cualquier deseo sensual. Por desgracia, parecía suceder justo lo contrario: cuanto más árido era el libro, más se agudizaba su frustración sexual.

Aunque el motivo principal de la reunión familiar era celebrar el bautizo del segundo hijo de Robert y Lucy, su compromiso también parecía generar una enorme expectación. Se maldecía a sí misma por no haberlo previsto. Día tras día llegaban las visitas, aparentemente para llevar regalos y felicitar a Robert y Lucy por el inminente bautizo de Ewan, pero también para recabar nuevos cotilleos acerca del compromiso de Mairi. Todo Edimburgo hablaba de ello. Lord MacLeod se había encargado de ello al anunciarlo en todos los periódicos. Se estaba convirtiendo rápidamente en la comidilla de toda Escocia.

La marquesa viuda, en particular, parecía emocionadísima cuando hablaba del ajuar y de las joyas de la familia, y Mairi se sentía tan culpable que le daban ganas de salir corriendo a esconderse tan pronto veía acercarse a lady Methven.

Una noche, después de la cena, cuando estaba en la terraza escuchando la voz aflautada de Dulcibella subir y bajar como un coro de campanas, reprendiendo a Lachlan por pasar demasiado tiempo en la sala de billar, Jack pasó por su lado, se volvió a medias para mirarla y apoyó la espalda contra la balaustrada. Iba vestido con un impecable traje de noche blanco y negro. Estaba guapísimo y tenía un aspecto algo peligroso. A Mairi se le aceleró el pulso al pensarlo. Después, consiguió dominarse. No pensaba desmayarse a sus pies.

–Me has tenido en ascuas, esperando el momento en que rechazarías mis atenciones en público –comentó él–. ¿Es posible que hayas descubierto que te gusta que alguien te traiga el chal o te llene la copa de champán?

Mairi sonrió con desgana.

–Tengo muchos sirvientes que podrían hacerlo –repuso.

–En ese caso, tienes que haber llegado a la conclusión de que te intereso para otros fines –añadió Jack.

–Para otros fines poco admirables –reconoció Mairi–. Me temo que te estoy utilizando para frustrar los planes de Dulcibella. Pensé en romper nuestro acuerdo, pero no soportaría darle más munición a mi cuñada. Además, disfruto dejándome alabar por mi respetabilidad, es toda una novedad.

Jack se rio.

–Sí, resulta curiosamente agradable –reconoció, acercándose más a ella. Rozó su mejilla con el dorso de los dedos, apartando un mechón de su pelo–. Aunque yo disfrutaría mucho más siendo menos respetable.

–No me sorprende –repuso Mairi–. Sin embargo, nuestra relación está discurriendo de manera inversa a la que se considera normal. Empezó con la consumación y va a acabar con cada uno de nosotros tirando por su lado. En este momento estamos en una fase intermedia en la que tú merodeas galantemente a mi alrededor y yo me niego a acostarme contigo.

Jack le acarició la nuca.

–¿No podemos revertir el proceso? –preguntó en voz baja.

Su caricia desconcertó un momento a Mairi. Era tan cálida y seductora... Introdujo los dedos entre su pelo y la acarició con una dulzura irresistible. Mairi se estremeció sin poder evitarlo. Recordó de pronto la sucesión de noches que había pasado en vela, mirando la puerta que comunicaba con su habitación y desafiándose a sí misma a ir a su encuentro.

–No –se oyó decir, y hasta ella advirtió una nota de pesar en su voz.

Jack se rio.

–Es una lástima –la apretó muy suavemente para atraerla hacia sí–. ¿No puedo persuadirte de que cambies de idea?

Sus labios rozaron los de ella. Mordisqueó su mandíbula. Mairi se estremeció. Era imposible negar que entre ellos ardía el deseo. El cuerpo de Mairi vibraba de anhelo. Hacía cuatro días que Jack no la tocaba. Y ella había estado aguardando aquel instante.

–¡Ahí estáis! –ninguno de los dos había notado que lady Methven se acercaba a ellos. O eso pensó Mairi. Pero enseguida se le ocurrió otra idea: ¿acaso había visto

Jack acercarse a su abuela y había flirteado con ella para hacer aún más verosímil su falso compromiso? Una esquirla de hielo se clavó en su corazón. Por un momento había creído que era sincero.

—No me extraña que os refugiéis aquí —comentó lady Methven—. Acabo de oír a lady Dulcibella decirle a la pobre Lucy que es una vergüenza que consienta tanto al pequeño James. Dado que no tiene hijos propios, ¿cómo se atreve a juzgar esas cosas? —sin esperar respuesta, dio unos golpecitos a Jack en el brazo con su abanico—. El caso es que hay algo de lo que quería hablar con vosotros. De vuestra boda.

Mairi se puso rígida. Miró a Jack.

—Abuelita... —comenzó a decir él.

—Creo que deberíais fijar la fecha —lady Methven era como un navío con todo el velamen desplegado—. Sería bonito que fuera en otoño, antes de que empeore tanto el tiempo que no se pueda viajar. ¿Dentro de un mes y medio, digamos? Es tiempo suficiente para reunir un ajuar modesto, y como lady Mairi es viuda y tú tampoco eres un jovenzuelo, Jack, no hay necesidad de organizar una gran boda.

Mairi sintió que Jack la miraba.

—Lady Mairi y yo llevamos apenas una semana prometidos... —dijo él.

—Bueno, eso no es razón para demorarlo —contestó lady Methven tajantemente—. Ya no sois unos jovencitos. Sabéis lo que hacéis.

—Lady Methven... —dijo Mairi, dispuesta a intentarlo de nuevo, pero Jack la agarró de la mano.

—Por favor, discúlpanos, abuela —dijo—. Creo que necesitamos discutir esto en privado.

—Claro, claro —repuso lady Methven con aire triunfal—. Sabía que entenderías mi punto de vista.

–Lo siento –dijo Jack.

Había llevado a Mairi dentro de la casa, al pequeño despacho que había junto a la biblioteca, cuya puerta había cerrado. No se sentó, y Mairi advirtió que tenía los hombros tensos.

–Supongo que deberíamos haber previsto que sucedería esto –añadió él–. Mi abuela lleva años intentando casarme, y ahora que por fin cree que ha llegado el momento, no ve razón para posponerlo. ¿Tienes frío? –añadió al ver que Mairi temblaba y se ceñía el chal de gasa gris.

–Solo un poco –contestó, aprovechando cualquier excusa para explicar el malestar que se había apoderado de ella. No podía explicarlo, ni sabía por qué de pronto se sentía tan abatida. Solo sabía que estaba harta de fingir–. Jack –dijo–, creo que deberíamos acabar con esto. Ninguno de los dos quiere verse obligado a casarse. Se lo explicaré a lord MacLeod...

–¿Y también dispararás a Wilfred Cardross y te enfrentarás a Michael Innes? –preguntó él con aspereza. Cruzó la habitación con ira reprimida y se volvió bruscamente hacia ella.

–Si es necesario, sí –respondió Mairi–. Siempre me las he arreglado para resolver los problemas yo sola.

–Eso dices constantemente –Jack pareció aún más enfadado y Mairi no supo explicarse por qué–. A mí no me conviene poner fin a nuestro compromiso ahora –le espetó él.

–Ah –Mairi vaciló–. Bien, si puedes dar largas un tiempo a tu abuela, entonces estaré encantada de romper nuestro compromiso cuando a ti te convenga –dijo, crispada–. No tengo intención de obligarte a casarte conmigo. No deseo casarme.

Jack esbozó una sonrisa.

—Soy consciente de ello –dijo con calma–. Has dejado muy clara tu opinión a ese respecto.

El silencio pareció vibrar entre ellos, cargado de frustración.

—¡No te entiendo! –estalló Mairi–. Tú tienes tan pocos deseos como yo de casarte, así que ¿por qué te pones tan difícil? Ni siquiera querías ayudarme...

—Cambié de parecer –dijo Jack. Se metió las manos en los bolsillos de la chaqueta y se apartó de ella.

Ahora Mairi solo podía ver su ancha espalda. Se sentía fuera de sí.

—Cambiaste de parecer porque querías acostarte conmigo –afirmó.

Jack se giró tan rápidamente que ella dio un respingo.

—Estoy tratando de defenderte de distintos peligros –dijo. Su tono era amable, pero había un brillo amenazador en sus ojos–. Lo menos que puedes hacer es aceptar mi protección.

—Pero yo no te pedí que...

La agarró, atrayéndola bruscamente hacia su cuerpo.

—Hace menos de una semana que los hombres de Cardross estuvieron a punto de matarte –dijo con aspereza–. Hasta que pase ese peligro y Michael Innes deje de ser una amenaza, eres responsabilidad mía.

Mairi se quedó boquiabierta.

—¿Cómo dices?

—Eres mi prometida –dijo Jack en voz baja y terrible–. Y, por tanto, responsabilidad mía. Hasta que rompamos nuestro compromiso, así será, y no voy a permitir que lo rompas hasta que yo lo diga –la soltó como si la cuestión estuviera zanjada.

—No seas absurdo –replicó Mairi, furiosa–. Soy una

mujer independiente. No consentiré que me digas lo que tengo que hacer.

Jack se encogió de hombros. A Mairi la sacó de quicio que pareciera tan despreocupado.

—No busco poner límites a tu independencia —dijo él—. A diferencia de muchos hombres, no temo a las mujeres de carácter fuerte. Pero la verdad es que necesitas este compromiso, Mairi, y por tanto has de plegarte un poco a las exigencias de la sociedad.

—¡Y a las tuyas! —exclamó ella.

Salió del despacho bruscamente y se enojó aún más al ver que lady Methven y Lucy, que estaban tomando el té en la biblioteca, le sonreían con aire indulgente al pasar, como si creyeran que Jack la había besado apasionadamente, en vez sacarla de sus casillas.

Salió al pasillo y comenzó a subir las escaleras, sin saber muy bien adónde iba o qué iba a hacer a continuación. Era demasiado temprano para retirarse y estaba demasiado alterada para sentarse a leer un libro y tomar una taza de té. Maldijo a Jack con vehemencia, en voz baja.

De pronto sintió algo a su espalda y al girarse vio que Jack la había seguido hasta lo alto de la escalera. Sus ojos se encontraron y ella contuvo la respiración. Parecía absolutamente furioso.

Esperó hasta que una criada pasó discretamente a su lado, apartando la mirada, cargada con sábanas limpias. Luego, cuando la muchacha desapareció por la curva de la escalera, agarró a Mairi de la mano y la llevó casi a rastras hasta detrás de una enorme estatua de mármol que había a la entrada de la galería de retratos. La hizo volverse para mirarlo.

—No vuelvas a dejarme plantado de esa manera —dijo en tono cortante.

–¡Pues entonces no me trates como si fuera un objeto de tu propiedad! –replicó Mairi, temblando.

Se hizo un tenso silencio. Luego, Jack sonrió de mala gana y levantó una mano para acariciar su mejilla.

–¿Por qué nos peleamos –dijo– si lo que de verdad queremos es hacer el amor?

Mairi sintió latir con violencia su corazón contra las costillas. El anhelo rielaba en su sangre como la luz de la luna. Deseaba a Jack y no quería tener que negar aquel deseo.

–Quiero hacer el amor contigo –susurró, mirándolo a los ojos–, pero no voy a permitir que me utilices y que luego prescindas de mí como si fuera una cualquiera.

Lo vio sonreír de nuevo, fugazmente.

–Eso fue un error –convino él, muy serio.

–Sí –dijo Mairi–, lo fue.

La sonrisa de Jack se borró. La miró fijamente a los ojos.

–No puedo ofrecerte más que una aventura pasajera –dijo–. Solo para que conste.

Mairi no contestó enseguida. Notaba la garganta seca como la arena. Su corazón seguía latiendo desbocado. Sabía que debía estar segura, porque Jack estaba siendo brutalmente sincero con ella, y tenía la obligación de ser franca con él a cambio. Ignoraba si podía separar el amor físico de los sentimientos, no sabía si para ella podía ser así de sencillo. No tenía deseo alguno de volver a casarse, pero eso no significaba que no pudiera explorar el mundo de sus sentidos, un mundo que le había estado vedado antes de conocer a Jack. Ni que tuviera que darle la espalda a aquella pasión deliciosa y maravillosa.

La voz de la razón le susurraba que no podía volver a

caer en la tentación, pero oírla no cambió nada. Deseaba a Jack más de lo que había deseado ninguna otra cosa en toda su vida.

Tragó saliva con esfuerzo.
—Entiendo —dijo.

¡Al fin!
Parecía haber pasado una eternidad. Jack sabía que no estaba hecho para la castidad, y menos aún en lo tocante a lady Mairi MacLeod. A decir verdad, había estado todo el día, toda la semana, al borde de la erección. Incluso en los momentos en que se había obligado a sí mismo a representar el papel del perfecto prometido, se había sentido casi consumido por el deseo. Y había sabido que tarde o temprano caería en la tentación.

Tomó a Mairi en sus brazos y ella se acercó, deseosa de que la abrazara. Su corazón dio un brinco.

—Llevo toda la semana esperando esto —susurró ella cuando sus labios se despegaron—. Lo deseaba. Te deseaba a ti —puso una mano en su nuca y le hizo bajar la cabeza hacia la suya.

Jack estuvo a punto de perder el control. La agarró por la nuca y la besó, hundiendo los dedos en su pelo suave como el satén. Se sentía fuera de sí. Nunca había deseado tanto a una mujer, y sin embargo también temía que, al tocarla, se desatara dentro de él una emoción que, una vez liberada, no podría controlar. Por un instante estuvo a punto de apartarse, pero el deseo que sentía por ella era demasiado intenso. La besó otra vez, tirando de ella hacia las sombras de la galería de retratos.

El escote de su vestido era bajo, lo cual no había dejado de atormentarlo durante la cena. Estaba casi seguro de que había elegido aquel osado escote para provocarlo. Era hora de hacerle pagar por aquella provocación. Tiró del vestido. Uno de sus pechos salió de debajo de la gasa plateada, y su pezón pareció suplicar el roce de sus dientes. Agachó la cabeza para chuparlo. Mairi sofocó un gemido, echó la cabeza hacia atrás y su cabello cayó como un río oscuro sobre la piel desnuda. Jack pensó un momento en bajar el corpiño del vestido hasta desnudar sus pechos por completo, pero le pareció que estaba aún más deseable así, deliciosamente despeinada, con un pecho cubierto pudorosamente y el otro desnudo.

La levantó en vilo. Ella le rodeó instintivamente la cintura con las piernas y apoyó la espalda contra los paneles que recubrían la pared. La gasa de sus faldas era resbaladiza y Jack tuvo que esforzarse por meter la mano debajo, y estuvo a punto de tirar con el codo el busto de Julio César que había a su lado y que se tambaleó peligrosamente sobre su pedestal. Luego, sus dedos inquisitivos encontraron la raja de sus pololos y el calor y la humedad de debajo, y su verga se endureció hasta alcanzar proporciones épicas.

Mairi se había dado cuenta de que pretendía tomarla allí mismo. Se puso rígida y apartó la boca de la suya.

—¿Aquí? —susurró, horrorizada—. ¡Jack!

Él sonrió y apretó los labios contra la vena que latía frenéticamente en el hueco de su garganta. Desabrochó a tientas el cierre de su pantalón, sacó su verga y la penetró, besándola al mismo tiempo para sofocar su grito.

—Aquí —respondió, con los labios pegados a los de ella.

Dejó de besarla y volvió la cara hacia la piel húmeda de su cuello. Pasó la lengua por él, la saboreó, la mordió suavemente, sin dejar de penetrarla con embestidas largas y poderosas. Bajó de nuevo la cabeza hacia sus pechos, chupó uno de sus pezones, oyó sus gemidos sofocados y sintió cómo se contraía su cuerpo alrededor de su miembro. No cabía duda de que la había asombrado que eligiera hacerle el amor en un sitio público. Aquello significaba llevar su intimidad a cotas de perversidad desconocidas. Sentía, sin embargo, que estaba al mismo tiempo poseída por un frenesí salvaje. Normalmente, Mairi nunca se arriesgaba, y Jack había tomado el control, dejándola indefensa.

Como a propósito, en ese preciso instante se abrió una puerta al fondo de la galería. Brilló una luz. Se oyeron voces. ¿Habrían elegido Robert y Lucy aquel momento para enseñar a sus invitados la galería de retratos? La idea hizo sonreír a Jack. Sintió que Mairi se envaraba al oír las voces. Intentó apartarse de él, pero no pudo moverse y Jack la sujetó con más firmeza y dejó que se deslizara sobre su verga, ensartándose aún más en ella. Mairi sofocó un grito cuando la penetró hasta el fondo.

–Tienes que parar –susurró, jadeante–. Por favor. Pueden...

Jack sonrió contra la piel desnuda de su hombro.

–¿Pueden vernos? –mordió su cuello tan fuerte que la hizo gemir. Luego volvió a hundirse en ella.

Mairi ahogó otro grito. Él inclinó la cabeza hacia su pecho y también lo mordisqueó y lo lamió. Ella comenzó a jadear.

Se oyeron pasos en el suelo de madera de la galería.

–¡Jack! –parecía frenética. Se retorcía. Jack la sujetó con fuerza, ensartada en su verga.

–Calla –siguió penetrándola con embestidas suaves y parsimoniosas–. No querrás que nos oigan. Piensa en el susto que se llevaría Angus. Y en lo celosa que se pondría Dulcibella.

Mairi soltó un pequeño gemido. Se arqueó hacia arriba y él se meció, empinándose hacia ella. Vieron luces más cerca. Las voces sonaban cada vez más altas. Robert, Lucy, Lachlan, Dulcibella, toda la casa.

–Este es mi bisabuelo –iba diciendo Robert–. Luchó en el levantamiento jacobita de 1719, y por aquí...

Mairi profirió otro gemido. Su piel empapada de sudor se pegaba a la de Jack.

–Van a verte todos dentro de un momento –susurró Jack–, desnuda hasta la cintura y a mí dentro de ti.

Sus palabras bastaron para precipitarla al abismo. Se corrió bruscamente, y el pulso violento de su clímax arrastró a Jack a un orgasmo tan intenso que se tambaleó. Cayeron contra los paneles de la pared, abrazados todavía mientras el placer rompía sobre ellos, oleada tras oleada.

–¿Quién anda ahí? –la voz de Dulcibella hendió su felicidad con una aguja afiladísima.

Jack se irguió y depositó suavemente a Mairi en el suelo. Vio que había movido el retrato del quinto lord Methven, que colgaba torcido de la pared. Julio César se había caído al suelo y se había roto un poco la nariz.

–Es uno de los criados, nada más –contestó Robert–. Bien, aquí está el retrato de lady Clementina Methven...

–¡Rápido! –Jack abrió la puerta más cercana e hizo pasar por ella a Mairi. Una de las ventajas de ser nieto del anterior marqués era que al menos sabía moverse por el castillo. Condujo a Mairi a través de un par de antecámaras, deteniéndose solo para besarla por el camino. Ella jadeaba y reía, desmelenada y guapísima, con una luz de emoción en los ojos.

–Eres terrible –dijo. Lo besó, deslizó la lengua entre sus labios y la entrelazó con la suya.

Jack sintió que se excitaba de nuevo. Con ella se sentía como un jovenzuelo, impaciente por poseerla de nuevo otra vez.

–Y a ti te gusta el peligro –dijo, empujándola contra la pared para besarla de nuevo–. ¿Quién lo habría imaginado?

Tardaron otra media hora en llegar por fin al descansillo. Entre tanto, Jack había vuelto a tomarla sobre la mesa de la sala de billar de arriba. Sabía que los demás se habrían reunido ya para cenar y se estarían preguntando dónde se habían metido.

–He perdido un zapato –se quejó Mairi cuando salieron del laberinto de antecámaras.

Jack le ajustó el corpiño del vestido, tirando de él. Ella se giró para mirarse en el espejo de lo alto de la escalera y se llevó las manos a las mejillas sofocadas.

–¡Uf! –dijo–. ¡No puedo bajar al salón con este aspecto!

–No –convino Jack–. Estás completamente desmelenada.

Ella le tocó la mejilla con una suave caricia.

–Debo ir a arreglarme un poco –se puso de puntillas y lo besó con dulzura–. Gracias –susurró–. Ven a mi habitación después –desapareció por el pasillo, hacia su alcoba.

Jack tuvo que refrenar el impulso de seguirla. Se sentía absolutamente saciado y al mismo tiempo insatisfecho de un modo que no alcanzaba a explicarse. Le había dicho a Mairi que no quería más que una aventura sin compromisos sentimentales, y luego, cuando ella había tratado el sexo como una transacción carente de importancia pero placentera, le habían dado ganas de liarse a puñetazos con el poste de la barandilla, de pura frustración. Tenía exactamente lo que creía querer, y sin embargo, al parecer, ya no lo quería.

Había una ironía allí, en alguna parte, pero que le ahorcaran si le veía la gracia.

Capítulo 14

Era la mañana del bautizo de Ewan. Jack despertó bruscamente, bañado en sudor y temblando. La habitación estaba a oscuras y por un momento no supo dónde estaba. Los últimos jirones de la pesadilla atenazaban su mente todavía. Con un gemido, se tumbó de espaldas y se tapó los ojos con el brazo. Notaba un sabor amargo en la boca. Las imágenes danzaban aún delante de sus ojos: era un niño pequeño, de pie en la iglesia, una iglesia enorme cuyos pilares se alzaban hacia las nubes, tan lejos que apenas veía su cúspide, como si llegaran al propio cielo. Su padre estaba allí, sonriendo, y su madre también sonreía mientras sostenía en brazos a un bebé recién nacido, vestido con el más exquisito faldón de raso y encaje. Él iba vestido de domingo: le apretaba el cuello de la camisa, la chaqueta le quedaba demasiado justa y le habían lavado y sacado brillo hasta dejarlo hecho un pincel. Nadie se fijaba mucho en él. Estaban demasiado ocupados haciendo carantoñas al bebé, y sus padres haciéndose carantoñas entre sí.

–Eres el hermano de Averil –su abuela lo había estrechado entre sus brazos perfumados. Olía a violetas y la seda de su vestido resbalaba.

Él se resistía porque tenía que fingir que no le gustaba que lo abrazaran, pero lo cierto era que adoraba a su abuela.

–Eso es muy importante, Jack. Eres el mayor. Tienes que cuidar de ella.

«Tienes que cuidar de ella...».

Aquel regusto amargo se intensificó. Una inmensa tristeza inundó su corazón. Rodó por la cama y agarró la caja de la yesca, pero la golpeó sin querer y cayó al suelo. Maldiciendo, se levantó y se acercó a la ventana para descorrer las cortinas.

La noche se extendía aún sobre los valles. No había luna. Dejó caer la cortina y buscó de nuevo una cerilla. Esta vez, logró encender una vela que iluminó la habitación con un resplandor dorado. Su luz cálida, sin embargo, solo sirvió para que se sintiera frío y aislado.

Últimamente apenas tenía aquellas pesadillas. Cuando había abandonado Escocia para reunirse con Robert en Canadá, los malos sueños lo atormentaban continuamente, pero con el paso de los años habían ido haciéndose cada vez menos intensos, hasta casi desaparecer del todo. Lo cual hacía que la sensación casi palpable de fatalidad que pesaba sobre aquel sueño resultara aún más perturbadora. Sospechaba que había sido su regreso a Methven lo que había desencadenado la pesadilla. Un bautizo era una celebración alegre para la mayoría de la gente, pero a él solo le traía malos recuerdos.

Decidió salir a dar un paseo. No tardaría en amanecer, y podría dejar que el aire fresco se llevara los últimos vestigios del sueño. Se vistió distraídamente, sin molestarse en llamar al ayuda de cámara que le había prestado Robert mientras durara su estancia.

Una fina llovizna caía sobre la terraza cuando salió

por la puerta del invernadero. Robert tenía apostado un guardia en todas las puertas del castillo, en previsión de que Wilfred Cardross decidiera atacarles. El guardia estaba en su puesto, bostezando. Saludó a Jack con una inclinación de cabeza y lo dejó pasar. A la luz gris de la madrugada, los jardines de Methven se extendían ante él con elegante esplendor. Era todo muy distinto a cuando había estado allí por primera vez, siendo un niño, en tiempos de su abuelo. El viejo señor de Methven había dejado que el castillo y el resto de sus dominios se precipitaran en la ruina, y aunque los muros derruidos y los edificios desvencijados eran un campo de juegos muy emocionante para un niño, el aire de melancolía que pendía sobre aquel lugar resultaba opresivo y deprimente. Robert había puesto remedio a todo aquello y, con Lucy a su lado, había transformado Methven en un hogar rebosante de vida. Su primo había vuelto a llevar el amor a Methven.

Jack pensó un momento en Glen Calder, su propia finca, unas millas al norte. Era igual de hermosa que Methven, un castillo de piedra antiguo con vistas al mar. La finca funcionaba bien, era próspera, pero no se parecía a Methven. No era un hogar. Le faltaba corazón.

El castillo comenzaba a despertarse. Oyó voces, un estrépito de cazuelas y sartenes procedente de la cocina, el ruido de una puerta al abrirse. Estiró los hombros. Necesitaba lavarse y afeitarse si quería presentar un aspecto medianamente decente cuando llegara a la iglesia.

Levantó la vista hacia la ventana de Mairi. Las gruesas cortinas de terciopelo estaban echadas. Ninguno de los invitados estaría despierto aún. De pronto, inopinadamente, lo asaltó el deseo urgente de verla. Quería hablar con ella. El solo hecho de estar con ella lo calmaría de un modo que no lograba definir.

«Demonios».

Él no necesitaba a nadie. Depender de otras personas era una debilidad. Recordó la pesadilla. Si uno se abría al amor, tarde o temprano se abría también a la pena. Se pasó la mano por la mandíbula y notó la barba áspera. Apretaría los dientes y soportaría la ceremonia del bautizo, contemplaría la felicidad de Robert y Lucy, se mezclaría con los invitados, charlaría como si no pasara nada.

Y luego buscaría una botella de brandy y se emborracharía hasta perder el sentido. Sabía que iba a hacerlo. Lo sabía con una leve sensación de desesperanza, con una certeza total, como si fuera absolutamente inevitable. No podía hacer otra cosa.

—¿Sabes dónde está Jack? —preguntó Mairi a Lucy.

Era de noche y Ewan había vuelto hacía rato al cuarto de los niños con su hermano mayor, mientras sus padres y los invitados cenaban, hablaban y disfrutaban de la hospitalidad de las Tierras Altas. Mairi estaba agotada. Había actuado como madrina de su sobrino en la iglesia, y había hecho sus votos como tal, prometiendo querer y apoyar a Ewan y a su familia. Había notado en los ojos el escozor de las lágrimas, lágrimas de felicidad, con un dejo de dolor. Esperaba ser una buena madrina para su sobrino, pero se había sentido muy culpable estando en la iglesia, dada la deshonestidad de su relación con Jack. La farsa, sin embargo, duraría poco, y después, se prometió, sería la más virtuosa de las madrinas. Dejando a un lado otras consideraciones morales, sospechaba que sus relaciones con Jack le habían estropeado el gusto por otros posibles amantes. Tendría que conformarse con bordar y pintar a la acuarela como futuros entretenimientos.

En la iglesia, Jack se había situado al lado de su abuela. Mairi se acordó de lo guapo que estaba, a pesar de tener una expresión seria y severa. Su actitud era muy distinta a la de lady Methven, que irradiaba alegría al ver a otra generación establecerse en su hogar ancestral. Al terminar el oficio, Jack había cruzado unas palabras con su abuela y seguidamente había desaparecido. Mairi lo había visto un momento, más tarde, entre los invitados, pero ahora había vuelto a desaparecer.

Lucy frunció un poco el ceño.

—Jack está indispuesto.

—¿Indispuesto? —preguntó Mairi—. ¿Qué quieres decir? —aquello le extrañó, pero lo cierto era que Jack se había comportado de manera muy extraña todo ese día. Casi parecía que tenía la mente en otra parte.

Lucy se mordisqueó el labio. Mairi pensó que parecía enojada.

—Robert dice que no debería enfadarme con él —añadió su hermana—. Pero me enfado. No puedo evitarlo.

Mairi empezó a preocuparse. Tomó a su hermana del brazo y la alejó de los grupos reunidos en el vestíbulo y el salón. Buscó refugio en la salita de lectura que hacía las veces de despacho de Robert, junto a la biblioteca.

—Bueno —dijo al cerrar la puerta—, ¿qué está pasando?

Lucy se dejó caer en una silla con un frufrú de seda.

—¿Sabes que Jack se negó a ser el padrino de James y de Ewan? —dijo—. Intenté no sentirme dolida porque Robert me explicó que Jack lo había pasado muy mal de pequeño. Perdió a sus padres siendo muy joven y luego su hermana murió... —arrugó otra vez el ceño—. Y yo lo entiendo... —su tono daba la impresión de que en realidad no lo entendía en absoluto—. Pero yo pensaba que, ya que no tiene familia propia, aprovecharía la oportunidad de formar parte de la nuestra. Y, en cambio, Jack no para de rechazarnos a cada paso.

Mairi pensó en lo que le había dicho Jack en casa de lord MacLeod, su afirmación de que no quería a nadie.

—A veces —dijo despacio, pensando en su propia experiencia—, acercarse a los demás resulta demasiado doloroso. El riesgo de sufrir es demasiado grande. Quizá sea eso lo que siente Jack.

Lucy la miraba con pasmo.

—¡Pues yo sigo sin ver por qué ha tenido que ir y emborracharse!

—¡Ah! —dijo Mairi—. ¡Es ese tipo de indisposición!

—Estaba como una cuba —confirmó Lucy—. Y con un humor de perros. Le lanzó un jarro al pobre Shawcross cuando fue a llevarle más brandy. Robert dice... —se removió, inquieta, levantó los ojos y miró a Mairi medio avergonzada—. Bueno, se suponía que no tenía que contárselo a nadie, pero tú tienes derecho a saberlo. Jack tuvo hace tiempo un terrible problema con la bebida. Después de la muerte de su hermana, pasó una temporada como enloquecido. Bebía demasiado y acabó metiéndose en una pelea en la que murió un hombre. Lo encerraron, y lady Methven tuvo que pagar para sacarlo de prisión.

Mairi se quedó helada. Recordó que en la posada de Inverbeg Jack había bebido agua, no vino. En aquel momento, le había extrañado. Ahora se daba cuenta de que nunca lo había visto beber vino, y mucho menos brandy. Se dejó caer en el sillón, frente a su hermana.

—¿Cuándo fue eso? —preguntó en un susurro.

—No estoy segura —dijo Lucy—. Jack debía de tener diecisiete años o así. Era muy joven, en todo caso.

Diecisiete... Mairi se estremeció, horrorizada. Cuando

ella tenía diecisiete años, su padre había acordado su boda con un hombre lo bastante mayor para ser su abuelo. Recordaba aún el horror y la impotencia que había sentido y cómo había huido para escapar de una situación intolerable y se había encontrado en otra igual de mala. Se había sentido muy sola y asustada. ¿Se había sentido Jack igual al perder a casi todos sus seres queridos? Él mismo le había dicho que había hecho muchas locuras durante su juventud. Mairi había dado por sentado que se refería a las francachelas típicas de los jóvenes privilegiados: demasiado juego, demasiado vino, demasiadas mujeres. No se había imaginado que se refiriera a aquello.

–Debo ir a buscarlo –dijo, levantándose de pronto.

Lucy pareció alarmada. La agarró de la mano.

–Yo que tú no iría. De verdad, Mairi, creo que deberías esperar a que esté sobrio.

–He visto a muchos hombres en diversos grados de embriaguez –repuso Mairi–. ¿No te acuerdas de cómo se ponía Lachlan cuando descubrió el brandy?

–No me refería a eso –dijo su hermana–. Me refiero a que te hará daño. No adrede, pero lo hará de todos modos. No es como cuando Lachlan salía por las noches en Edimburgo y se emborrachaba –hizo un gesto de impotencia–. La bebida destrozó la vida de Jack, Mairi. Le vuelve peligroso. Por favor...

–Tengo que intentarlo, Lucy –dijo.

Sabía que su hermana tenía razón: Jack no aceptaría de buen grado que se entrometiera, pero esa no era razón para dejarlo solo, sin más compañía que sus malos recuerdos y la botella de brandy.

–No puedo dejar que se enfrente a esto solo –añadió.

Se levantó y se alisó las faldas, nerviosa de pronto,

sin saber por qué. En la escalera, se cruzó con Shawcross, que bajaba. El criado le confirmó que Jack estaba en su vestidor.

–Yo no le aconsejaría que lo molestara, señora –dijo–. El señor Rutherford tiene un carácter imprevisible cuando se emborracha.

Mairi vio confirmadas sus palabras tan pronto abrió la puerta del vestidor. Era un cuarto pequeño y alegre, con un fuego en la chimenea y velas encendidas, pero apestaba a alcohol. Jack estaba arrellanado en un sillón de orejas. Se había quitado la chaqueta y la corbata, tenía las largas piernas estiradas y una copa casi llena colgaba de su mano. Tenía un aspecto peligroso.

–Ya te he dicho que no quería que me molestaran, maldita sea –dijo sin levantar la vista–. Pero, ya que estás aquí, sírveme otra copa.

–Ya has bebido suficiente –dijo Mairi.

Jack levantó los ojos verdes y fijó en ella una mirada centelleante. Mairi sintió su intensidad como una corriente que la recorría hasta los dedos de los pies.

–Tú –dijo él con voz ronca y una mirada tan dura e indiferente como si fuera una desconocida–. ¿Qué es lo que quieres?

Aquello le dolió. Le dolió tanto que tuvo que apretar los dientes. Comprendió que Jack estaba sufriendo e intentando escapar a su dolor. Y comprendió también que no podía escapar y que eso lo atormentaba.

–He venido a asegurarme de que estabas bien –dijo.

Aquella mirada centelleante siguió fija en su cara.

–Pues, como ves –dijo Jack–, estoy perfectamente bien –echó mano de la botella de brandy y vertió un poco de líquido en la copa, salpicando la mesa–. Ya puedes dejar que me vaya solo al infierno –añadió, volviéndose.

—No —respondió Mairi.

Vio que su mano se detenía cuando se acercaba la copa a los labios. Jack esbozó una sonrisa burlona.

—¿No? —repitió—. Perdona, pero ¿necesitas alguna aclaración? He dicho que te largues... si haces el favor.

—No —repitió ella. Estaba temblando. Se puso de rodillas junto al sillón—. Lo siento —dijo—. Siento que lo de hoy haya sido tan doloroso para ti.

Jack entornó los ojos y la miró con furia y desagrado.

—¿Cómo dices?

—Estás bebiendo para escapar del dolor —afirmó Mairi—. Lo entiendo. Sé lo que es intentar olvidar. Sé que perdiste a tus padres cuando eras muy joven y también a tu hermana...

Él soltó una áspera carcajada.

—Tú no sabes nada.

Mairi se mordió el labio, intentando amortiguar el dolor que le produjo su desprecio.

—Entonces cuéntamelo —dijo con firmeza.

Jack la miró de nuevo, pero esta vez, Mairi no supo si de verdad la veía. Esperó, consciente de que estaba conteniendo la respiración.

—Yo maté a mi hermana —afirmó él—. Fue culpa mía que muriera.

Jack se pasó la mano por la cara. Le dolía la cabeza y notaba los ojos enrojecidos. Tenía la sensación de haber perdido todas sus defensas, como si ya no tuviera dónde refugiarse. Odiaba sentirse vulnerable, pero ignoraba cómo sustraerse a aquella sensación.

Miró la copa que tenía en la mano y luego la cara de Mairi. Era tan hermosa, pensó. Y no por una simple combinación de rasgos, el color de los ojos o el cabello rojo y dorado como el otoño. Su belleza radicaba en la franqueza que hacía que su mirada fuera tan diáfana y directa. Radicaba en la generosidad que la impulsaba a tenderle la mano a pesar de lo grosero que se había mostrado con ella. Había en ella una luminosidad, una dulzura, que lo atraían irresistiblemente. Anhelaba todo aquello. Quería zozobrar en ella. Quería tomarla y olvidarse de todo lo demás.

Pero la compasión de su mirada se convertiría en asco cuando supiera la verdad.

—Lo siento muchísimo —dijo ella—. Dime qué pasó.

Jack apartó la mirada y la fijó en el fuego. Quizá le fuera más sencillo contárselo si no la miraba, si no estaba obligado a contemplar su desilusión y su espanto.

—Nuestros padres se amaban con locura —dijo—. Era casi como si Averil y yo no existiéramos, salvo como testimonio de su amor. Cuando murió mi padre, mi madre no pudo soportar la pena. Se quitó la vida un par de meses después. Yo encontré su cuerpo. Una noche tomó láudano en exceso y sencillamente a la mañana siguiente no despertó.

Oyó que Mairi sofocaba una exclamación de horror.

—Jack... —dijo ella. Le puso una mano en el brazo, pero él se la sacudió, rechazando su gesto afectuoso porque sabía que no se lo merecía.

—Yo había intentado ayudarla —añadió con esfuerzo—. Sabía que era terriblemente infeliz, pero no sabía qué hacer y era consciente de que nada de lo que pudiera darle le bastaría. El amor que se tenían mis padres... —sacudió la cabeza.

El amor era una fuerza peligrosa y destructiva con la que no quería tener nada que ver. Averil y él habían sido excluidos de la esfera encantada del amor de sus padres, y él no había podido hacer nada para evitarlo.

—Nos dejó solos —dijo.

—Tenías que ser muy joven —repuso Mairi—. Demasiado joven para sobrellevar el peso de la responsabilidad.

—Tenía dieciséis años cuando murió mi madre. Averil tenía doce. Nos mandaron a vivir con la hermana de mi padre y su marido, pero en realidad no nos querían. Nos mandaron a los dos a un internado.

Vio que Mairi daba un respingo. Estaba muy pálida.

—Qué horror —dijo—. Habiendo sufrido los dos una pérdida tan grande...

Jack se encogió de hombros.

—No teníamos dinero y éramos una carga para ellos —se pasó la mano por el pelo—. Bien, supongo que puedes imaginar lo que ocurrió. Yo me rebelé. Pasado un tiempo, me expulsaron del colegio, mis tíos se desentendieron de mí y durante una temporada viví sin ningún freno, a mi aire —miró la botella de brandy. Notaba el regusto amargo del licor en la lengua, pero quería más. Ansiaba el olvido. Estaba borracho, pero no tanto como necesitaba estarlo—. Bebía demasiado —explicó—. Me peleaba y robaba. No tenía más que diecisiete años... —el dolor y la amargura se retorcieron dentro de él—. Y entre tanto abandoné a Averil. Pensaba que estaba a salvo en el colegio, que allí estaría bien cuidada. Sabía que estaba mejor allí que conmigo. ¿Qué podía hacer yo por ella? Ni siquiera había sido capaz de ayudar a mi madre, de hacerla feliz, de impedir que nos abandonara. Sabía que no podía hacerle ningún bien a Averil, ningún bien en absoluto.

Apuró la copa. La botella tintineó al chocar con su borde cuando la llenó de nuevo.

–Y luego, un día, me enteré de que había muerto –respiró hondo–. Murió en una epidemia de fiebres tifoideas que hubo en el colegio. Solo entonces descubrí que aquel era un sitio horrible: frío, sucio, con poca comida y, la que había, podrida y mal cocinada –se detuvo–. Murió sola, sola y asustada, porque a nadie le importaba, y menos que a nadie a mí.

–Jack –dijo Mairi–, eso no es cierto...

–¡Lo es! –su furia y sus remordimientos eran como una cosa viva que lo empujaba a zaherirla–. Les fallé a las dos, a mi madre y a Averil, y por eso, amor mío –añadió burlonamente, y vio que se ponía colorada–, deberías levantarte ahora mismo y dejarme sin mirar atrás porque a ti tampoco te serviré de nada.

Vio que Mairi cerraba los ojos. Una lágrima humedeció sus mejillas un momento, pero se la limpió con un gesto furioso.

–No quiero oírte decir esas cosas –dijo con una mirada tormentosa–. Eras poco más que un niño, Jack. No deberías haber tenido que soportar esa responsabilidad. No fue culpa tuya.

–¿Intentas reconfortarme? –era lo último que quería de ella–. Me temo que solo hay una cosa que quiero de ti y es lo que tuve anoche en la galería.

La oyó contener el aliento y vio que sus ojos se dilataban cuando la crueldad de sus palabras dio en el blanco. Mairi se apartó bruscamente, retrocediendo, y estuvo a punto de tropezar y caer en sus prisas por levantarse.

–No entiendo por qué tienes que ser tan brutal –dijo–. ¿Por qué intentas hacerme daño?

Le estaba haciendo daño porque se odiaba a sí mismo. Y también la odiaba a ella, o casi, por negarse a apartarse de él. Se le cerró la garganta. Notaba un dolor ardiente en el pecho. No contestaría a aquella pregunta. No podía. ¿Por qué no lo dejaba en paz aquella condenada mujer? Le recordaba a su abuela cuando fue a la cárcel, pisando cuidadosamente entre la suciedad y la inmundicia, dispuesta a salvarlo cuando en realidad se merecía que lo dejaran abandonado. Mairi tenía la misma fortaleza y el mismo espíritu indomable. Ella también se negaba a abandonarlo. Era demasiado buena para él.

Se acercó, pero antes de que pudiera decir nada, Jack se volvió y la agarró de los hombros.

–Te lo advierto, Mairi –dijo–, si te quedas un momento más, te tomaré y te usaré solo para olvidar –ladeó la cabeza hacia la puerta–. Ahora vete mientras aún tienes oportunidad.

El corazón de Mairi latía con violencia. Temía a Jack en aquel estado y sin embargo no lo temía. Bajo sus muestras de crueldad, había un hombre que sufría, y ella quería ayudarlo. Si aquel era el único modo de llegar hasta él, que así fuera.

Jack no se movió. Sus ojos fieros escudriñaron la cara de Mairi, pero no hizo intento de tocarla. Ella puso una mano en su nuca y atrajo su cabeza hacia sí, besándolo con ternura. Sintió su resistencia. Jack no reaccionó por un instante. Después, dejó escapar un gemido desesperado y la rodeó con sus brazos. Se apoderó de su boca. Ella abrió los labios al instante y él la besó con desesperación, frenéticamente.

Mairi no se reservó nada, le ofreció beso por beso y se aferró a él mientras la habitación parecía dar vueltas a su alrededor y el suelo moverse bajo sus pies. Jack estaba temblando cuando se quitó la ropa y la despojó de la suya precipitadamente. Cayeron sobre la cama y él recorrió el cuerpo de Mairi con las manos como si ansiara su contacto, como si estuviera hambriento de amor. No había delicadeza alguna en él. Su forma de hacer el amor era puramente física. Se puso sobre ella, le separó las piernas y se hundió en ella sin ternura alguna. Mairi lo abrazó, pasó las manos por sus hombros y su espalda, lo atrajo hacia sí y sintió el tumulto de emociones que se agitaba dentro de él. Le susurró palabras cariñosas mientras la tomaba. Sabía que para él su cuerpo era en ese momento poco más que una salida para escapar del dolor, pero le bastaba con darle eso.

Cuando acabó, Jack apoyó la mejilla sobre su pecho y cerró los ojos, jadeante.

–Lo siento –dijo, angustiado–. Lo siento mucho.

Mairi acarició su pelo y lo abrazó mientras se quedaba dormido. Ahora comprendía por qué temía Jack amar a alguien y por qué no quería la responsabilidad de tener esposa e hijos. Se le encogió el corazón al pensarlo y lo estrechó entre sus brazos. No sabía cómo podía hacerle entender que no había fracasado. Había perdido muchas cosas, y a edad muy temprana. Era difícil que unas heridas tan antiguas y profundas curaran. Temía que fuera imposible. Y le asustaba más aún que él ni siquiera la dejara intentar ayudarlo.

Despertó dolorido y agarrotado, con un dolor de cabeza insoportable y un gusto repugnante en la boca. Se desasió de los brazos de Mairi, se levantó y salió de la cama. El aire frío lo envolvió. Echó de menos el calor de la cama, pero más aún el bienestar de los brazos de Mairi.

Se puso la camisa y los pantalones, se acercó a la cómoda y se echó agua sobre la cabeza y el cuello. La impresión del agua fría lo espabiló un poco. Se echó hacia atrás el pelo mojado y agarró una toalla. Se sentía mortalmente cansado y lleno de amargura y de vergüenza. Hacía años que no bebía tanto. Beber no lo había ayudado a escapar de sus horribles recuerdos. Solo Mairi había tratado de ayudarlo, y a cambio había sido cruel con ella y la había poseído sin pensar en sus sentimientos, mientras que ella solo le había demostrado ternura y generosidad. La vergüenza y la mala conciencia que sentía se hicieron más profundas. Su proceder no tenía excusa. Nada podía justificarlo.

En la cómoda había una bandeja con un jarro de agua fresca y un frasquito lleno de un líquido denso y de color ciruela. Shawcross lo había dejado allí antes, en una de las muchas ocasiones en que Jack, con imperdonable rudeza, le había dicho que le llevara otra botella de brandy y se largara de allí. Se bebió el tónico de un trago. Sabía tan mal que pensó por un momento que el ayuda de cámara se había cobrado una dulce venganza y lo había envenenado. Luego la mezcla empezó a funcionar, el dolor de cabeza amainó, los estragos de la bebida y el cansancio comenzaron a disiparse y notó el frescor de la menta en la lengua, en vez de la amargura del alcohol. Solo quedó aquella sensación de vergüenza, y para eso sospechaba que no había cura.

En la gran cama endoselada, Mairi se removió en sueños y se acurrucó bajo las mantas, murmurando algo ininteligible. Jack se acercó y se sentó a su lado. Se sentía raro. Quería tocarla y abrazarla. Y, al mismo tiempo, por debajo del deseo que sentía por ella, experimentaba un temor inquietante. No entendía por qué le había hablado de su madre y su hermana. No era muy dado a las confesiones, y menos aún en lo tocante a su familia. Ni siquiera a Robert o a su abuela les había hablado de aquel asunto. No quería desenterrar el pasado, hablar de sus fracasos o de por qué no podía fiarse de sí mismo ni volver a amar a nadie.

Le pareció una debilidad inexplicable haberle contado sus secretos a Mairi. Era muy hábil a la hora de protegerse a sí mismo. Con el paso de los años había levantado defensas que estaba seguro que nadie podría romper, y, sin embargo, Mairi las había demolido.

Ella abrió los ojos y él sintió un extraño vuelco dentro y un anhelo tan intenso que se estremeció. Tocó su mejilla muy suavemente.

–¿Te he hecho daño? –preguntó hoscamente.

Mairi sonrió, y el corazón de Jack volvió a encogerse.

–No –dijo ella.

–Lo siento –repuso Jack.

Mairi sacudió un poco la cabeza.

–No tienes por qué disculparte –luego añadió–: Jack, tú sabes que no fue culpa tuya, ¿verdad?

Hizo un gesto negativo. Oía las palabras, pero no podía creerlas. Dentro de él había algo roto, destrozado sin remedio.

–Lo siento –repitió, y vio que la luz de sus ojos se apagaba.

Los dos sabían que esta vez no se estaba disculpando por cómo se había comportado con ella, sino por no poder aceptar sus palabras. No quería oírlas, y menos aún necesitar a Mairi como la había necesitado esa noche.

Capítulo 15

Estaba anímicamente tan agotada que se quedó durmiendo hasta muy tarde, no oyó a la criada que entró a encender el fuego y ni siquiera se movió cuando Jessie le llevó la bandeja del desayuno. Al final, se despertó cuando Lucy llamó a la puerta, entró en la habitación y retiró las cortinas para que entrara el sol.

—Lamento molestarte —dijo su hermana, sentándose al borde de la cama—, pero estaba preocupada.

—¿Por Jack? —Mairi se sentó y se frotó los ojos—. Ya no está borracho y creo que ha recuperado la razón.

—Bien, estoy segura de que todos nos alegraremos de la noticia —repuso Lucy enérgicamente—, pero la verdad es que estaba preocupada por ti —tomó sus manos—. ¿Fue muy duro contigo? —preguntó, muy seria de pronto.

Mairi rompió a llorar de pronto, sorprendiéndose a sí misma. Sintió que Lucy apretaba su mano y que la estrechaba entre sus brazos, y le sorprendió descubrir que era una de las cosas más deliciosas del mundo.

—Deduzco que sí —dijo Lucy—. Canalla. Lo mataré. Me da igual que sea primo de Robert...

—Por favor —dijo Mairi, soltándola—, no hace falta armar una guerra familiar. No pasa nada. De veras –no estaba muy segura de que así fuera, pero esa mañana no quería examinar muy de cerca sus emociones.

Lucy no pareció muy convencida.

–¿Sabes –dijo seriamente– que ni el mejor sexo del mundo merece la pena si va acompañado de tanta tristeza? Puede que parezca que sí, pero no.

Mairi se rio a su pesar.

–Así que ahora eres la experta –dijo–. Sí, lo sé.

–¿Te contó Jack lo que pasó con su madre y su hermana? –preguntó Lucy.

–Sí, me lo contó.

El semblante de Lucy se iluminó.

–Ah. Vaya, eso es bueno, porque nunca antes había hablado de ello. Ni siquiera con Robert.

–No estoy segura de que vaya a servir de mucho –contestó Mairi sinceramente–. Se arrepintió enseguida de habérmelo contado.

Lucy observaba la cara de su hermana con su aguda mirada azul.

–Hace unos días me preocupaba que tu compromiso con Jack fuera una farsa –dijo despacio–. Ahora me preocupa más que te enamores de él.

Ese era otro asunto en el que Mairi no quería pensar esa mañana.

–Descuida –dijo–. Aunque pierda un amante, habré encontrado una hermana.

Lucy le apretó de nuevo las manos y se levantó.

–Qué bonito eso que has dicho –dijo con los ojos empañados. De pronto esbozó una sonrisa traviesa–. Pero me temo que también has encontrado una cuñada en Methven, lo quieras o no. Confío en ti para que acompañes a Dulcibella en el concurso de tiro con arco, esta mañana —se detuvo en la puerta y añadió—: Y si consigues darle a ella en lugar de a la diana, creo que todos te lo agradeceremos.

Jack estaba sentado junto al campo de bolos, viendo a Mairi darle una buena tunda en el juego a su cuñada Dulcibella. Normalmente le desagradaba estar sin hacer nada, pero observar a Mairi le reportaba un extraño placer. Lanzaba las bolas con tanta fuerza, elegancia y precisión... Dulcibella, en cambio, carecía de destreza, era débil de muñeca y, tras perder dos partidas frente a Mairi, se puso de mal humor.

Había intentado convencerse a sí mismo de que merodeaba continuamente alrededor de Mairi para garantizar su seguridad física, pero sabía que no era cierto. Allí, dentro de los muros de Methven, Mairi estaba más a salvo que en cualquier otra parte, y no hacía ninguna falta que la siguiera como un perrillo faldero. Saber que solo lo hacía porque quería hacerlo resultaba perturbador. Disfrutaba mirándola, disfrutaba hablando con ella y adoraba hacerle el amor. Después de la noche en que se había puesto en evidencia al emborracharse, había intentado mantenerse apartado de ella para demostrar, aunque fuera solo ante sí mismo, que Mairi no tenía ningún poder sobre él. Había fracasado estrepitosamente. Durante la semana anterior, había ido a su alcoba cada noche y le había hecho el amor con un anhelo que lo habría desconcertado por completo, en caso de que se hubiera permitido pensar en ello.

Había pensado que pronto se saciaría de ella, que llegaría el aburrimiento, como había llegado con todas las mujeres antes que ella, y sin embargo daba igual cuántas veces la poseyera: cada noche, y cada día, sentía un deseo renovado.

En un vano intento de ser discreto, se aseguraba de no visitar nunca su alcoba antes de que la casa estuviera en completo silencio, por las noches, y de que la doncella nunca lo encontrara en su cama por la mañana. Con sus amantes anteriores, eso nunca había supuesto un problema. Con Mairi, en cambio, le resultaba cada vez más difícil, para su consternación. De hecho, quería quedarse con ella, dormir con ella, y el hecho de no poder hacerlo lo llenaba de frustración. Pero más exasperante todavía era que, durante el día, se vieran obligados a guardar las apariencias y a comportarse con el decoro propio de dos novios respetables. Aquello estaba resultando fatal para su dominio de sí mismo, pues la situación le parecía por ello tanto más seductora y le hacía desear a Mairi todavía más. Se dio cuenta con cierta incredulidad de que ni siquiera había mirado a otra mujer desde la primera vez que se había acostado con ella.

La llegada del té le procuró una agradable distracción. Los criados pusieron la mesa bajo una gran tienda de campaña, a la derecha del campo y a la sombra de altos pinos. Los ocupantes de la casa empezaron a llegar lentamente: Lucy, con su hermana Christina y algunos otros miembros de su familia salieron de la casa por las puertas de la terraza; Robert y Lachlan llegaron de los establos; lady Methven, de la rosaleda. Había también un recién llegado, un caballero alto, rubio y fornido, de aspecto muy serio, con un maletín bajo el brazo. Se detuvo al borde del campo de bolos para saludar a Mairi, y Jack vio que besaba su mano. Mairi le sonreía. Saltaba a la vista que se conocían bien. Jack se levantó de inmediato y fue a reunirse con ellos. Oyó la risa de Mairi. Observó que el recién llegado todavía sujetaba su mano y que sonreían y charlaban como viejos amigos.

—Jack —Mairi se volvió hacia él cuando llegó a su lado. Sus ojos azules brillaban, llenos de buen humor—. Permíteme presentarte al señor Cambridge, que se ocupa de los asuntos de lord MacLeod y es un viejo amigo mío. Jeremy, mi prometido, el señor Rutherford.

Jack inclinó la cabeza.

—Cambridge —procuró no mostrar ninguna animosidad hacia el otro hombre, aunque a juzgar por la expresión de Cambridge la antipatía era del todo mutua.

—Rutherford —los ojos grises de Cambridge tenían una mirada gélida—. Enhorabuena por su compromiso, señora —añadió dirigiéndose a Mairi. Después lanzó otra mirada a Jack—. Lord MacLeod me lo ha explicado todo.

Jack comprendió que quería dejar claro que estaba al corriente de que su compromiso era falso y temporal. Sintió un arrebato de furia y atrajo a Mairi hacia sí.

—Gracias —dijo con calma—. Soy el más afortunado de los hombres.

La mirada de Cambridge se hizo aún más fría.

—En eso estamos de acuerdo —afirmó.

Mairi no advirtió su hostilidad, o decidió ignorarla, porque condujo a Jeremy Cambridge hacia la mesa de la merienda.

—Jeremy —dijo—, venga a sentarse conmigo y cuénteme novedades de Strome.

—¿Viene de allí por negocios, Cambridge? —preguntó Jack, dando a entender que, si así era, debía llevar a cabo sus gestiones y marcharse de allí cuanto antes. Sabía que era una descortesía por su parte, pero no le importó.

—En efecto —contestó Cambridge, sin añadir «señor»—. Más tarde hablaré de ello con lady Mairi.

Jack vio que Mairi lo miraba y fruncía un poco el ceño.

—El señor Rutherford nos acompañará —dijo, y Jack sintió una oleada de placer que le sorprendió. Tomó a Mairi de la mano y ella le lanzó una sonrisilla tímida que le produjo una especie de opresión en el pecho.

Los demás estaban tomando asiento alrededor de la gran mesa. Dulcibella ya estaba armando una escena: se empeñaba en que Lachlan le pusiera la silla en el lugar exacto, al resguardo de la brisa y donde el sol no le diera en los ojos. Podría haber sido una mujer muy guapa, pensó Jack, con su pelo castaño y sus ojos marrones y luminosos, pero su boca se curvaba hacia abajo como si estuviera perpetuamente amargada. Miró el rostro de Mairi. Ella tampoco producía a primera vista la sensación de ser una persona cálida, porque su belleza era tan perfecta y clásica que parecía fría, como la de una estatua. Pero al recordar cómo se esponjaba entre sus brazos, sintió que de pronto el cuello de la camisa y los pantalones le oprimían.

Ella levantó la vista y sus ojos se encontraron. Sonrió, y Jack sintió una punzada de emoción que no logró identificar.

—Hueles a establo —estaba diciendo Dulcibella ásperamente, arrugando la nariz mientras miraba a su marido—. ¡Por favor, siéntate donde no te dé el viento de cara a mí!

—Tú también estás un poco acalorada, amor mío —respondió Lachlan entre dientes—. ¿Te ha cansado más que de costumbre la partida?

—Tu hermana juega a los bolos como hace todo lo demás —replicó Dulcibella—. Con gran energía.

—Yo siempre digo que, si vas a jugar, juega a ganar —repuso Jack, tensando los labios.

Dulcibella le lanzó una mirada límpida. Jack sabía que quería aborrecerlo, pero era demasiado vanidosa para permitírselo. No podía soportar que no la admiraran. Dio unas palmaditas en el asiento de su lado.

–Venga a sentarse conmigo, señor Rutherford, y dígame cuál de las muchas habilidades de lady Mairi fue la primera que lo atrajo de ella –dijo, ronroneante–. ¿Fue su destreza con las acuarelas o su maestría con el arpa? Pero no... –hizo una pausa–. No puede ser eso, porque tiene muy poco mérito en ambas cosas. Cuénteme.

Jack miró a Mairi y advirtió un brillo de buen humor en sus ojos. Intuyó que estaba preparando alguna réplica devastadora. Lucy se había puesto colorada y parecía incómoda, y lady Methven miraba a Dulcibella como si fuera una especie de insecto repugnante que hubiera encontrado merodeando por su tarta.

–Puede que fuera su encanto o sus exquisitas maneras lo que admiró Jack –comentó su abuela, cortante–. Los buenos modales abundan tan poco...

Dulcibella se puso colorada como un tomate y estuvo callada un momento.

Al ver que Jeremy Cambridge le ofrecía una silla a Mairi, Jack se sentó junto a Dulcibella y le pasó la taza de té que le ofreció Lucy. Cambridge, pensó mientras lo veía desplegar diversas tartas y canapés delante de Mairi, estaba siendo demasiado atento con su prometida. Sabía muy poco de él y no tenía interés en averiguar más. Era consciente de que le desagradaba profundamente a pesar de no saber nada de él, una falta de lógica que lo enfurecía más aún. Observó cómo hablaba con Mairi y creyó distinguir en él una extraña actitud posesiva. Y no porque pareciera admirarla, sino porque parecía pensar que de algún modo era de su propiedad. Era extraño, pero tal vez se debiera a que Mairi era una MacLeod por matrimonio, y Cambridge era el apoderado de los MacLeod. O quizá fuera simplemente porque perdía la cabeza cuando estaba con ella.

En lugar de torturarse viendo a Mairi sonreír a Cambridge, se volvió hacia la hermana mayor de ella, que estaba sentada a su otro lado. Lady Christina MacMorlan era la hija mayor del duque de Forres, una mujer anodina como un vulgar ratón que había consagrado su vida a llevar la intendencia de la casa de su padre y a ayudar a criar a sus hermanos pequeños tras la muerte de su madre. No se parecía a Lucy, que era menuda y vivaracha, ni a Mairi, que era serena y elegante, sino que parecía insípida, como si hubiera decidido premeditadamente pasar desapercibida.

–¿Está disfrutando de su estancia en las Tierras Altas, lady Christina? –preguntó Jack.

Christina se sobresaltó como si alguien hubiera prendido fuego a su asiento. Se puso colorada.

–Pues... yo...

–El campo es tan aburrido –comentó Dulcibella–. No hay nada más que feas montañas y malas carreteras. Yo no puedo soportarlo.

–Entonces tendrás que pedirle a Lachlan que te lleve a casa lo antes posible –repuso Lucy–. No podemos permitir que sufras.

–Ni en sueños se me ocurriría salir de las verjas del castillo –Dulcibella se estremeció–. ¡Con esos locos peligrosos por los caminos! Me quedaré aquí hasta que vuelvan a capturar a mi primo Cardross.

Jack vio que Robert y Lucy cruzaban una mirada. Robert puso los ojos en blanco.

–Qué preciosa está la rosaleda –le dijo Mairi a lady

Methven–. El señor Rutherford me ha dicho que es usted una jardinera excelente. Habría tenido mucho de que hablar con mi difunto marido. Era un afamado botánico.

Una suave brisa agitó los pinos e hizo ondular la tienda de campaña. Jack experimentó de pronto un tremendo mal humor. Lo último que quería era estar allí sentado, escuchando a Mairi cantar las alabanzas de san Archie MacLeod, maldito fuera. Se resistió al impulso de dar una patada a algo. Su compromiso debía de parecer tan poco hondo como un charco, comparado con la complejidad de los sentimientos de Mairi hacia MacLeod. Pero ¿qué más le daba a él?

Bebió su té, que odiaba, pues le parecía una bebida insípida, y comió un trozo de una tarta excelente. Mairi y Cambridge estaban enfrascados en su conversación, con las cabezas muy juntas. Jack rechinó los dientes. Se levantó de pronto.

–Robert –dijo–, ¿quieres que montemos otra patrulla esta tarde? He pensado salir a caballo antes de cenar.

Su anuncio fue acogido con exclamaciones de espanto por parte de las damas.

–¡Señor Rutherford! –exclamó Dulcibella–. ¡Ni se le ocurra! ¡Podrían dispararle, dejarle tullido, matarlo!

–Me arriesgaré –repuso Jack.

–Pues conmigo que no cuenten –masculló Lachlan.

–Eso me imaginaba –replicó Jack.

–Ya hay un destacamento de dragones en Kinlochewe –dijo Robert–. Confío en que mañana mismo Cardross volverá a estar entre rejas.

–Eso espero –Dulcibella apartó su plato–. ¡Es tan espantoso tener a un renegado como él en la familia!

Jack miró a Jeremy Cambridge. Seguía la conversación con los ojos entornados. Al sorprender la mirada de Jack, dijo dándose importancia:

–Le estaba diciendo a lady Mairi que lord MacLeod se preocupó muchísimo al saber que la habían atacado en el carruaje. Ofrece todo su apoyo en la búsqueda del conde de Cardross.

–Gracias –dijo Robert.

–Es a mí a quien busca Wilfred –dijo Dulcibella puntillosamente–. Estoy segura de que solo atacó el coche de Mairi porque pensaba que yo iba dentro.

Nadie la contradijo.

Jack sospechaba que todos deseaban que hubiera sido ella la del carruaje y que Wilfred Cardross la hubiera despachado de una vez por todas.

–Mairi –dijo–, si has acabado tu té, me encantaría que me acompañaras de camino a los establos.

Cambridge puso mala cara, visiblemente decepcionado. Mairi sonrió y se puso en pie.

–Claro, Jack –se volvió hacia Cambridge–. Quizá podamos hablar más tarde, cuando regrese Jack.

–No hay prisa –dijo Robert tranquilamente–. ¿Por qué no se queda a cenar, Cambridge? Puede pasar aquí la noche y hablar con lady Mairi mañana por la mañana –respondió a la mirada de enojo de Jack levantando un poco las cejas.

–¿Por qué te dejas agasajar por Cambridge de esa manera? –preguntó Jack cuando Mairi y él se alejaron por el césped–. Así solo consigues que te siga considerando una coqueta.

Mairi levantó las cejas.

–¿Vamos a tener otra pelea de novios? –preguntó con dulzura–. Te estás poniendo en evidencia, Jack. ¿Por qué no te agrada Cambridge?

Él levantó una ceja y vio que sus mejillas se habían coloreado un poco.

—Creía que era evidente —contestó con calma—. Porque ambiciona lo que es mío.

Mairi chasqueó la lengua, exasperada.

—En primer lugar, no es cierto. En segundo lugar, yo no soy un objeto propiedad de nadie. Y en tercer lugar, Jeremy es un viejo amigo, eso es todo. Aprecio sus consejos profesionales y lord MacLeod confía en él. Es muy amable.

—Qué suerte la suya —comentó Jack, notando que su buen humor mejoraba—. De mí nunca has dicho que sea «amable».

—Porque no lo eres —repuso ella ácidamente. No era amable en absoluto.

Jack la agarró y tiró de ella hasta situarse detrás de un enorme jarrón labrado en piedra del jardín.

—Pero te gusto —dijo.

Mairi se sentía de maravilla en sus brazos.

—No estoy muy segura de eso —contestó, pero a Jack le sorprendió que no se resistiera.

—Entonces, si no te gusto —continuó Jack, rozando su lóbulo con los labios—, tiene que gustarte lo que te hago sentir —besó el pequeño hueco de debajo de su oreja y la hizo estremecerse—. Esta noche iré a tu habitación —susurró.

Ella esbozó una sonrisa deliciosa.

—Hazlo —contestó en voz baja.

Varios criados procedentes del castillo aparecieron llevando bandejas cargadas con más té y dulces. Mairi se apartó discretamente de él y Jack suspiró y la soltó.

—Ojalá pudieras venir a cabalgar conmigo —dijo de pronto.

La mirada se Mairi se enterneció.

—Me encantaría —dijo—. Me gustaría escapar de aquí. Me siento tan encerrada... —se puso de puntillas para besarlo en la mejilla.

Fue un gesto de lo más casto y tierno, aunque Jack lo sintió en todo el cuerpo. La observó mientras se alejaba de nuevo hacia la carpa donde estaba teniendo lugar la merienda. Quería arrancarla del ambiente opresivo de la casa, de las miradas inquisitivas de los invitados a la fiesta. Quería cabalgar con ella y llevársela muy lejos del recuerdo de Archie MacLeod. Pero no podía hacerlo. No podía reemplazar a Archie y, de todos modos, ya ni siquiera estaba seguro de qué era lo que quería de ella.

Mairi consiguió pasar un par de horas de deliciosa tranquilidad leyendo en la biblioteca antes de que Jeremy Cambridge fuera a buscarla. Había sabido desde el principio que Jeremy no esperaría hasta el día siguiente. No querría discutir sus asuntos delante de Jack. Al oír acercarse sus pesados pasos, le dieron ganas de levantarse de un salto y esconderse detrás de la librería, pero sabía que sería una chiquillada. Su pedantería y sus aires de importancia la habían molestado durante la merienda, y habría tenido que estar ciega y sorda para no advertir la mutua antipatía que se tenían Jack y él. Eran como dos perros furiosos, rondándose el uno al otro. Se preguntaba por qué los hombres tenían que ser tan necios.

Jeremy se dejó caer en el sillón de enfrente, se echó hacia delante con las manos colgando entre los muslos y fijó en ella una mirada más de lástima que de enojo. Mairi sintió una aguda sensación de fastidio y desagrado incluso antes de que empezara a hablar, a pesar de que sabía que era injusto. Debía intentar escucharlo con ecuanimidad.

–Lo siento muchísimo, lady Mairi –dijo él, y sacudió la cabeza–. Si lord MacLeod hubiera consultado conmigo sus planes con antelación, esto no habría sucedido. No hacía falta que hiciera algo tan absurdo como comprometerse con un peligroso donjuán que solo puede dañar más aún su reputación.

–Deduzco que se refiere usted al señor Rutherford –repuso ella–, dado que es el único prometido que tengo –cerró el libro bruscamente–. ¿Ha venido desde Strome expresamente para decirme eso, Jeremy? –dijo con cierta acritud.

–He venido para entregarle esta carta de lord MacLeod –dijo Jeremy al tiempo que desabrochaba las hebillas de su maletín– y para ver cómo estaba después de la horrible impresión que debió de causarle el ataque de Wilfred Cardross. Le prometí al señor que le informaría acerca de su estado de salud –sacó la carta del maletín pero no se la entregó de inmediato, sino que la sostuvo entre las manos como si fuera del más precioso metal.

–Lord MacLeod es muy considerado –comentó Mairi, resistiéndose al impulso de arrebatarle la carta de las manos–. Por favor, dígale que estoy muy bien.

Tendió la mano. Jeremy ignoró el gesto y colocó cuidadosamente la carta sobre la mesa, entre ellos. Siguió mirándola, con una expresión tan apenada que a Mairi le dieron ganas de abofetearlo.

–Le dije que debía regresar a Edimburgo para acallar los rumores acerca de su mala conducta –dijo él.

Mairi se crispó.

–«Mala conducta» es una expresión muy negativa –dijo en tono gélido–. Y, que yo recuerde, no dijo usted tal cosa. Fue tan esquivo que no comprendí de qué índole eran los rumores.

Jeremy se puso ligeramente colorado.

—No me correspondía a mí hablarle de asuntos tan delicados —dijo.

—Por suerte para mí, el señor Rutherford no tuvo tantos escrúpulos, Jeremy —replicó Mairi. Sintió que la ira bullía dentro de ella y tuvo que hacer un esfuerzo monumental para refrenarla—. Estuvo muy dispuesto a ofrecerme su ayuda.

—Yo le habría ofrecido la mía al llegar a Edimburgo y descubrir cuál era la situación —repuso Jeremy—. Estaba dispuesto a pasar por alto sus defectos morales. Incluso estaba dispuesto a prestarle mi protección, que, me precio de ello, habría sido mucho más respetable que la de Jack Rutherford.

Se había puesto muy colorado y hablaba atropelladamente, y a Mairi, cuyo enfado se había disipado, comenzó a apenarle que se valorara tanto a sí mismo y en cambio de ella tuviera una opinión tan pobre. Se sentía, además, abandonada: había creído que entre ellos había una amistad sincera. Jeremy siempre le había parecido un poco estirado, sabía que, como muchos hombres, aborrecía a las mujeres independientes y distintas a las demás, pero se llevó una decepción al ver expuestas sus opiniones tan claramente y de modo tan poco halagüeño para ella.

—Me honra su preocupación, Jeremy —dijo—. Solo lamento estar prometida con el señor Rutherford, cuando usted podría haberme ofrecido mucho más.

—Se mofa usted de mí —dijo Jeremy con aspereza—, pero va a lamentarlo, lady Mairi. Todo Edimburgo estará hablando de su compromiso...

—En efecto —dijo Mairi— y con mucha emoción —tomó

la carta de lady Kenton que había llegado esa mañana y que había estado usando como marcapáginas–. Lady Kenton dice que todo el mundo está encantado con la noticia –y añadió leyendo en voz alta–: «Cuando un calavera como el señor Rutherford decide casarse, las demás mujeres sienten crecer sus esperanzas de pescar ellas también a un marido igual de excitante» –dobló de nuevo la carta y la metió en el libro–. Así que ya ve –dijo–, soy la esperanza de todo mi sexo.

Jeremy soltó un bufido burlón y se levantó bruscamente.

–Todavía no es demasiado tarde para que se lo piense –dijo, mirándola desde su altura–. Vuelva a Edimburgo conmigo. Usted sabe que le desagrada estar aquí. Odia a los niños y no disfruta de la compañía de su familia.

Mairi se ofuscó al oír interpretar de manera tan equivocada sus sentimientos.

–Yo no odio a los niños –dijo ásperamente–. Simplemente, no estoy acostumbrada a ellos, pues no he tenido la fortuna de tener hijos propios. Y en cuanto a mi familia... –sintió una inesperada punzada de afecto–, los quiero mucho y no me agrada que los critique usted, y menos aún teniendo en cuenta que Lucy y Robert han tenido la bondad de abrirle las puertas de su casa.

Cuando Jeremy la dejó sola por fin, estaba tan alterada que decidió salir a tomar el aire. Lachlan, Dulcibella y algunos otros invitados habían bajado al lago. Mientras caminaba por la avenida de castaños, oyó voces y risas. Era una novedad que Dulcibella estuviera de buen humor. A ella, sin embargo, no le apetecía tener compañía. Estuvo un rato sentada en los jardines, sintiendo como la suave brisa agitaba su pelo y el sol le daba en la cara.

Era extraño que las palabras de Jeremy la hubieran

disgustado hasta ese extremo. Las noticias que le había traído de MacLeod eran muy poca cosa, y daba la impresión de que había hecho todo aquel camino con la única intención de reprocharle que se hubiera comprometido con Jack. Le enfurecía que la hubiera reprendido y sentía un extraño afán de defender a Jack de sus críticas. No sabía si podría mostrarse amable con él esa noche, durante la cena.

El sol empezaba a quemar y había olvidado su sombrilla. Atravesó el jardín amurallado, donde el aire olía fuertemente a rosas, y cruzando una arcada salió al parque. Se acordó entonces de que había un antiguo columpio colgado a la sombra, junto a un estanque de nenúfares agobiado por la maleza. Los hijos de Robert y Lucy eran todavía demasiado pequeños para jugar en él. Debía de estar allí desde los tiempos de infancia de Robert y su hermano mayor. Y también de Jack, que, al igual que sus primos, había pasado gran parte de su infancia en Methven.

El asiento del columpio era un trozo de madera basta, cubierta de musgo seco. Se sentó en él y la cuerda crujió un poco. Se balanceó suavemente adelante y atrás, recordando cómo se columpiaba en su niñez, la emoción de lanzarse al aire y sentirse volar, libre y sin ataduras. Se preguntó cuándo había perdido aquella sensación de ligereza. Archie le había dejado su fortuna movido por su mala conciencia, y ello le había permitido hacer muchas cosas, pero a veces lo sentía más como una carga que como un privilegio. Se acordó del estremecimiento de emoción que la había recorrido cuando Jack le había pedido que fuera con él a caballo a Methven. Le encantaba montar y había querido arriesgarse e ir con él, pero al final habían ganado la partida la sensatez y el dominio de sí misma. Al parecer, había erigido murallas a su alrededor sin siquiera percatarse de ello.

Se estremeció un poco. Hacía ya algún tiempo que no sentía esa terrible soledad y esa opresión del espíritu que antes la acosaba continuamente. Se había ocultado el sol y los pájaros habían enmudecido. El eco distante de un trueno retumbó en las montañas. A través del encaje que formaban las ramas por encima de su cabeza, vio que el cielo se había oscurecido, repleto de nubes que se amontaban las unas sobre las otras. La tormenta había llegado antes de lo que esperaba.

Frenó el columpio, que se detuvo con un chirrido que resonó en medio del silencio. Los primeros goterones de lluvia comenzaron a caer sobre las hojas, por encima de su cabeza. Iba a tener que volver corriendo a la casa o se empaparía. El parque estaba ahora envuelto en una penumbra tan densa que tropezó con una raíz y estuvo a punto de caer. Bajo los árboles, el aire era sofocante.

Oyó un súbito murmullo de hojas a su derecha y al girarse le pareció ver la figura de un hombre, pero aquella sombra desapareció al instante en la oscuridad impenetrable. Apretó el paso y oyó de nuevo un rumor de hojas y el crujido de unos pasos entre la hojarasca. Fuera quien fuese quien la seguía, estaba acercándose.

Sintió una primera punzada de miedo. Aborrecía las tormentas, y de pronto sintió que sus miedos se mezclaban con una agobiante sensación de aislamiento, a pesar de que estaba apenas a unos centenares de metros de la casa. Se dijo que estaba comportándose como una idiota y se dirigió a un hueco entre los árboles, donde el bosquecillo daba paso al césped. Las hojas resbalaban, mojadas, y los truenos resonaban cada vez más cerca. Sintió que el vestido se le pegaba a la piel, mojado por una desagradable mezcla de sudor y agua de lluvia. Tuvo la sensación de que alguien la estaba observando. Cuando los árboles comenzaron a ralear, una figura salió al camino, justo delante de ella, tan repentinamente que dejó escapar un grito. Un momento después se dio cuenta de que era Jack, que volvía de los establos. Experimentó un inmenso alivio al pensar que debía de ser él a quien había visto entre los matorrales. Pero se sintió también como una perfecta imbécil. Jack la agarró del brazo, ceñudo.

–Mairi, ¿se puedes saber qué haces aquí? ¿Ha pasado algo...?

–No –contestó. Le castañeteaban los dientes.

Se oyó otro trueno, más cerca.

–Estaba en el columpio del parque. No sabía que la tormenta estaba tan cerca.

Cuando llegaron al borde de la pradera de césped, vieron un enorme relámpago y estalló la tormenta. La lluvia comenzó a caer implacablemente, estrellándose contra la grava del camino. Unos segundos después, Mairi tenía los zapatos empapados y la lluvia caía a chorros por su cuello.

–Por aquí –Jack la asió del brazo y la condujo hacia la casita de verano que había en un rincón del jardín amurallado.

Mairi dio un respingo, asustada, cuando un trueno restalló justo encima de ellos y Jack tuvo que llevarla casi a rastras por la puerta, hasta la habitación que había al otro lado. La condujo al banco cubierto con cojines que recorría las paredes y la hizo sentarse. Dentro de la casita de verano, el aire era cálido y seco y el golpeteo de la lluvia sobre el tejado tenía un efecto sedante.

–Aquí estaremos perfectamente –dijo Jack, y la miró

pensativamente, con un destello de ironía–. Me temo que estás hecha unos zorros. La elegante lady Mairi se ha esfumado.

–Me trae sin cuidado –repuso Mairi. Estaba tiritando, aunque no tenía frío. Otro rayo iluminó el interior de la casita, seguido por el estruendo de un trueno.

–No sabía que te asustaban tanto las tormentas –comentó Jack, que de pronto parecía preocupado.

–Es una tontería tener miedo de eso –repuso Mairi, enojada.

Jack se rio.

–Todos tenemos nuestras debilidades. La verdad es que es un alivio descubrir que tú también tienes algunas. La mayoría del tiempo pareces tan indomable que das un poco de miedo –la rodeó con el brazo y Mairi apoyó la cabeza sobre su hombro. Se sintió cómoda y a salvo.

Pasaron un rato así, sentados en silencio mientras la lluvia acribillaba el tejado y los truenos restallaban sobre sus cabezas, alejándose hacia el mar. Poco a poco, el cielo se fue aclarando, amainó la lluvia y los pájaros comenzaron a cantar otra vez. Mairi se levantó lentamente. Estaba incómoda con el vestido de muselina mojado y el cabello pegado al cuello, pero también se sentía feliz y querida.

–Gracias –dijo con una sonrisa.

Jack no sonrió. La miró un momento y a Mairi le pareció que tenía postigos de hierro detrás de los ojos. Sintió el frío de su mirada, la distancia que se abría entre ellos.

–Ya ha pasado –dijo él. Se acercó a la puerta y la abrió–. Más vale que vuelvas a la casa y te pongas ropa seca antes de que pilles un resfriado.

Estaba de espaldas a ella y su actitud era tan parecida

a la que había adoptado en la posada de Kinlochewe cuando la había echado de su habitación que Mairi casi dio un respingo. De nuevo la estaba echando de su lado. Se puso en pie y sin decir palabra pasó junto a él, salió y echó a andar por el césped, hacia la casa.

Capítulo 16

Cuando cayó la noche, la tormenta había pasado, dejando el cielo de un azul descolorido. Los caminos estaban inundados y seguramente al día siguiente estarían intransitables, noticia esta que Jack recibió con muy mal humor, puesto que significaba que Jeremy Cambridge tendría que quedarse una noche más en Methven. Su ánimo mejoró ligeramente, sin embargo, cuando vio que Mairi recolocaba a hurtadillas las tarjetas de la mesa de modo que Jeremy se sentara lo más lejos posible de ella. Se preguntó si habrían reñido. Mairi no le había dicho nada. De hecho, apenas le había dirigido la palabra desde su encuentro en la casita de verano, por la tarde.

Al recordar aquellos instantes, descubrió que había perdido el apetito. Dejó lentamente su cuchillo y su tenedor. El salmón estaba delicioso y la cocinera se ofendería sin duda al ver que su plato volvía casi intacto. Lo cierto era, y le constaba, que esa tarde había vuelto a comportarse como un patán. No había notado lo paulatinamente que entre Mairi y él había ido creciendo una intimidad que era de índole mucho más emocional que física, y esa tarde, al reconfortar a Mairi durante la tormenta, se había topado de bruces con ella y había retrocedido, asustado. Había sentido algo semejante a la angustia, una emoción que detestaba.

Miró a Mairi, al otro lado de la mesa. Estaba sentada junto a Robert y hablaban animadamente. Parecía la misma de siempre, comedida y elegante. Y sin embargo Jack sintió que el vello de su nuca se erizaba, como si hubiera algo inquietante en su actitud.

Mairi levantó la vista y sus ojos se encontraron un instante. Jack vio entonces, bajo su aparente alegría, algo tan sombrío y melancólico que sintió una punzada de pura perplejidad, tan intensa que estuvo a punto de levantarse de su asiento. Entonces ella parpadeó y apartó la mirada para hablar despreocupadamente con lady Methven sobre el cultivo de los repollos, nada menos. Jack se hundió en su silla, turbado de un modo que no alcanzaba a explicarse, como si hubiera pasado algo cuya importancia le había pasado completamente desapercibida.

Los criados despejaron la mesa. Llevaron la carne y luego los postres. La conversación siguió su curso, mortecinamente. Jack habló de Canadá con Christina MacMorlan, que resultó ser una conversadora sorprendentemente incisiva, y acerca de las tiendas de Edimburgo con Dulcibella, que no lo era.

Mucho más tarde, cuando, después del brandy, los caballeros volvieron a reunirse con las damas para tomar un último té, Jack se dio cuenta de que faltaba Mairi. Al preguntarle a Lucy dónde estaba, se mostró nerviosa.

–Creo que se ha retirado –dijo–. No se encontraba bien.

Jack vaciló. Su instinto le gritaba que lo dejara correr, que no se inmiscuyera, y sin embargo se sorprendió subiendo la escalera principal y llamando a la alcoba de Mairi. Jessie estaba extendiendo su camisón, adornado con cintas y encaje transparente.

–La señora ha salido a tomar un poco de aire fresco, señor –dijo la muchacha en respuesta a su pregunta–. Creo que pensaba dar un paseo por las almenas.

Eso, pensó, debería haber bastado para apaciguar sus temores. No había razón para que buscara a Mairi y se asegurara de que estaba bien. Su preocupación lo sacaba de quicio. Fue a su habitación y tomó un libro, pero después de dos páginas lo arrojó a un lado y masculló una maldición. Volvió a ponerse la chaqueta, salió al pasillo y tomó la escalera de piedra que llevaba a la torre norte y de allí a las almenas.

Fuera hacía fresco. Una luna blanca y minúscula, en forma de hoz, se alzaba sobre las montañas. El paisaje era ridículamente romántico. Vio a Mairi enseguida, porque su vestido amarillo claro reflejaba la tenue luz de las estrellas. Estaba de pie, en mitad de las almenas, con las manos apoyadas en el parapeto de piedra, mirando hacia el jardín. Al acercarse, Jack vio que tenía los hombros encorvados y la cabeza agachada. Se detuvo y, al girar ella la cabeza ligeramente, vio el brillo de las lágrimas en su mejilla.

Estaba llorando.

«Demonios».

Jack sintió frío. Su primer impulso fue no tocarla, no ofrecerse a reconfortarla. La última mujer que había llorado en sus brazos había sido su madre, y a ella la había fallado completamente. Todavía podía oír sus sollozos entrecortados. Su alma se encogía al escucharlos.

Mairi lo había visto. Se limpió las lágrimas con un gesto furtivo que hizo que a Jack le diera un vuelco el corazón. Recordaba aquel gesto de su niñez: el dolor que huía de ojos ajenos. Mairi no se volvió hacia él. Le dio la espalda. Estaba claro que no quería hablarle.

«Márchate».

Y sin embargo se quedó. No podía explicar por qué. Un momento después se dio cuenta de que se estaba acercando a ella, en lugar de alejarse.

–¿Mairi? –dijo–. ¿Estás enferma? ¿Quieres que vaya a buscar a tu doncella? –se preguntó qué demonios estaba haciendo, por qué se entrometía. Sin duda su voz reflejaba su renuencia. Sospechaba que parecía poco entusiasta, incluso lleno de fastidio.

«Márchate, Jack. No te metas».

Era una de las normas por las que se regía su vida.

Tomó su mano. Estaba helada. Sintió una punzada de alarma.

–No, gracias –Mairi se frotó otra vez las mejillas.

Jack la sintió temblar, de frío o de otra cosa.

–Estoy perfectamente.

–No seas ridícula –contestó–. No estás bien.

Ella lo miró fijamente y la desolación de sus ojos, mucho más fuerte que el destello de desesperación que había visto durante la cena, dejó atónito a Jack. Entonces lo entendió. Había visto una expresión parecida otras veces, en los ojos de hombres que lo habían perdido todo, su familia, su casa, su medio de vida. La había visto en los ojos de su madre tras la muerte de su padre. Él mismo la había sentido en sus momentos más bajos. Se quedó perplejo al comprender que tenía que haber subestimado por completo la aflicción que todavía sentía Mairi. En ese momento casi deseó que Archie MacLeod siguiera vivo, si ello ahorraba sufrimiento a Mairi.

Un instante después, casi sin darse cuenta, la tomó en

sus brazos. Ella dejó escapar un gemido de sorpresa y se puso rígida. Jack sonrió. Menuda pareja hacían: él, tan remiso a ofrecer consuelo y ella tan reacia a aceptarlo. Podían hacer el amor con toda la intimidad del mundo, pero en lo tocante a sus sentimientos los dos eran extremadamente recelosos.

Pasado un momento, sin embargo, Mairi se arrimó a él y clavó los dedos en su chaqueta. Lloró en silencio, pero más fuerte, y Jack la abrazó torpemente, sin saber qué hacer. Se sentía aterrorizado, aunque intentara no cobrar conciencia de ello. Le puso el pañuelo en la mano y ella se enjugó la nariz y los ojos, y pasados unos instantes dejó de llorar.

Mairi le ofreció otra vez el pañuelo, un poco indecisa. Jack sonrió.

–Por favor, quédatelo –dijo.

–Gracias –dijo con voz ronca–. Lo siento.

–Vamos dentro –la rodeó con el brazo y la condujo hacia la puerta de la torre.

En la escalera brillaban las antorchas encendidas. Mairi se apartó de la luz, pero Jack la estrechó con fuerza y la condujo escalera abajo.

–No quiero que nadie me vea –dijo ella.

–No van a verte –la llevó por el corredor, hasta la salita que comunicaba sus dormitorios.

Su ayuda de cámara estaba allí, avivando el fuego y ordenando la habitación. Jack le indicó la puerta con un gesto de la cabeza y el hombre desapareció discretamente. Acercó una silla para Mairi, la colocó delante del fuego y la hizo sentarse suavemente. Estaba tiritando. Aunque la noche no era fría, no llevaba manto y el fino vestido apenas le daba calor.

Sobre el aparador había una jarra de vino y dos copas.

Jack llenó una y se la llevó. Ella lo miró, y él sintió otra punzada de asombro al ver su mirada inexpresiva. Parecía completamente abstraída.

Se sentó frente a ella. Mairi dio vueltas a su copa, sin beber. Tampoco lo miró a él.

—Sé que quieres estar sola y que te gustaría mandarme al infierno —dijo Jack—, pero no pienso dejarte sola.

Por un momento pareció que ni siquiera iba a darse por aludida. Luego, sin embargo, fijó la mirada en él y el alivio que sintió sacudió a Jack como un puñetazo en el pecho. Esta vez sí lo veía. Había vuelto.

—¿Cómo sabes lo que estoy pensando? —preguntó.

Hubo un silencio. El tictac del reloj se dejó oír con fuerza.

—Puede —contestó Jack— que yo también haya estado donde tú estás ahora.

Sus ojos se dilataron.

—Cuando murieron tu madre y tu hermana —dijo ella, despacio—. Claro.

Jack había estado en un lugar mucho más lúgubre que ella: en el arroyo, en prisión, su vida reducida a la más absoluta desolación.

—Yo bebía, además —añadió él—. La bebida había podido conmigo, me había hundido en la miseria. Así que sí, te entiendo.

Mairi hizo un gesto de asentimiento. Estiró el brazo y tomó su mano. Jack no se apartó. Su contacto era reconfortante. Dirigió de nuevo la conversación hacia ella.

—Aquella noche, en Edimburgo... —dijo.

Ella bajó los párpados, velando la expresión de sus ojos, pero esbozó una sonrisa.

—Cuánto te gusta hablar de esa noche.

—Al menos ahora entiendo tus motivos —dijo Jack—.

Buscabas a alguien. A cualquiera que pudiera ayudarte a ahuyentar estas tinieblas.

Ella levantó la vista y lo miró a los ojos.

—Pero no encontré a cualquiera —dijo—. Te encontré a ti.

—No somos tan distintos, tú y yo —repuso Jack—. Los dos queremos olvidar.

Se miraron a los ojos y Jack sintió de nuevo aquella opresión en el pecho. Un momento después, Mairi desvió la mirada.

—Los médicos lo llaman «depresión del ánimo» —dijo—. Recomiendan opio —se estremeció.

—¿Lo sabe Michael Innes? —preguntó Jack.

Un brillo de alarma apareció en sus ojos.

—¡No! ¿Te imaginas? Si lo supiera, intentaría hacerme encerrar en un manicomio.

—¿Es eso lo que intentas ocultarle? —inquirió él.

Mairi se quedó mirándolo un momento. Luego dejó caer los hombros.

—Entre otras cosas. Si Innes lo supiera, no hay duda de que intentaría sacarle todo el partido posible. Alegaría que soy una mujer histérica, incapaz de administrar el patrimonio de mi marido. Y seguramente los tribunales le darían la razón —tragó saliva—. Vincularían los bienes de Archie al mayorazgo de los MacLeod, y cuando lord MacLeod muriera, Innes lo vendería todo sin importarle la gente que trabaja las tierras. Destruiría su medio de vida para obtener beneficios y acabaría con todas las obras benéficas que creó Archie para poder quedarse también con ese dinero.

—Estás intentando proteger a todo el mundo —afirmó Jack.

De pronto entendió, asombrado, la carga que llevaba

sobre sus hombros. Había sido increíblemente fuerte, pero no era de extrañar que de vez en cuando aquel peso la abrumara hasta hacerse insoportable.

–Has sido muy valiente –dijo en voz baja.

Ella se sonrojó.

–Es mi deber –repuso con sencillez, y se removió en el asiento–. Pero ese no es el secreto que escondía lord MacLeod.

Jack respiró hondo. Ahora que había llegado el momento, no estaba seguro de querer saberlo. Una especie de temor supersticioso le erizó la piel. Los secretos engendraban intimidad sentimental y la intimidad sentimental era algo que había rechazado desde los diecisiete años.

«No te inmiscuyas, Jack. No te acerques».

Miró a los ojos a Mairi y comprendió que era demasiado tarde. Ya se había inmiscuido.

–Archie no está muerto –declaró Mairi–. Sigue vivo.

–¡Dios Todopoderoso!

Mairi vio que la expresión de incredulidad de Jack, casi cómica, se desvanecía y dejaba paso a un arrebato de ira, de rechazo e incertidumbre. Se levantó y se apartó de ella.

Quizás podía haberle dado la noticia con más tacto, pero había pasado una noche infernal. A veces, aquel secreto le parecía demasiado enorme para llevarlo sola sobre sus hombros, pero no podía confiar en nadie, no había nadie a quien pudiera decírselo. Ahora, sin embargo, lo había hecho: había confiado en Jack Rutherford, nada menos.

–Santo Dios –dijo él, y su voz la sacó de sus cavilaciones–. Sigues estando casada. Todas esas veces que has estado conmigo...

–¡No! –era lógico que lo pensara, desde luego. Era la conclusión natural–. Jack, por favor –le tendió la mano–. Nuestro matrimonio era una farsa. Te he dicho la verdad. Nunca traicioné mis votos, ni siquiera cuando... –le falló la voz. Nunca le había sido infiel a Archie, ni siquiera en sus momentos de mayor desesperación, cuando sabía que él no podía quererla como un hombre amaba a una mujer.

Jack se acercó a la cómoda, se sirvió un vaso de agua y se lo bebió de un trago, como si fuera una medicina.

–Más vale que me lo cuentes todo –dijo en tono cortante.

–Sí –se quedó mirando la copa que tenía en la mano como si acabara de darse cuenta de que estaba allí. Esa noche no quería sentir el sabor del alcohol. Se sentía un poco enferma–. ¿Por dónde empezar? –frunció el ceño, confusa.

–Prueba a empezar por el principio –Jack se sentó de nuevo y la miró fijamente, esperando en silencio.

–Yo tenía diecisiete años cuando nos casamos –dijo Mairi–. Mi padre había querido casarme con el duque de Anwoth.

Jack arrugó más aún el ceño.

–¿Con ese carcamal? –preguntó, incrédulo–. ¡Pero en aquel entonces debía de tener setenta años, como poco!

–Tenía sesenta y cinco –dijo Mairi con calma–. La primera vez que nos vimos, intentó forzarme –tragó saliva, nerviosa–. Mi padre... No era un hombre cruel, pero no le gustaba que le llevaran la contraria. Creo que, después de la muerte de mi madre, perdió una chispa de humanidad. El caso es que no quiso escuchar mis objeciones a esa boda, así que... –hizo un gesto ligero–. Hice lo único que se me ocurrió. Le pedí a Archie que se casara conmigo.

–¿Se lo propusiste tú? –preguntó Jack con un leve brillo de buen humor en la mirada.

Mairi se sintió un poco reconfortada.

–Sí –levantó la barbilla.

–No esperaste a que otro acudiera en tu rescate –Jack se removió en su silla–. Es una costumbre tuya, ¿no? Tomar las riendas de tu destino.

Se puso colorada.

–No podía permitirme esperar a que llegara un héroe a salvarme –dijo con sorna–. No había tiempo.

–Así que le pediste a tu novio de la infancia que se casara contigo –afirmó Jack.

–A mi amigo de la infancia –puntualizó ella–. Archie y yo nunca habíamos sido novios, pero éramos amigos. Él era muy amable, muy bondadoso. Pero también era débil. Creo que yo lo sabía, a pesar de que era joven –vaciló. No estaba segura de que Jack pudiera entender la debilidad de Archie. Era uno de los hombres más fuertes que conocía.

Jack siguió esperando, pero con menos impaciencia y mal humor. Mairi sintió que su tensión se disipaba un poco.

–Así que nos casamos –dijo inexpresivamente–. Fue un desastre desde el principio –bajó la mirada–. Intentamos hacer el amor, pero era doloroso y humillante, y aunque consumamos nuestro matrimonio... –se interrumpió. No hacía falta decirle lo ignominiosa que había sido aquella experiencia, lo fea y poco deseable que se había sentido, y su espanto al descubrir lo desagradable y penoso que podía ser el acto carnal.

–Después de una semana, creo que nos dimos cuenta de que, si queríamos conservar nuestra amistad, teníamos que dejar de intentarlo o pronto no quedaría entre nosotros más que amargura y vergüenza –añadió–. Así que teníamos dormitorios separados, vidas separadas. Para entonces, Archie había heredado la fortuna de su padrino, se dedicó a crear innumerables instituciones de caridad y yo... Bien, yo me consagré a las buenas obras y procuré olvidar que mi matrimonio era una farsa –le dedicó una sonrisa de soslayo–. Seguía queriendo mucho a Archie como amigo, pero era demasiado joven e ingenua para darme cuenta de cuál era el verdadero motivo del fracaso de nuestro matrimonio.

–Imagino –dijo Jack– que tu marido prefería los hombres a las mujeres.

Mairi hizo un gesto afirmativo.

–Yo no tenía ni idea. Empezó a desaparecer por las noches. Yo pensaba que tenía una amante y nunca le preguntaba adónde iba, porque me resultaba demasiado doloroso –entrelazó los dedos.

Aquellas noches, mientras yacía despierta, haciéndose preguntas, torturándose, habían sido infinitas.

–Supongo que en cierto modo era culpa mía –agregó–, porque fingía que no pasaba nada.

Jack esbozó una sonrisa agria.

–La culpa no era tuya –dijo hoscamente–, en ningún sentido.

Mairi se levantó. Estaba demasiado agitada para permanecer sentada.

–Finalmente, hace cuatro años, Archie desapareció una noche y no regresó nunca. Dejó una carta. Decía que lo sentía, que nuestro matrimonio había sido una impostura desde el principio y que era inefectivo a ojos de la iglesia y de la ley porque se había casado conmigo únicamente para ocultar su gusto por los hombres. Había querido ayudarme cuando mi padre amenazó con casarme a la fuerza, pero no había tenido el valor de decirme la verdad acerca de sus inclinaciones.

Oyó que Jack mascullaba un improperio.

–Huyó con su amante –continuó Mairi–. Decía que no podía soportar más tanto fingimiento. Y simuló su propia muerte para salvar a su familia del escándalo. Más tarde descubrí que me había dejado toda su fortuna, por mala conciencia, quizá. No sé. Nunca he entendido por qué no me dijo la verdad. Nos las habríamos arreglado de algún modo.

–No creo que pudierais haberlo hecho sin un enorme sufrimiento –dijo Jack. Se acercó a ella y tomó sus manos frías. Las suyas estaban calientes. Mairi se sintió reconfortada.

Pasado un momento, él la estrechó en sus brazos. Eran fuertes, como bandas de hierro. Le apartó el pelo de la cara y, aunque no quería apoyarse en él, Mairi se permitió descansar entre sus brazos un momento.

–No me extraña que te sientas tan sola –dijo Jack con dureza, pero Mairi comprendió que no estaba enfadado con ella.

Su ira iba dirigida contra un hombre al que no podía evitar despreciar.

–Te dejó con una carga demasiado pesada para sobrellevarla sola.

–Lord MacLeod lo sabe –Mairi se estremeció. Sentía frío y calor a un tiempo–. Es el único que lo sabe. Fue él quien echó tierra sobre el asunto, quien pagó a la gente, quien se aseguró de que yo quedara libre a efectos legales. Y no porque tuviera ningún deseo de volver a casarme –la recorrió otro escalofrío–. Archie sigue escribiéndole, según creo, y lord MacLeod le manda dinero de vez en cuando. Nunca me cuenta noticias y no le pregunto. No puedo perdonar a Archie. Todavía sigo sintiendo que me traicionó.

Jack tomó su cara entre las manos y se la levantó para poder mirarla.

–Y en cambio tú –dijo– nunca lo traicionaste.

–Tuve tentaciones –contestó. Sintió que su piel ardía bajo el contacto fresco de los dedos de Jack–. Al principio, su falta de interés me dejó hundida. Después, descubrí que había muchos hombres que me admiraban y me di cuenta de que no carecía de atractivo. ¿Por qué sonríes? –preguntó.

–Tienes razón –dijo Jack–. No careces de atractivo.

Ella sonrió también, de mala gana.

–Sí, bueno, podría haber tomado un amante, pero no quería faltar a mis votos matrimoniales.

–¿Y después, cuando se marchó y fuiste libre?

Mairi se mordió el labio.

–Al principio era demasiado desgraciada, no quería volver a casarme y tenía tan poca experiencia que no sabía cómo manejar una aventura amorosa. Así que fingí –se encogió un poco de hombros–. Coqueteaba, pero era todo una pose.

Jack escudriñó su cara y ella se sintió vulnerable y expuesta bajo su mirada.

–Ojalá pudiera encontrarlo –dijo Jack con violencia apenas contenida.

Mairi sintió la fuerza de su ira.

–Sería un inmenso placer matarlo con mis propias manos –añadió él– y hacer realidad la ficción.

Mairi besó sus dedos.

–No –dijo–, por favor...

Jack la hizo callar con un beso repentino y cargado de emociones turbulentas.

—Mairi... —dijo—. Maldigo a ese hombre por haberte hecho tanto daño.

La besó otra vez, con vehemencia, pero también con una ternura que hizo que a ella se le acelerara el corazón.

Se agarró a las solapas de su chaqueta e intentó atraerlo hacia sí. Le daba vueltas la cabeza. Lo deseaba tanto... Las emociones de aquella noche la habían despojado de todas sus defensas.

—No me dejes —susurró—. Quédate conmigo, por favor.

Lo sintió vacilar.

—No creo que... —comenzó a decir él, y Mairi lo besó de nuevo, frenética.

—No me digas que esta noche tienes escrúpulos de conciencia por aprovecharte de mí —dijo cuando sus bocas se separaron—. Creía que no eras un caballero.

Sintió que él sonreía.

—Yo también —la soltó y escudriñó de nuevo su cara.

Mairi advirtió sus dudas, sus reparos, casi como si tuviera miedo. Luego, Jack exhaló un suspiro y, como si se rindiera, la levantó en brazos y la llevó a su habitación.

Jack permanecía en vela mientras Mairi dormía. Sabía que debía llevarla de vuelta a su cuarto. A esas horas, su doncella tendría ya claro que Mairi estaba en su dormitorio y que llevaba allí bastante tiempo. La pobre muchacha debía de estar deseosa de acostarse y no sabría si esperar o irse a la cama. La discreción con que Mairi y él habían llevado hasta entonces su idilio había volado en mil pedazos.

El problema era que quería que se quedara allí, con él. Estaba cansado de fingir, de merodear sigilosamente como un amante de pacotilla que se avergonzaba de su comportamiento. Se había resignado, estaba ya convencido de que la pasión que sentía por Mairi no iba a consumirse en un futuro inmediato. Lo que sentía por ella no era tan sencillo. Y, además, estaba decidido a protegerla, y más aún ahora que conocía sus secretos.

Levantó una mano y le apartó el pelo de la mejilla. Ella se removió en sueños, dejó escapar un gemido y se arrimó a él, volviendo instintivamente la cara hacia la suya. Jack sintió que un puño estrujaba su corazón. Cediendo a otro impulso, la besó muy suavemente.

Mairi se removió otra vez y abrió los ojos. Al verlo, esbozó una sonrisa dulce y cálida. Jack sintió una oleada de deseo y de otra cosa, de algo aún más potente y poderoso. El deseo carnal era algo que conocía y comprendía. Lo demás era un misterio para él.

–Vuelve a dormirte, cariño –susurró, y ella cerró los ojos otra vez y se acurrucó contra él.

Jack pensó en Archie MacLeod y sintió que lo embargaba una oleada de furia arrolladora. Aquel hombre había demostrado ser un alfeñique por no tener el valor de decirle a Mairi la verdad desde el principio. A diferencia de muchos de sus contemporáneos, a Jack le traían sin cuidado cuáles fuesen las tendencias sexuales de un hombre, pero la conducta de MacLeod le parecía detestable. El hecho de que se hubiera marchado dejando sola a Mairi y a su padre para que lidiaran con las consecuencias de su desaparición demostraba su cobardía.

Mascullando una maldición, se levantó, se acercó a la cómoda y se lavó la cara para intentar despejarse. Estaba casi seguro de que Michael Innes ignoraba que Archie MacLeod estaba vivo. Estando vivo MacLeod, Innes no era ya el heredero de Strome, ni de la baronía de MacLeod. Si iba a los tribunales, se vería desposeído de su herencia. No le interesaba en absoluto indagar en aquel escándalo.

Por otra parte, la sodomía estaba penada con la muerte. Jack dudaba de que los tribunales fueran a imponer semejante sentencia al hijo de un par del reino, pero entendía que lord MacLeod hubiera hecho todo lo posible por proteger a su hijo del peligro. MacLeod todavía amaba a su hijo, a pesar de lo que hubiera hecho. No podía correr ese riesgo. Y si el asunto llegaba a los tribunales, se armaría un escándalo monumental. Toda la familia quedaría destrozada. Y Mairi... Jack profirió un largo suspiro. Mairi sería quien más sufriera. Vería su nombre arrastrado por el fango y su vida sumida en la ruina.

Se preguntó fugazmente qué pintaba Wilfred Cardross en todo aquello. Su ataque no había sido una coincidencia. Estaba seguro de ello. Ignoraba, sin embargo, cuál era la relación entre una y otra cosa, y mientras no desvelara el misterio, Mairi correría peligro.

Sonriendo con cierta ironía, volvió a deslizarse en el calor de la cama y estrechó de nuevo a Mairi entre sus brazos. Ahora entendía hasta qué punto lo había manipulado lord MacLeod. No solo se había tratado de encontrar al hombre idóneo para proteger a Mairi hasta que pasara la amenaza del escándalo. El viejo señor estaba buscando también a un hombre que se casara con su nuera. Lo había elegido a él porque era lo bastante fuerte para enfrentarse a la amenaza que suponía Michael Innes, pero también porque creía que, una vez supiera lo de Archie, se casaría con Mairi y la mantendría a salvo del peligro que representaba el que la verdad saliera a la luz. Sabía que ningún hombre de honor abandonaría a Mairi en tales circunstancias.

Se pasó una mano por el pelo. Lo único que quedaba

por saber era si él era realmente un hombre de honor, como creía lord MacLeod.

Mairi se despertó. Jack oyó el susurro de las sábanas cuando se volvió hacia él. Sus ojos tenían un color azul neblinoso, suavizados por el sueño y el placer. Le sonrió y bostezó delicadamente, desperezándose como una gata al sol.

–Bueno –dijo él con voz queda–, ¿cómo te sientes?

–Es extraño –respondió Mairi–, pero me siento muy feliz –la sonrisa se reflejó en sus ojos–. Gracias –susurró, y Jack comprendió que no estaba hablando del sexo, sino de otra cosa mucho más profunda y peligrosa. Había confiado en él. Le había contado sus secretos. No había vuelta atrás.

La idea le hizo sentirse incómodo y procuró cambiar de tema.

–Confío –dijo– en haber logrado convencerte de que eres, en efecto, una mujer excepcionalmente atractiva.

Mairi se rio, pero Jack creyó ver una sombra de recelo en sus ojos. Había notado que él rehuía su anterior tema de conversación.

–El único misterio es por qué has esperado tanto para tener un amante –añadió.

Ella apartó la mirada como si estuviera haciendo memoria, reflexionando.

–Supongo que he esperado tanto porque me importaba demasiado –dijo–. Me parecía un asunto demasiado importante para tratarlo simplemente como una diversión más –sonrió–. Pareces pasmado, Jack –tocó su mejilla–. Debes de ser el único hombre de Escocia que preferiría que su amante fuera una cualquiera.

–Sería más mi estilo, sin duda –repuso él–. Me he zambullido en todos los vicios y el sexo ha sido siempre para mí un juego placentero, nada más –no quería compromisos, ni los había pedido nunca por su parte. Ahora, en cambio, comenzó a planteárselo. Si iba a aceptar el encargo de lord MacLeod y a llevarlo hasta su conclusión lógica casándose con Mairi, tendría que ofrecerle, ya que no su amor, al menos sí su fidelidad.

Mairi lo miraba candorosamente.

–¿Por qué has tenido tú tantas amantes? –preguntó, devolviéndole la pregunta.

–Porque para mí no significaba nada en absoluto –contestó. Por primera vez en su vida se sintió, si no avergonzado, al menos sí arrepentido de que las cosas hubieran sido así. Se incorporó–. Lo siento –dijo–. No quería que sonara irrespetuoso.

Mairi sacudió la cabeza.

–No has dicho nada que me haya sorprendido –dijo–. Sabía muy bien a qué atenerme cuando accedí a ser tu amante.

–¿Por qué cambiaste de idea? –dijo Jack–. ¿Por qué aceptaste?

Mairi consideró detenidamente la pregunta.

–Supongo que estaba cansada de llevar una vida sin color ni emoción –repuso–. Estaba cansada de llevar siempre las riendas y de refrenar mis emociones. Quería saber qué se sentía al hacer el amor apasionadamente –se sentó en la cama y apartó las mantas para levantarse–. Debo irme. No quiero que Jessie venga a buscarme. Ya se estará preguntando dónde rayos me he metido.

Jack la tomó de la mano.

–Quédate –dijo. Le sorprendió lo mucho que deseaba que se quedara con él. Pasó la mano por su brazo desnudo y besó la concavidad de su codo. Le apartó el pelo para besar su hombro. Al ver que ni respondía ni se apartaba, la tumbó sobre las almohadas y retiró de nuevo las sábanas, dejando al desnudo sus pechos. Se metió un pezón en la boca y deslizó la mano por su costado y su vientre. Sintió que su tensión se disipaba al oír un suspiro y notó que ella se relajaba al contacto de sus manos y su boca. Aquel juego de seducción ya le resultaba familiar. Pero, de alguna manera, todo había cambiado. Se sentía inseguro. Casi temía que ella lo abandonara y que, si lo hacía, se sintiera de algún modo perdido.

Era solo sexo, se recordó. La intimidad física era muy distinta a la cercanía afectiva. La ardiente oleada del deseo lo embargó de nuevo, y se rindió a ella. Sus otras cavilaciones, sus dudas y sus dilemas tendrían que esperar hasta el día siguiente.

Capítulo 17

—Fracasaste, Cardross.

El alba gris comenzaba a asomar por encima de las montañas. Wilfred Cardross estaba medio dormido, helado hasta los huesos, empapado, acurrucado en las ruinas de un antiguo chozo, en medio de la ladera de un monte. El chozo derruido apenas lo protegía de la intemperie, pero desde allí podía ver hasta muy lejos. Desde allí había visto desplegarse a los soldados por el valle, buscándolo, chicos de ciudad que detestaban aquellas lúgubres montañas y el terreno abrupto y escarpado y que pinchaban inútilmente entre los brezos y los helechos como si esperaran encontrarlo escondido en una zorrera.

Se había reído entonces. Ahora, en cambio, no se reía. Su enemigo se había acercado sin ser visto ni oído, y cuando Cardross se había percatado de su presencia era ya demasiado tarde y tenía un puñal en la garganta.

—¿Tú? ¿Aquí? —dijo.

Miró la hoja. Brillaba a la luz del alba y estaba muy afilada.

El otro sonrió sin humor.

—Te dije que, si te necesitaba, te encontraría —respondió–. Aunque la verdad es... –apretó un poco más con la daga– que no te necesito.

–¡Espera! –el pánico arañó su pecho al ver la mirada de sus ojos pálidos–. No fue culpa mía –dijo–. Eran demasiado buenos. ¡Dijiste que no tendrían nada que hacer! Que mis hombres ganarían...

–Así que ahora es culpa mía, ¿no? –se estaba riendo de él.

Cardross sintió una feroz oleada de odio.

–Imagino que, tratándose de ti, la culpa la tienen siempre los demás.

La daga se clavó un poco más.

–Dame otra oportunidad –balbució Cardross, intentando ganar tiempo–. No volveré a fallar. Ayer estuve a punto de agarrarla en los jardines. Conseguí burlar a todos los guardias que había puesto Methven. Fue fácil...

–Entonces ¿dónde está? –preguntó con frialdad–. Estuviste a punto de agarrarla, pero no lo conseguiste. Una herramienta rota no me sirve de nada.

Cardross se disponía a suplicarle, pero al final no le dio tiempo. La conversación había acabado. Esperaba un tajo en la garganta, y levantó las manos en un vano intentó de atajar el avance de la hoja. En ese mismo momento se dio cuenta de que lo había engañado. El cuchillo se deslizó entre sus costillas. Por un instante no sintió nada. Después, el dolor se apoderó de él y lo sacudió como a un pelele. Fue espantoso. Siempre había sido un cobarde, siempre había tenido miedo de la muerte, y ahora, mientras su vida se apagaba, el miedo tuvo tiempo de sobra para atenazarlo de nuevo. Cuando por fin lo envolvieron las tinieblas, fue un alivio.

* * *

El ruido de las cortinas de la cama al descorrerse despertó a Mairi.

–Es mediodía, señora –Jessie estaba colocando la bandeja del desayuno sobre el aparador–. El señor Rutherford me ha dicho que la deje dormir hasta tarde. Que anoche estaba usted agotada.

Mairi rodó por la cama, parpadeando cuando la luz radiante del sol le dio en los ojos. Había dormido muy profundamente. Recordaba vagamente que se había despertado cuando estaba amaneciendo. Estaba entonces en la cama de Jack, envuelta en sus brazos. Se había dado cuenta de que tenía que regresar a su cuarto, pero le había costado un ímprobo esfuerzo arrancarse de su abrazo. Estaba segura de que Jack la había llevado en volandas hasta su cama. Incluso creía que la había besado antes de marcharse, pero tal vez eso fueran imaginaciones suyas. Después se había quedado dormida de nuevo y no había tenido pesadillas.

Se desperezó mientras ponía a prueba sus sentimientos. Sentía la mente más ligera que en mucho tiempo. Era como si se hubiera quitado un enorme peso de encima, como si la oscuridad que había paralizado su vida durante años se hubiera esfumado por el solo hecho de compartir al fin esa carga y contárselo todo a Jack.

La embargó una dulce oleada de emoción. Era la misma sensación que había experimentado al hacer el amor con Jack en la posada de Kinlochewe. El mismo sentimiento que la había invadido la tarde de la tormenta, cuando Jack la había reconfortado con tanta ternura. Solo que ahora era más fuerte y más profundo.

Se había preguntado si era de esas mujeres que podían separar el placer físico de los sentimientos. Obviamente, no lo era. Lo que sentía por Jack Rutherford se estaba volviendo peligroso. Estaba enamorada de él. Le había confiado su cuerpo. Le había confiado todos sus secretos, y sin embargo no podía confiarle su corazón.

Aquella idea bastó para que se espabilara por completo. Se sentó en la cama y echó mano de su bata. El sol entraba a raudales, pero Mairi no quería que acariciara su cuerpo. Se sentía emocionalmente desnuda, y eso la helaba por completo. Necesitaba cubrirse. Protegerse.

Antes de esa noche, había creído que no volvería a confiar en un hombre. Archie la había traicionado y había destrozado su confianza. Se había acostumbrado a llevar siempre el mando y a decidir por sí misma. Y sin embargo esa noche había confiado en Jack, y eso se debía a que estaba enamorada de él. No estaba simplemente subyugada por el placer físico que le reportaba su relación. Lo quería y quería que él le correspondiera. Pero amor era lo único que Jack nunca podría darle. Lo había dejado muy claro desde el principio.

Levantó las rodillas, pegándolas al pecho, y las abrazó, con la bandeja del desayuno olvidada a su lado. Ya no le bastaba con ser la amante de Jack. Estaba enamorada de él y quería más de lo que él podía darle. Quería su amor. Quería casarse con él. Pero el hecho era que Jack, el amante perfecto, jamás sería el marido perfecto. Seguramente lo que él entendía por fidelidad consistía en hacer el amor con una sola mujer al mismo tiempo. No quería compromisos. Y mientras que ella había ido bajando la guardia paulatinamente, él no había hecho más que reforzar la suya para mantenerla apartada.

Tomó distraídamente su taza de chocolate. El líquido denso y caliente la reconfortó. De pronto se le antojó un helado, o un caramelo de malvavisco, o cualquier cosa dulce que cayera en sus manos. Si aquello era el amor, iba a ponerse gordísima.

Jessie había vuelto para ayudarla a vestirse.

–El señor Rutherford le manda recuerdos, señora –dijo la doncella–. Y pregunta si puede reunirse con él y con lord Methven en la biblioteca cuando esté lista. Ha llegado un señor del ejército con noticias sobre lord Cardross.

–¿Qué noticias? –preguntó Mairi enseguida–. Seguro que lo sabes, Jessie.

La doncella pareció azorada.

–Dicen que lo han encontrado muerto en una zanja, señora –bajó la voz–. Se ahogó durante la tormenta de ayer.

–¿Se ahogó? –dijo Mairi. No podía creerlo–. ¿Wilfred?

–Sí, señora. Como la rata de alcantarilla que era –añadió Jessie. Después su voz se volvió fría–. El señor Cambridge también le manda saludos, señora. Me ha pedido que le diga que tenía que marcharse temprano para regresar a Strome, con lord MacLeod. Irá a verla cuando vuelva usted a Edimburgo, la semana que viene.

–Gracias –dijo Mairi. No lamentaba haberse perdido la marcha de Jeremy y no se daría ninguna prisa en solicitar su compañía.

Una hora después se presentó en la biblioteca. Iba vestida con un alegre vestido de muselina con ramitos de cerezas y una cinta a juego en el pelo. Aquella ropa le daba valor, en cierto modo, y tenía la sensación de que sus emociones necesitaban todas las defensas que pudiera reunir. Tuvo que hacer un esfuerzo consciente para no mirar a Jack cuando entró. Se sentía extrañamente atenta a su presencia, aún más que de costumbre, como si el amor hubiera afinado sus sentidos. Sintió su mirada fija en ella mientras saludaba a Robert y solo entonces se volvió hacia él con una sonrisa despreocupada.

Su frío saludo hizo tensar los labios a Jack.

–Espero que hayas dormido bien, Mairi –dijo–. Estás radiante esta mañana.

–Gracias –contestó. Un solo cumplido y ya había traspasado sus defensas, maldito fuera.

Jack y Robert estaban acompañados de un joven capitán de los dragones cuyos ojos se dilataron, llenos de admiración, al ver a Mairi.

–Lady Mairi –el capitán hizo una reverencia y se sonrojó.

Mairi advirtió que Jack se removía incómodo a su lado.

–Este es el capitán Donald, de los Grises Reales de Escocia –dijo él–. Está al mando de las tropas que encontraron a Wilfred Cardross.

–Lo felicito, capitán Donald –dijo Mairi–. Gracias.

–Ha sido un placer, señora –le aseguró el capitán fervorosamente–. Aunque lamento que ya estuviera muerto. Habría sido un placer mayor aún llevarlo a la cárcel a rastras por usted.

Mairi notó que Jack intentaba no reírse del ardor del joven. Lo miró ceñuda y él le lanzó una mirada que parecía afirmar que, aunque Donald la admirara, era con él con quien compartía la cama. Mairi notó que se sonrojaba.

–He oído que se ha ahogado –dijo, volviendo a fijar su atención en Donald–. ¿Es cierto?

Vio que Robert y Jack cambiaban una mirada. Fue Jack quien contestó:

–Lo encontraron boca abajo en una zanja inundada –dijo–, pero no fue así como murió. Lo habían apuñalado.

–El agua había borrado la sangre –confirmó Donald

con excesiva fruición para el gusto de Mairi–, pero descubrimos la herida. El que lo mató lo dejó a propósito junto a la carretera. Quería que lo encontráramos.

Mairi sintió un escalofrío.

–¿Quién haría tal cosa? –preguntó.

–Seguramente uno de los forajidos que tomaron parte en el ataque a su carruaje, señora –repuso Donald–. Tengo entendido que Cardross los abandonó en plena refriega. Sin duda se tomaron a mal que los traicionara y lo estaban buscando para vengarse.

Robert se inclinó hacia delante.

–No vamos a hacer público lo del asesinato –dijo–. Estamos dejando que se corra la voz de que se ahogó.

–Dulcibella –dijo Mairi, comprendiendo su postura–. Claro. Le daría otro ataque si creyera que hay otro forajido suelto.

–Confiamos en que ahora lady Dulcibella se sienta con fuerzas para irse a casa –añadió Robert suavemente–. No tiene sentido causar más alarma.

Jack se volvió hacia Mairi.

–Huelga decir que tú volverás a Edimburgo conmigo cuando nos marchemos. No quiero que corras ningún riesgo –dijo.

–Habiendo muerto Wilfred, no puede haber ningún otro peligro –repuso ella.

–Te ruego que no hagas la prueba –contestó Jack con cierto tono acerado.

La tensión que reinaba en la habitación pareció subir de pronto varios grados. Mairi vio que Robert los observaba con una mirada de profundo interés.

–Creo que Mairi tiene razón –dijo con calma–. Sin duda ya ha pasado el peligro. Cardross ha muerto a manos de un criminal vengativo. Es improbable que ese individuo vaya a atacar a nadie más y a arriesgarse a que le demos caza. Además, habiendo tantos soldados en los alrededores estamos todo lo seguros que podemos estar.

Jack se volvió hacia él con ira contenida. Mairi casi dio un respingo, pero Robert no pareció inmutarse.

–Con todo el respeto, Robert –dijo Jack–, eso no lo sabes, y no quiero que animes a tu cuñada a meterse más en este...

–Ya me había metido –puntualizó Mairi.

–No estaría bien visto –añadió Jack.

Se hizo el silencio. Robert intentó no echarse a reír.

–Ahora sí que ya lo he visto todo –dijo–. Jack Rutherford empeñado en respetar las normas del decoro. Me pregunto cuál es la causa de tan repentino cambio de parecer.

Jack dio un paso hacia él y Mairi temió que fuera a darle un puñetazo.

–Estoy seguro de que el capitán Donald no tiene deseo alguno de asistir a nuestras riñas familiares –se apresuró a decir–. Capitán, gracias otra vez por su eficacia. Le deseo buenos días.

Jack apartó la mirada de Robert y retrocedió. Pasado un momento esbozó una reverencia.

–A su servicio, Donald –dijo bruscamente, y salió.

Mairi miró a Robert, que levantó ligeramente las cejas y esbozó una sonrisa remolona. Ella comprendió que estaba intentando disculparse por no haber tenido en cuenta sus sentimientos y opiniones al provocar a su primo. Resultaba exasperante, y no entendía por qué Jack se estaba comportando así.

–Lo acompaño a la puerta, Donald –dijo Robert, levantándose para escoltar al joven capitán.

Mairi se acercó a los ventanales y vio formar y alejarse al destacamento de dragones. Hacía un hermoso día de verano, y de pronto ansió estar fuera de casa, al aire libre. Quería cabalgar por las montañas y dejar que el viento se llevara sus preocupaciones. Subió a ponerse una chaqueta vieja y los pantalones de tartán que unos años antes le había prestado Murdo, uno de los hijos de Frazer. Mandó a Jessie con una nota para Lucy diciéndole que iba a salir a montar. Lo único que no quería hacer era decírselo a Jack. Ya había soportado bastante su actitud despótica para un solo día.

–No irá a cabalgar sola, ¿verdad, señora? –preguntó Murdo cuando entró en el patio de cuadras–, estando esos canallas sueltos.

Mairi gruñó.

–Hablas como el señor Rutherford, Murdo –contestó–. ¿Te ha dicho él que me vigiles?

Una amplia sonrisa se extendió por la cara del muchacho.

–Sí, señora.

–Qué cara más dura –dijo Mairi–. Me gustará ver cómo me detenéis cualquiera de los dos.

–Entonces por lo menos deje que vayamos con usted, señora –le suplicó Murdo mientras sacaba una de las yeguas de Lucy–. Así podremos decirle al señor Rutherford que hemos cuidado de usted.

–Le tenéis miedo –Mairi arrugó el ceño, pero el mozo se limitó a asentir con la cabeza, sin sonreír.

–Sí, señora –dijo–. Y si le pasara algo a usted, me daría pánico.

La ayudó a subir al caballo y Mairi se acomodó en la silla y clavó los talones en los costados del animal. La yegua estaba tan ansiosa como ella de correr. Salieron al galope del patio, dispersando mozos como pajas al viento. Oyó que Murdo daba un grito a su espalda, pero solo cuando llegó al pequeño pinar que había en mitad de la senda que bordeaba la montaña aflojó el paso para esperarlos a él y a Hamish.

Tardaron cuatro horas largas en volver a Methven. Mairi se sentía eufórica por la cabalgada, el sol empezaba a ponerse detrás de los montes y el frescor de la noche impregnaba el aire. Pero en cuanto entró en el patio de las cuadras sintió la tensión reinante. Los mozos la miraron de reojo. Se apeó de la silla de un salto y le dio las riendas a Murdo sin darle las gracias. Luego se volvió.

Jack estaba delante de ella y saltaba a la vista que estaba hecho una furia.

Jack no se había sentido tan furioso en toda su vida. Solo se refrenó porque estaban en el patio de cuadras, rodeados por mozos y sirvientes que apenas conseguían dominar su emoción, convencidos de que estaban a punto de presenciar una riña entre enamorados. Lachlan y Dulcibella MacMorlan podían airear sus diferencias en público, pensó con gravedad, pero él le tenía demasiado respeto a Mairi para hacerlo, a pesar de que hubiera salido contra su voluntad.

Las primeras palabras que le dirigió Mairi no fueron conciliadoras, sin embargo, y Jack sintió que su cólera aumentaba todavía más.

–Buenas noches, señor Rutherford –dijo ella como si no hubiera hecho nada malo. Estaba acalorada, tenía las mejillas coloradas y los ojos brillantes por la emoción de la carrera. Estaba preciosa. Sin saber por qué, eso molestó más aún a Jack, que poco antes se la había imaginado muerta en una zanja, igual que Wilfred Cardross. Lo único que podía pensar era que no volvería a perderla de vista.

—Lady Mairi —dijo con esfuerzo—. Me pregunto si podríamos hablar en privado.

—Naturalmente —contestó ella. Parecía indiferente, pero Jack vio que en el hueco de su garganta latía rápidamente una vena. Estaba nerviosa. Y con razón.

Le dio la espalda y echó a andar hacia la puerta que llevaba al cuarto de arreos y, de allí, al invernadero de Lucy. Jack inclinó la cabeza, mirando a Murdo y a Hamish.

—Gracias —les dijo.

Al menos Mairi había tenido el buen sentido de no salir sola a cabalgar, pero eso apenas aliviaba su enfado. Mairi había esperado a que él no estuviera presente, y eso era lo que más lo enfurecía.

Ella caminaba ahora más aprisa. Quizá pensara escapar de él. Jack sonrió agriamente ante la perspectiva de perseguirla por los largos corredores del castillo. La idea tenía cierto atractivo.

La alcanzó justo cuando llegó a la puerta del invernadero, que él cerró de golpe a su espalda. Sabía que no era un lugar especialmente discreto para una discusión, pero no podía esperar más. Se vieron de inmediato rodeados por el aire caliente y la penumbra del invernadero. Olía a tierra seca y a perfume de lirios. Un jardinero que estaba atendiendo las enredaderas, junto a la pared del fondo, los vio y se alejó discretamente. Jack oyó el chasquido suave de la puerta al cerrarse.

Agarró el brazo de Mairi con fuerza y la hizo girarse para mirarlo.

—Quizá puedas explicarme por qué has salido a cabalgar sola al día siguiente de que tu primo fuera asesinado y después de que yo te pidiera que no corrieras ningún riesgo –se dio cuenta de que su voz temblaba de ira. Estaba a punto de perder el control–. ¿Tan poco te importa tu propia seguridad... y mi preocupación?

–Claro que no –contestó ella, mirándolo a los ojos sin miedo.

A pesar de su ira, a Jack le gustó su reacción, le gustó que no se acobardara. Le gustaba ella. Y la respetaba. Pero seguía tan enfadado que le daban ganas de zarandearla.

–He llevado a dos mozos conmigo –dijo Mairi–. Iban los dos armados y yo llevaba una pistola en mis alforjas. No entiendo por qué te enfadas.

–Me enfado –dijo Jack entre dientes– porque te pedí expresamente que no salieras hasta que este asunto estuviera arreglado. ¿Se te ha ocurrido pensar que tu difunto marido podría estar detrás de esto? ¿Que podría ser él quien ha matado a Wilfred Cardross? ¿Que tal vez intente hacerte daño?

Comprendió por cómo palidecía que ni siquiera se le había pasado por la cabeza. Mairi retrocedió un paso y escudriñó su cara.

–No podía mencionarlo esta mañana delante de Robert y Donald porque no quería desvelar tu secreto –dijo Jack en tono más suave–, pero debes tenerlo presente, Mairi.

–No –se había llevado la mano a la garganta–. Archie jamás me haría daño –susurró–. Es demasiado bueno.

–¿Estás segura de eso? –Jack la creía extremadamente ingenua–. Eres una de las dos personas que sabe que sigue vivo. Si te considera una amenaza por algún motivo...

—¡No! —sacudió la cabeza violentamente—. No puedo creerlo. No voy a creerlo —se acercó a él.

A la luz brumosa del invernadero, Jack vio que una leve sombra fruncía su frente.

—Jack —dijo lentamente—, ¿estás celoso de Archie?

—Estoy intentando protegerte —afirmó él.

—Eso no contesta a mi pregunta —puso los brazos en jarras—. Sé sincero conmigo. ¿Lo estás?

Estaba celoso, sí. Se dio cuenta de ello con un sobresalto. Estaba ya celoso cuando todavía creía que estaba muerto. Todo el mundo parecía sentir afecto por Archie MacLeod y lo pintaba como si fuera un santo. Ahora, sabiendo que seguía vivo, aunque ya no estuviera casado con Mairi, los celos le retorcían las entrañas.

—Sí, tengo celos —la atrajo hacia sí, pasó las manos por su espalda y sus nalgas, apretándola contra su cuerpo—. Eres mía, Mairi. Cásate conmigo.

Sintió que un estremecimiento la recorría. Ella se retiró y lo miró como si estuviera hablando en un idioma desconocido. A decir verdad, él estaba casi tan sorprendido como ella. Había estado pensando en ello desde la noche anterior, cuando al fin se había dado cuenta de las verdaderas implicaciones del plan de lord MacLeod, pero no tenía previsto proponérselo de aquella manera tan brusca y repentina.

Mairi abrió la boca. Parecía a punto de iniciar una discusión, así que Jack la besó para distraerla y, pasado un segundo, ella le devolvió el beso y entrelazó su lengua con la de él, dulcemente. Jack sintió alivio, pensando que sin duda aquello significaba que aceptaba su proposición. Alivio, y un deseo feroz.

—Jack... —susurró Mairi.

La besó otra vez, con dureza, insistentemente. Ella

dejó escapar un dulce gemido de rendición y de nuevo respondió a su beso con un ardor que lo dejó sin aliento e hizo que le dieran ganas de llevarla derecho a su alcoba para sellar su acuerdo en la cama.

Dio un paso hacia ella, atrapándola contra la pared. Sostuvo su mirada mientras bajaba la mano y desabrochaba los botones de su chaqueta, uno a uno. Ella lo miró a los ojos y levantó la barbilla, desafiante, pero Jack sintió el golpeteo frenético de su corazón bajo su mano. Cuando la chaqueta estuvo desabrochada, la abrió y sin preámbulos tiró de la camisa de hilo para sacarla de la cinturilla de sus calzas. Ella contuvo la respiración, pero se quedó quieta. Había un brillo retador en sus ojos y en el ángulo obstinado de su barbilla.

Jack sonrió. Deslizó las manos bajo la camisa. Solo llevaba una finísima camiseta debajo, a través de la cual pudo sentir el calor de su piel. De un tirón, le quitó la chaqueta de los hombros y le sacó la camisa por la cabeza. Ella temblaba ahora, pero no de frío.

Jack apartó la camisa sin reparar en los cierres. Pasó la mano por sus pechos y sintió que sus pezones se endurecían. La oyó contener la respiración y la besó de nuevo, introduciéndole la lengua en la boca. La soltó solamente para inclinar la cabeza y acercarla a sus pechos, que chupó y mordió, primero suavemente y después un poco más fuerte. Ella echó la cabeza hacia atrás. El calor del invernadero hacía que el pelo se le pegara a la piel húmeda de la garganta, y Jack vio deslizarse una gota de agua entre sus pechos. Era una visión tan erótica que se sintió a punto de perder el control.

–Cásate conmigo –repitió. La idea de tenerla cada noche en su cama era como un sueño turbio y placentero.

Pero entonces ella se desasió de su abrazo y se alejó

de él. Sus ojos eran de un azul oscuro, enturbiados por la pasión, pero en su fondo había algo más: decepción, quizá, o arrepentimiento. Se agachó para recoger su chaqueta y se la puso.

—No puedo casarme contigo —dijo con la voz llena de pesar—. Me siento muy honrada porque quieras que sea tu esposa, porque sé que no es una decisión que te tomes a la ligera, pero no puedo aceptar —su tono cambió. Ahora tenía una nota suplicante—. Por favor, trata de entenderlo, Jack —dijo—. Estuve casada con un hombre que no me amaba y que un día me dejó por otra persona a la que sí quería. No puedo correr otra vez ese riesgo.

—Yo nunca te sería infiel —afirmó Jack al instante—. Te lo juro —lo decía en serio. Y no sería una promesa difícil de cumplir. Sin embargo, en ese momento comprendió que para ella no era suficiente.

—Pero tampoco podrías quererme, ¿verdad? —preguntó Mairi. Entonces, mientras su silencio lo traicionaba, añadió—: No podrías quererme como yo te quiero a ti.

Jack tragó saliva con esfuerzo. Se dio cuenta de que había comprendido que Mairi lo amaba la noche anterior, cuando le había confiado todos sus secretos, pero no sabía cómo corresponder a su amor.

Tomó su mano y pasó el pulgar por su dorso, sintiéndola temblar.

—No quiero hacerte daño —dijo con voz ronca.

Ella sonrió, pero sus ojos parecían cansados.

—Creo que es un poco tarde para eso —se liberó de su mano y retrocedió—. No te reprocho nada, Jack. No me has hecho falsas promesas. No te estoy diciendo que te quiero porque quiera oírte decir lo mismo. Te lo digo porque quiero ser sincera contigo —se abrazó como si tuviera frío—. Dices que nunca me serías infiel, pero sin amor que nos una, ¿qué otra cosa hay? –sonrió, pero Jack vio el brillo de las lágrimas en sus ojos. Sin embargo, Mairi no lloraría, al menos delante de él. Tenía demasiado orgullo para eso.

Jack lamentó profundamente no poder darle lo que quería y en ese mismo momento se apoderó de él la feroz determinación de no dejarla marchar, aunque no pudiera ofrecerle lo que necesitaba, aunque no le bastara con eso.

–Mairi... –dijo.

Ella sacudió la cabeza.

–Me pasaría cada día preguntándome si encontrarías a alguien a quien sí pudieras amar, Jack –dijo–. Todos los días me preguntaría si ese sería el día en que tendría que dejarte marchar. Mejor hacerlo ahora que perderte cuando estuviéramos casados –levantó la mano y tocó su mejilla dulcemente. Después, dio media vuelta y se marchó.

Jack oyó el sonido de sus pasos hasta que se hizo el silencio. Después, se quedó solo.

Capítulo 18

Fue una suerte que no se encontrara con nadie de vuelta a su habitación porque lloraba tan fuerte que no veía por dónde iba. Aquello la puso furiosa. Sabía que había hecho bien al rechazar a Jack. Solo deseaba que no hubiera sido tan doloroso.

Jessie la estaba esperando. Mairi se preguntó qué aspecto presentaba. Tenía los labios enrojecidos por los besos de Jack, y los ojos igual de rojos de tanto llorar. Jessie la miró por el rabillo del ojo. Estaba claro que se esforzaba por no decir nada. Pero el silencio no era su fuerte.

–¿Una riña de enamorados, señora? –preguntó al cabo de un momento.

–Algo parecido –dijo cansinamente–. El señor Rutherford me ha pedido que me case con él y le he dicho que no.

–Espero que no sea verdad –dijo Jessie–. ¡Creía que ya estaban prometidos! –puso los brazos en jarras–. ¡Esas idas y venidas entre usted y el señor Rutherford! No podría seguir a su servicio si no se casaran. Soy una chica respetable.

—Lo sé —repuso Mairi—. Lo siento —se dejó caer en el asiento, delante del espejo. Tenía el pelo revuelto, la cara enrojecida y los labios hinchados. Se los tocó suavemente y sintió que un estremecimiento de voluptuosidad la recorría.

La respuesta indiscriminada de su cuerpo a las caricias de Jack la hizo sentirse aún más desesperada. Poco importaba que él no la quisiera: su cuerpo solo quería más placer sensual.

Se volvió a medias en el asiento.

—Esta noche no me apetece cenar —dijo—. ¿Podrías prepararme el baño, por favor? Puede que más tarde coma algo.

—Muy bien, señora —contestó Jessie.

Cuando se marchó la doncella, Mairi se quitó rápidamente la chaqueta y la arrojó a un lado, junto con la camisa y las calzas. Volvió a sentarse ante el espejo, desnuda salvo por los pololos y examinó su cuerpo con curiosidad. Tenía un poco colorado el cuello allí donde la barba de Jack le había rozado la piel. Más abajo, sus pechos lucían también marcas rojas donde él los había mordisqueado delicadamente. Sus pezones estaban aún hinchados y duros. Tiró de ellos y sintió un eco del placer que habían despertado las caricias de Jack.

Suspiró. Deseaba muchísimo a Jack. Era excitante sentirse tan deseada con tanta pasión después de tantos años estériles, pero no le bastaba con eso para desprenderse de sus escrúpulos respecto a un matrimonio sin amor.

Llamaron a la puerta. Mairi agarró su bata y se la puso, atándosela por la cintura.

—Adelante.

El baño estaba deliciosamente caliente. Methven podía ser un castillo medieval, pero Robert no había reparado en gastos en cuanto a calefacción y agua caliente. Mairi se lo agradeció de todo corazón. Se hundió en la bañera y dejó que el agua deshiciera los nudos de tensión que notaba en el cuello y los hombros. También dejó que se llevara la duda inquietante que había sembrado Jack al decirle que tal vez fuera Archie quien intentaba hacerle daño. No podía creer que su marido se hubiera propuesto secuestrarla o asesinarla. Le parecía una idea absurda. Archie siempre había sido bondadoso, detestaba la crueldad y la violencia. Además, la quería. No como marido, eso no, pero sí como un verdadero amigo. Era al amigo al que había llorado cuando Archie la había dejado. Al amigo, y la destrucción de su confianza.

Sintió que sus hombros se tensaban de nuevo y procuró olvidarse de Archie y dejar que su mente flotara libre mientras su cuerpo se hundía en el agua perfumada. Pensó de nuevo en Jack y en todo lo que había aprendido de su mano. Él le había enseñado cómo podía hallar placer explorando la sensualidad de su propio cuerpo.

Había sido toda una revelación.

La idea hizo agitarse un deseo que la caricia del agua apenas había adormecido. Sintió que aquel nudo se apretaba en su vientre y notó un latido entre sus muslos. Agarrando la bata, se levantó y salió de la bañera, se envolvió en la tela y se la ciñó a la piel mientras el agua la empapaba. Cada roce de la tela le pareció una caricia. Sentía su cuerpo lánguido y esponjado, cargado de deseo.

Se acercó despacio a la cama y se tumbó de espaldas, dejando que la bata se abriera. Separó las piernas, deslizó una mano entre los pliegues de su sexo y comenzó a acariciarse. Había estado sola tantos años... Siempre, en realidad, puesto que Archie y ella nunca habían tenido una relación física. Pensó en Jack, se lo imaginó acariciando sus pezones con los dedos, con la lengua y los dientes, pasando las manos por su cuerpo, conduciéndola hasta los confines del placer. Aquel pálpito delicioso comenzó a crecer dentro de ella, convirtiendo su deseo en algo más fuerte.

Abrió los ojos, levantó la mirada hacia el espejo. El pelo le caía sobre los pechos desnudos y tenía las piernas abiertas. La excitó verse así, tan voluptuosa. Entonces se fijó en el resto de la imagen que mostraba el espejo y estuvo a punto de gritar. Vio allí a Jack, de pie en la puerta del vestidor, apoyado contra el marco, mirándola. Por un momento pensó que tenía que ser una fantasía conjurada por sus propios pensamientos. Entonces él habló.

–Te pido disculpas –dijo–, pero has olvidado cerrar la puerta.

Entró en la habitación con la mirada fija en ella, caliente, abrasadora. Mairi apenas podía respirar. Se sentía avergonzada y al mismo tiempo loca de excitación por que la hubiera sorprendido así.

Avanzó hacia ella hasta que estuvo solo a unos pasos de distancia. La recorrió con la mirada, fijándose en su pelo revuelto, en su cara sonrojada, en la bata abierta y las piernas separadas.

–¿Estabas pensando en mí? –preguntó en voz baja.

Mairi sintió una oleada de vergüenza. No quería tener que reconocer que, aunque le había rechazado, seguía deseándolo.

Jack se inclinó y apoyó una mano a cada lado de ella, en el cabecero de la cama.

–¿Y bien? –preguntó. Puso las manos sobre sus hombros. Ella seguía llevando la bata y el calor de sus manos atravesó la tela.

–Sí –susurró, y vio un destello triunfante en sus ojos.
–Cásate conmigo, entonces –dijo él.
Mairi levantó un poco la barbilla.
–No.
Vio un centelleo de ironía en su mirada.
–Tienes que aprender a ceder el control –afirmó Jack.

La atrajo hacia sí y metió una mano entre su pelo para sujetarla mientras la besaba de nuevo, larga y profundamente. Fue un beso tan delicioso y carnal como ella podría haber deseado, y entre tanto sus dedos acariciaron la punta erizada de sus pechos. Un tenso nudo de deseo se formó en su vientre. Quería decirle que se marchara, pero al mismo tiempo no soportaba la idea de verse privada de nuevo de aquel placer.

Cuando no pudo soportar más la fricción, dejó escapar un gemido y Jack la tumbó de espaldas sobre la cama y le abrió más aún la bata. Besó la piel caliente de su tripa y ella se estremeció de deseo. La besó otra vez, deslizando la boca sobre su cuerpo más suavemente, pero con voracidad. Mordió su labio inferior y lo acarició a continuación con la lengua. Mairi estaba temblando, esperaba que se quitara la ropa y se metiera con ella en la cama. Lo deseaba tanto... Le tendió los brazos, quería tocarlo, pero él se separó. La cama crujió cuando se puso en pie. Ella se giró, frenética de pronto ante la idea de que fuera a dejarla insatisfecha.

Jack se acercó a la ropa que ella había dejado tirada junto a la cómoda y recogió el fino y viejo cinturón de cuero que Mairi le había pedido prestado a Frazer para sujetarse las calzas de montar. Lo miró con la cabeza agachada, sopesándolo. Luego levantó los ojos. A Mairi le dio un vuelvo el corazón al ver su mirada.

–Levántate.

Aquella áspera orden la hizo temblar.

–Quítate la bata.

Ella vaciló. Lo vio sonreír levemente. Tenía una expresión un tanto burlona.

–¿Estás asustada? –preguntó Jack.

Lo estaba, pero también estaba terriblemente excitada. Aquel juego le era completamente desconocido, pero estaba demasiado turbada para dar marcha atrás. La fina seda de la bata resbaló por su cuerpo como una caricia y quedó amontonada a sus pies.

Durante unos instantes solo sintió el denso ambiente de la habitación, la luz y las sombras que arrojaba la lámpara, el olor a madera del fuego. Se negó a mirar a los ojos a Jack mientras permanecía desnuda ante él.

Jack se colocó frente a ella. Pasó las manos por sus hombros y sus brazos desnudos, abrazándola con delicadeza. Ella se estremeció cuando tiró de sus brazos hacia delante y con gestos parsimoniosos pero firmes le envolvió las muñecas con el cinturón.

Jack esperó de nuevo. Se hizo el silencio. Mairi temblaba tanto que creyó que sus piernas dejarían de sostenerla. Esta vez, Jack se colocó tras ella. Mairi sintió su aliento caliente y agitado en la espalda. Tocó su columna con la lengua, trazando su perfil hasta la curva de las nalgas. Ella se estremeció, con la piel erizada.

–Muy bonito –dijo él con la voz un poco ronca.

Mairi miró sus muñecas atadas, puso a prueba los nudos. El cinturón no le apretaba, pero estaba firmemente sujeto. Al verlo recoger el cinturón, se había preguntado si iba a pegarle. Había oído hablar de tales prácticas, pero no la atraían. Ya había aprendido que su cuerpo respondía al placer casi rayano en el dolor, pero no quería ir más allá. O eso pensaba. Tenía tan poca experiencia, sabía en realidad tan poco de sus reacciones físicas, que no podía estar del todo segura.

Estaba a punto de descubrirlo, sin embargo.

La idea la hizo temblar más aún.

—Cruza el vestidor y entra en mi cuarto —ordenó Jack.

Mairi le lanzó una última mirada, pero su rostro permanecía impasible. Caminó delante de él. Su habitación no estaba lejos, pero se sintió vulnerable y expuesta, desnuda mientras él seguía completamente vestido.

El dormitorio de Jack era semejante al suyo en estilo y diseño, incluso tenía un espejo en la misma posición, pero parecía muy distinto, una habitación masculina con un leve olor a sándalo y cuero. Había, además, otra diferencia significativa: mientras que en su cuarto había dos bonitas butacas tapizadas con cojines bordados, Jack tenía un gran sillón de piel. La condujo hasta él.

—Inclínate —dijo, poniendo una mano sobre sus riñones.

Mairi se inclinó sobre el flanco del sillón de modo que su pubis descansara sobre el brazo mullido. Estaba tan excitada que aquella presión atormentó su cuerpo. Apoyó las manos en el asiento de cuero y esperó a que Jack le liberara las muñecas, pero entonces vio que se ponía de rodillas y que tiraba de la correa hacia abajo y la pillaba con la gruesa pata de madera del sillón.

Colocó suavemente a Mairi. El cuero del cinturón se clavó en sus muñecas, obligándola a inclinarse un poco más hacia delante, con los brazos estirados sobre el brazo del sillón y las piernas separadas para mantener el equilibrio. Sus pezones rozaban el asiento donde un momento antes había apoyado las manos. Su pelo cayó hacia delante, tapando sus hombros desnudos. Contuvo la respiración. Se sentía trémula, vulnerable, irremediablemente expuesta.

–¿Esto es un castigo por rechazar tu proposición –preguntó, jadeante– o una especie de incentivo para persuadirme de que me case contigo?

Jack se puso en cuclillas. Sus ojos tenían una expresión feroz.

–Puede ser lo que tú quieres que sea, cariño –dijo en voz baja–. Dejará de ser un castigo cuando se convierta en placer.

Le dio un vuelco el corazón al oír que la llamaba «cariño». Confiaba en que no le hiciera daño y estaba tan excitada que apenas podía soportarlo.

–No voy a casarme contigo –dijo tercamente.

Jack sonrió.

–Pero me quieres –repuso con tanto engreimiento que a ella le dieron ganas de abofetear su bello rostro.

–Ojalá no te lo hubiera dicho –dijo, furiosa–. Estoy segura de que será un amor pasajero.

Jack se rio.

–A diferencia de tu placer. Pienso hacer que dure todo lo posible –se levantó y el ardor con que miró su cuerpo la hizo temblar de rabia y de excitación–. Aún más bonito –dijo él en voz baja, y añadió–: ¿Estás segura de que quieres ceder el control? Es tu última oportunidad de cambiar de idea.

Mairi cerró los ojos. Maldito fuera su pérfido cuerpo. Estallaría si él paraba ahora.

–Sí –dijo–, estoy segura.

Jack tomó su cara entre las manos y la besó con infinita dulzura, abriendo sus labios, tocando suavemente su lengua con la suya. Pasó las manos por sus pechos con un ansia que la hizo temblar.

Cuando se colocó tras ella, Mairi cerró los ojos otra vez. Él le separó un poco más las piernas, de modo que quedara casi de puntillas. Un aire frío rozó su raja. Sus muslos temblaron. Estaba ya al borde del orgasmo.

Jack acarició de nuevo sus hombros, apartándole el pelo de la nuca, y recorrió su espalda con una suave caricia, hasta los lados de su cintura. Allí, sus manos se detuvieron. Ella lo sintió moverse y esperó, frenética, a sentir que la penetraba.

Pero no fue eso lo que sintió, sino otra cosa: algo ligero y sedoso le hizo cosquillas en el cuello y entre los omóplatos, siguiendo la línea de su columna. No veía qué era. Una pluma, quizá. Tenía la piel tan sensibilizada que el más leve roce la hacía temblar incontrolablemente. El olor penetrante del cuero saturaba sus fosas nasales, un olor tan fuerte que casi la embriagaba. Agachó la cabeza entre sus brazos estirados.

Sintió de nuevo aquella caricia de seda, esta vez a un lado de sus pechos, donde se aplastaban contra el asiento de piel. Se deslizaba por su piel, haciéndola retorcerse. Bajó un poco más, rozó sus pezones, la hizo gruñir de frustración.

Sintió un roce en la raja y tiró de nuevo de sus ataduras. Era una caricia más dura que la de la pluma, afilada, casi dolorosa, pero tan intensa que estuvo a punto de precipitarla al clímax. Rechinó los dientes y esperó, sintiendo únicamente el pálpito de deseo entre sus piernas y el latido desbocado de su corazón.

Pasó un segundo, dos. Siguió esperando, a pesar de que su cuerpo ansiaba una descarga. Sintió una caricia en las nalgas, como lenguas de fuego. Era una sensación extraordinaria. Sintió que le escocía la piel con una deliciosa mezcla de placer y dolor. Notó otra caricia ardiente y acerada y en ese momento se dio cuenta de que era un látigo, una fusta de nueve puntas con suavísimas varas de piel.

Apenas tuvo tiempo de pensar antes de sentir otra ligera caricia y descubrirse apretando el pubis contra el brazo del sofá, en un vano intento de forzar a su cuerpo al orgasmo. Tenía que hallar alivio para el ansia frenética que se agitaba dentro de ella, y sin embargo le parecía imposible hacerlo. Cada vez que el látigo caía, la acercaba más y más hacia el abismo y dejaba su cuerpo allí, pendiendo indefenso de su borde.

Oyó un ruido, sintió otro golpe suave pero lo bastante enérgico para que su cuerpo se convulsionara y latiera. Se dio cuenta de que estaba de puntillas, intentando separar aún más las piernas, buscando ansiosamente satisfacción.

Oyó reír a Jack.

–Respondes a esto tan deliciosamente como esperaba.

Sintió otro suave latigazo, esta vez sobre su raja, una caricia que la hizo gritar de deseo. La fusta se deslizó por la delicada piel de sus muslos con una caricia al mismo tiempo dulce y cortante. Mairi se halló de nuevo al borde del orgasmo y esperó, deseando suplicarle. Después, la sensación de placer se difuminó ligeramente, retrocediendo un paso del clímax. Podría haber gritado de frustración.

Jack se colocó delante de ella y se arrodilló. Puso una mano bajo su barbilla y le levantó la cara para que lo mirara a los ojos. Los suyos brillaban, llenos de excitación. La besó lenta y profundamente, pasó las manos por todo su cuerpo, pellizcando ligeramente sus pezones de modo que no pudiera evitar tirar de nuevo de sus ataduras.

–Solo un poco más –dijo en voz baja–. Puedes soportarlo un poco más.

Mairi no estaba segura de que pudiera, pero no iba a

pedirle que parara. Nunca había soñado con un placer tan perverso y carnal.

Jack se alejó. Esta vez, Mairi volvió la cabeza y se vio reflejada en el espejo, se miró ansiosamente, sin vergüenza ni pudor alguno. Tembló al ver aquella imagen, su cuerpo atado y arqueado sobre el sillón y a Jack con la fusta en la mano.

Él se colocó de nuevo tras ella. Mairi lo vio en el espejo y esperó con los nervios de punta y el cuerpo tan tenso que temblaba. Vio caer el látigo. Vio que su cuerpo se convulsionaba respondiendo al golpe, sintió su mordida entre una neblina de placer sensual.

La punta de la fusta tocó la piel caliente y húmeda de su nuca y se deslizó luego por su espalda, acarició sus costillas y sus nalgas. Danzó de nuevo sobre la piel suave de sus muslos y rozó su raja, rodeando un instante su clítoris. Mairi dejó escapar un gemido agudo y sintió que su cuerpo se mecía al borde mismo del orgasmo. Entonces, mientras temblaba y ardía, vio que Jack daba la vuelta a la fusta. Un segundo después, su mango de madera, frío y duro, separó los pliegues de su sexo, se apretó contra su clítoris y comenzó a frotarlo adelante y atrás, deslizándose sobre su sexo húmedo y resbaladizo en una pecaminosa caricia.

Perdió el control y se precipitó hacia el orgasmo, su cabeza se llenó de una luz cegadora y el placer fue tan intenso que estuvo a punto de perder el sentido. Tiró del cinturón que la sujetaba todavía. El mango de la fusta apretó aún más su sexo palpitante y pensó que iba a gritar debido a aquel placer del que le era imposible escapar. Después, la cabeza de la fusta se deslizó dentro de ella y volvió a correrse, con un placer tan violento y cristalino que tuvo que sofocar sus gritos contra el brazo del sillón.

Oyó un golpe sordo cuando el látigo cayó a la alfombra. Después, Jack la penetró, la tomó con largas y fuertes embestidas. Mairi estaba exhausta, agotada por la intensidad de la experiencia, en aquella posición solo pudo agarrarse, dejar que su cuerpo se moviera indefenso al ritmo que marcaba el suyo mientras la asía de las caderas y, separándole las piernas, se hundía en ella cada vez con más fuerza, más profundamente, utilizándola sin ningún pudor para saciar su lujuria hasta que él también se corrió con ferocidad. Mairi se sentía tan debilitada por el placer que, cuando Jack la liberó por fin del cinturón, se derrumbó en sus brazos, cerró los ojos y sintió que él la levantaba, la besaba con ternura y la depositaba en su cama. Sus brazos la envolvieron. Besó su mejilla.

–¿Estás bien? –preguntó suavemente.

–Oh, sí –dijo Mairi. Abrumada y saciada, solo quería dormir.

–Abre los ojos –ordenó Jack como le había dicho una vez antes, mientras hacían el amor, y ella distinguió una nota divertida en su voz.

Le costó un enorme esfuerzo levantar los párpados. Le pesaban de pura satisfacción.

–¿Vas a casarte conmigo? –susurró Jack cuando por fin consiguió abrirlos el ancho de una rendija y se obligó a fijar la mirada en su cara.

Jack sonreía, había enredado los dedos entre su pelo y había tanta ternura en su mirada que le dieron ganas de llorar. Se sintió flaquear. Jack se lo ofrecía todo, menos amor.

–No –dijo–. No, gracias.

–Qué educada –siguió mirándola con la misma ternura, y de pronto Mairi sintió que su corazón se partía en dos. Si seguía así, acabaría por aceptar su proposición a pesar de su convicción de que no debía hacerlo. Y eso sería un desastre.

De pronto se sintió completamente despierta. El miedo había ahuyentado su cansancio. Se incorporó.

–Jack –dijo–, no me hagas esto. Se ha terminado.

Sus ojos reflejaron estupefacción.

–¿Es por lo que acaba de pasar? –preguntó–. Sé que te he pedido mucho, pero...

Mairi le hizo callar poniéndole los dedos sobre los labios.

–No tiene nada que ver con eso –dijo–. He disfrutado.

Sintió que él se relajaba.

–Entonces no hace falta que nos separemos –dijo Jack–. Podemos seguir viéndonos cuando regresemos a Edimburgo...

Mairi negó con la cabeza.

–No –repitió.

–Si te pidiera que cambiaras de idea –insistió él–, si intentara persuadirte... –se movió para tomarla en sus brazos, pero ella levantó una mano para atajarlo.

–Por favor –dijo–, por favor, no intentes convencerme. No quiero pasarme la vida esperando contra toda esperanza que algún día aprendas a querer otra vez.

Levantándose de la cama, recogió la camisa de hilo de Jack y se la pasó rápidamente por la cabeza. Entonces se dio cuenta de que estaba esperando a que él dijera algo y, cuando el silencio se prolongó, sintió que la esperanza se agitaba dentro de ella y comprendió que siempre sería así. Ella esperaría, se haría ilusiones y cada vez la decepción la minaría un poco más.

–Adiós, Jack –dijo en voz baja.

Sabía que al día siguiente se despedirían oficialmente, delante de todos, pero aquella despedida era solo para ellos. Se inclinó, le dio un beso en la mejilla y, al ver que seguía sin decir nada, se marchó.

Capítulo 19

Un áspero vientecillo del norte se agitó mientras Mairi permanecía en lo alto de la escalinata de Methven, aguardando a que le llevaran el carruaje. Se estremeció. Su vestido de verano era muy ligero para aquel frío. Pero tal vez el frío lo llevara dentro.

Lucy parecía preocupada.

–Ojalá te quedaras un par de días más –dijo ansiosamente–. No me gusta que viajes sola.

–No me pasará nada –contestó Mairi. Estaba deseando alejarse de allí, estar sola–. Ya sabes que Frazer y los chicos van armados hasta los dientes. Y yo también.

Su hermana sonrió.

–Pero Jack no estará contigo –torció de nuevo el gesto–. ¿Os habéis peleado? Se os ve muy distantes.

–No –mintió Mairi. Se estremeció otra vez–. Nada de eso.

La expresión de Lucy reflejó su incredulidad.

–Está bien –reconoció Mairi–, el compromiso se ha terminado. Por favor, no me hagas más... –se interrumpió de pronto. Le castañeteaban los dientes y se daba cuenta de que estaba a punto de echarse a llorar.

—¡Ay, Mairi! —Lucy la abrazó con fuerza—. Manda a por mí si me necesitas —dijo—. Puede que tenga que matar a Jack, después de todo.

En ese momento, Jack salió por la puerta. Estaba guapísimo con su soberbio traje de montar. Mairi contuvo la respiración. Él bajó las escaleras, muy serio. No dijo nada, pero tomó sus manos enguantadas y se las llevó a los labios. Mairi miró su rostro y su corazón hizo un curioso salto mortal. Sus ojos tenían una mirada grave y sombría y su expresión era muy distinta a la burlona ironía con que se enfrentaba al mundo. Comprendió que estaba diciéndole en silencio que le importaba, que la respetaba y que lo que había sucedido entre ellos era importante para él. Le estaba diciendo todo aquello, excepto que la amaba. Mairi ignoraba cómo enfrentarse a aquello, qué decir, cómo comportarse. Era la primera vez que le pasaba algo así.

Sus dedos temblaron. Sintió que él se los apretaba un momento. Luego, Jack esbozó una sonrisa, levantando la comisura de la boca de ese modo que siempre la hacía estremecerse de deseo.

—Te enviaré recado en cuanto esté en Edimburgo —dijo— e iré a verte cuando haya hablado con el señor Innes.

—Gracias —repuso Mairi.

Él hizo un gesto afirmativo, titubeó y luego se inclinó y la besó en la mejilla. Fue una caricia fría. La ayudó a subir al carruaje, dudó de nuevo antes de soltarle la mano y después la dejó marchar.

Tres días después, de vuelta en Ardglen, Mairi se sentía aún peor. Debería haber ido a Edimburgo, en realidad, donde al menos tendría compañía y entretenimiento, pero no soportaba estar allí al mismo tiempo que Jack. Le daba demasiado miedo verlo con otra mujer. No se engañaba pensando que pasaría mucho tiempo sin compañía femenina. Todo aquello le dolía terriblemente. El golpe de haber perdido a Jack parecía no disiparse. El dolor parecía aumentar en lugar de disminuir, y la agotaba tener que poner buena cara y enfrentarse al papeleo de sus tierras. Incluso pensó en ir a ver a Jack y decirle que había cambiado de parecer respecto a su proposición, porque cualquier cosa le parecería mejor que aquella tristeza extenuante. Descubrió que el orgullo y los principios eran malos compañeros de cama, sobre todo estando enamorada. Llegó al extremo de pedir el carruaje, pero al final lo despidió porque sabía que nada había cambiado. Jack no la quería y no había más que hablar.

Edimburgo se había convertido en una ciudad seca, polvorienta y casi desierta de compañía, pues gran parte la aristocracia se había marchado a pasar el verano al campo. A Jack le resultaba curiosamente silenciosa y solitaria. No era que echara de menos el jaleo de los bailes y las fiestas. Lo que quería, lo que necesitaba, era estar con Mairi.

Había creído que, una vez separados, podría seguir adelante. Pasados tres días, sin embargo, se había visto obligado a reconocer, aunque fuera solo para sus adentros, que había sido un ingenuo. En el fondo le daba pánico el poder que Mairi ejercía aún sobre él. Solo llevaba diez días lejos de ella y ya la echaba de menos desesperadamente. Quería verla, hablar con ella, oír su voz. Tuvo que resistirse a la tentación de recorrer a caballo las siete u ocho millas que lo separaban de Ardglen solo para verla. Le sorprendió lo difícil que le resultó resistirse a ese impulso. Le parecía no solo inexplicable, sino también espantosamente sentimental. Quería estar con ella todo el tiempo, tocarla, pero no solo para hacerle el amor, sino por el simple placer de abrazarla. Tenía la impresión de que le faltaba algo. Cada vez que se abría la puerta, se ilusionaba pensando que Mairi había ido a buscarlo. Después, sus esperanzas caían como una piedra.

Lo único que podía esperar era que la acción le hiciera olvidarse de aquella extraña obsesión. Así pues, decidió buscar a Michael Innes y tratar con él de la manera más rápida y expeditiva posible. Su plan tenía además la ventaja de que, en cuanto tuviera noticias, podría ir a ver a Mairi para dárselas. Sin embargo, poco importaría. Ella seguiría negándose a casarse con él y él no veía forma de salir de aquel callejón sin salida.

Ocuparse de aquel asunto sirvió para distraerlo. Creía firmemente que todo hombre tenía sus debilidades, y le resultó bastante fácil servirse de sus contactos para descubrir el talón de Aquiles de Michael Innes. Su único vicio era el juego, un hábito por el que solía andar siempre escaso de dinero. Lo que ganaba, se lo gastaba su esposa, y Innes apostaba dinero prestado. Jack sospechaba que por eso le resultaba tan tentadora la fortuna de Mairi.

Eran pasadas las once de su tercera noche en Edimburgo cuando Jack se presentó en un discreto establecimiento cercano a la Royal Mile. Su anfitrión, un hombre alto y moreno, de cabello negro como el azabache y ojos casi igual de oscuros, lo condujo a una salita de recepción, junto a la entrada del local. De Lucas Black se decía que era hijo ilegítimo de un rey extranjero, pero nadie lo sabía con certeza. Lo único que Jack había logrado averiguar sobre él era que estaba decidido a prosperar y que era implacable. Eso los convertía en iguales, y partiendo de esa base habían forjado una amistad.

–Tu presa está aquí, Jack –dijo Lucas. Si de veras tenía origen extranjero, nadie lo habría adivinado al oírle hablar. Parecía el producto del mejor colegio privado de Inglaterra–. Me debes un favor. El señor Innes está tan entusiasmado que ya ha perdido varios miles de libras –sonrió–. Claro que dudo que normalmente reciba invitaciones para jugar en una casa como esta, o en tan grata compañía.

Jack sonrió.

–Te lo agradezco, Lucas. Sobre todo, que hayas podido encontrar jugadores suficientes, estando la ciudad tan vacía. Yo cubriré las pérdidas del señor Innes.

Lucas inclinó la cabeza.

–Eso es muy considerado por tu parte.

–Es un placer –repuso Jack–. Ya he pagado la mayor parte de sus otras deudas.

Lucas soltó un suave silbido. Se sentó al borde del escritorio, con los pies colgando.

–Pobrecillo. ¿Qué ha hecho que tanto te ha disgustado?

Jack vaciló.

–Es a lady Mairi MacLeod a quien ha disgustado –contestó–. Estoy aquí en su nombre.

Los ojos negros de Lucas brillaron, divertidos.

–¿Ha molestado a lady Mairi? Entonces es sorprendente que aún conserve sus testículos. Tengo entendido que es una magnífica tiradora.

–La mejor –repuso Jack–. Pero esta vez prefiere actuar a través de mí... y con sutileza, en vez de recurrir a la violencia.

–Me he enterado de que estáis prometidos –comentó Lucas–. Enhorabuena.

–Gracias –dijo Jack. Era extraño: aquellas palabras le

dolieron. Le hicieron darse cuenta de que pronto, en cuanto hubiera hablado con Innes, tendría que mandar una retractación a los periódicos y su vínculo con Mairi se acabaría oficialmente.

Lucas lo miró con expresión inquisitiva.

—Nunca pensé que te vería enamorado, Jack —dijo, divertido—. Pero la verdad es que eso fortalece mi fe en el ser humano.

—Yo no estoy... —empezó a decir automáticamente, y se detuvo.

—Ahórrame las negativas convencionales —dijo su amigo—. Uno no se toma tantas molestias como te has tomado tú por lady Mairi MacLeod si no tiene una razón muy poderosa. Tu primo me escribió —añadió— para ponerme al corriente en cuanto se enteró de tus planes respecto a Innes.

—Maldito Robert —dijo Jack sin ninguna convicción.

Lucas tenía razón en ambas cosas: estaba enamorado de Mairi y no tenía sentido negarlo. Había tardado mucho tiempo en darse cuenta de ello, demasiado, porque no había querido que fuera cierto.

Notó que estaba temblando. Se sentía extraño. Lo único que no había querido hacer era amar y arriesgarse a perder de nuevo lo que amaba, y sin embargo no podía hacer absolutamente nada por remediarlo.

Lucas sonrió al conducirlo a través de un gran salón en el que jugaban algunos personajes de la alta sociedad de Edimburgo. Era una reunión exclusivamente masculina. El humo de los puros saturaba el aire. Varios caballeros lo saludaron al pasar con una inclinación de cabeza. Lucas le hizo pasar a un salón más pequeño, a través de una puerta situada al fondo. Allí había solo media docena de jugadores. Las presentaciones fueron breves, pues

Jack conocía ya a varios de los hombres sentados alrededor de la mesa.

Michael Innes lo miró como si no lo reconociera, lo cual le satisfizo. Evidentemente, los negocios habían mantenido al abogado fuera de la ciudad hasta hacía tan poco tiempo que no se había enterado del compromiso de Mairi.

En la pequeña sala reinaba ya una atmósfera tensa. Jack aguantó la primera hora de partida, ganó un poco, perdió un poco y observó con interés cómo se enfrascaba Innes en el juego. Tenía el aire de un jugador empedernido, absorto en cada movimiento de las cartas. Jack puso un poco más de empeño y al poco rato empezó a ganar una mano tras otra. Innes bebía más cuanto más perdía, y saltaba a la vista que no aguantaba bien la bebida, pues pronto comenzó a comportarse erráticamente. Tuvo una racha de suerte. Jack vio que se animaba y que, al sentirse más seguro, se volvía descuidado. Se desconcentró y perdió todo lo que había ganado. Cuando acabó la partida, Jack tenía en el bolsillo un nutrido número de pagarés a nombre de Innes.

Cuando los demás salieron de la sala, Innes le tiró de la manga. Su cara rubicunda estaba muy colorada y sus ojos se veían un poco vidriosos. Se tambaleaba como un arbolillo en medio de una vendaval.

–Señor...

–¿Sí, señor Innes? –dijo Jack suavemente.

–Le pido disculpas. Habrá una ligera demora en el pago de mis deudas.

Jack levantó las cejas y no dijo nada. Innes pareció incómodo.

–Tengo expectativas –masculló.

–Esto tengo entendido –contestó Jack con frialdad–,

pero supongo que no irá a pedirme que espere a que se muera lord MacLeod para pagarme. No me gusta estar pendiente de la muerte de otra persona.

Las mejillas de Innes enrojecieron aún más. Sus ojos pálidos esquivaron la dura mirada de Jack.

–No –dijo–. Usted no lo entiende, señor. Será mucho antes. Mi prima, lady Mairi, es inmensamente rica y pronto ese dinero será mío.

Jack levantó la vista. Lucas Black estaba en la puerta. A una señal suya entró en la habitación, cerró la puerta y se apoyó contra ella. Innes le lanzó una mirada y luego se volvió tan bruscamente hacia Jack que perdió el equilibrio y estuvo a punto de caer. Jack le hizo sentarse de nuevo en la silla, no sin delicadeza, y Innes se encogió como si intentara hacerse lo más pequeño posible.

–Señor... –protestó con voz chillona.

–Me interesa usted mucho, Innes –dijo Jack–. Cuénteme más acerca de esas expectativas suyas.

Mairi estaba todavía desayunando cuando recibió noticias de Jack. Al parecer había hablado con Michael Innes la noche anterior y pasaría a verla a última hora de la mañana para informarla de sus gestiones. La nota era muy formal. Aun así, Mairi sintió un arrebato de esperanza y, a continuación, un desánimo igual de brusco. Había vuelto a las andadas, se dijo: se resistía a abandonar sus sueños. Decían que la esperanza era lo último que se perdía, y era cierto. Al parecer, no escarmentaba.

Dejó de apetecerle el desayuno y decidió salir a dar un paseo. Necesitaba estar al aire libre, pensar, planear qué le diría a Jack, cómo actuaría al verlo de nuevo. Pero no quería hacerlo allí, en los jardines que tanto le recordaban a Archie. Comprendió de pronto que necesitaba escapar de los lazos que Archie había tendido sobre su vida. Debía empezar de cero. Hablarle a Jack del pasado la había liberado, y aunque no tuvieran futuro juntos, sabía que ahora podría seguir adelante.

Salió por la pequeña cancela del jardín amurallado y tomó el camino que discurría junto al arroyo, el que llevaba colina arriba, detrás de la casa. La tierra estaba seca, se desmoronaba bajo sus pies. El sol caía a plomo y se alegró de haberse acordado de llevar la sombrilla. El intenso calor, tan infrecuente en los veranos de Escocia, había adensado el aire. Costaba caminar, pero aun así se alegró de estar al aire libre.

Se detuvo junto a la cascada, en mitad de la ladera, y se sentó a descansar, reconfortada por el sonido del agua y el zumbido de las abejas entre el brezo. Desde allí, la casa de Ardglen parecía un minúsculo oasis pulcro y ordenado, en medio del agreste paisaje. Aquel había sido siempre uno de los lugares favoritos de Archie. Era extraño que sus pasos la hubieran llevado hasta allí, cuando hacía años que no pasaba por aquel lugar. Era como si siguiera siendo incapaz de escapar al fantasma de su marido, como si tuvieran un asunto pendiente.

Se levantó y retomó su paseo. El sendero pasaba detrás de la cascada, cruzando una estrecha cornisa de piedra, resbaladiza por el agua. Allí, los helechos crecían en gran cantidad. Al salir a una pequeña extensión de hierba, al otro lado, le pareció notar que la brisa arrastraba un olor a humo, pero parecía tan improbable en aquel día radiante, que sacudió la cabeza y se olvidó de ello. Siguió el sendero, rodeando un áspero espolón de rocas. Daría la vuelta un poco más allá porque empezaba a sentirse cansada. Había allí un túmulo de piedras, tan reciente que aún no estaba cubierto por el musgo y los líquenes que crecían profusamente en la pequeña hondonada.

Se sentó en una de las piedras para recuperar el aliento y apoyó la sombrilla en otra piedra, a su lado. Cerró los ojos y levantó la cara hacia el sol. A pesar de lo apacible de lugar, sintió una especie de desasosiego, como si hubiera alguien observándola.

Con un pequeño suspiro, se inclinó para recoger la sombrilla, pero había resbalado entre una grieta de las piedras y tuvo que trepar un poco para recuperarla. Una de las piedras se movió un poco. Vio un destello de color entre las rocas, un azul brillante, entre grises y verdes.

Se levantó de un salto. Se le había erizado el vello de la nuca y un escalofrío aterrador le recorrió la espalda. Conocía aquel azul. Cinco años antes, al comprarle la chaqueta a Archie en la calle Prince, el sastre le había asegurado que no había otra parecida en todo Edimburgo.

–Un tinte muy especial, señora –le había dicho–. No hay dos iguales –había sonreído–. Es exclusivo para usted, señora.

Mairi dio un paso atrás. Sintió frío a pesar de que el sol brillaba aún con fuerza en el cielo. Las piedras estaban amontonadas formando un túmulo. De lejos parecía un amontonamiento producido por el azar, pero ahora vio que no era obra de la naturaleza, sino de manos humanas. Y vio también que, bajo el cúmulo de piedras, envuelto en jirones de azul, había también algo más claro y quebradizo, algo que parecían huesos humanos.

Se volvió, presa de violentas náuseas. Pensó por un momento que iba a desmayarse. Sintió un sudor ardiente y luego frío y pegajoso. Mareada, con un zumbido en los oídos, se acercó a tientas a una roca que había a cierta distancia del cuerpo y se sentó. Temblaba incontrolablemente.

Archie... Archie estaba enterrado allí, bajo un montón de piedras. No había llegado a las Indias, ni a China, ni a ningún otro lugar adonde ella imaginaba que podía haber huido con su amante. Todo aquel tiempo, mientras ella creía que estaba vivo, había estado allí enterrado. Debía de haber muerto la misma noche de su marcha y alguien lo había enterrado allí, junto a la cascada. Su amante, quizá, si era allí donde habían acordado encontrarse. Se preguntó si había sido un accidente, o una pelea. Recordó entonces que alguien había estado escribiendo a lord MacLeod en nombre de Archie, enviando noticias, pidiendo dinero. Alguien que había simulado que Archie seguía vivo.

Se frotó los brazos con vehemencia, intentando entrar en calor.

Tenía que regresar a Ardglen y avisar a Frazer. Intentó levantarse. Sus piernas apenas la sostenían. Dio un par de pasos temblorosos hacia el camino y se resistió al impulso de mirar atrás, hacia el túmulo con su revelador destello de tela azul.

Una sombra pasó sobre ella desde el barranco que se alzaba por encima del camino. Levantó la vista. No había nadie, pero notó de nuevo un olor a humo. Estaba segura. Se había levantado un poco de viento y unas nubes blancas y algodonosas surcaban el cielo. El sol parecía calentar de pronto un poco menos. Sintió de nuevo que el vello de su nuca se erizaba. Sintió que la estaban observando.

Aquella sombra pasó de nuevo sobre ella y esta vez, cuando miró hacia arriba entornando los ojos, vio la silueta de un hombre que bajaba por el barranco hacia ella. Le daba el sol en los ojos y, aunque se hizo parasol con la mano, no pudo verle la cara. Había algo en su modo de moverse, sin embargo, que le resultaba familiar. Entonces cambió la luz y, al parpadear, vio que era Jeremy Cambridge quien se alzaba en el camino, delante de ella, sacudiéndose el polvo de su impecable ropa de ciudad. De pronto, sin saber por qué, se sorprendió pensando que Jeremy era una criatura cuyo hábitat natural eran los salones y las aceras urbanas y que nunca lo había visto en el campo.

–¡Jeremy! –exclamó–. ¿Cómo es que está usted aquí?

–En la casa me han dicho que había salido a dar un paseo –contestó–. La he visto en el camino y la he seguido hasta aquí –su voz sonaba extraña, indiferente.

Su frialdad hizo estremecerse a Mairi. Vio entonces que tenía una pistola en la mano y el frío se intensificó.

–Qué lástima –dijo él. Miró hacia el túmulo de piedras. Después, fijó de nuevo en ella una mirada tan dura e implacable que Mairi dio un respingo al ver su expresión–. Es una pena que lo haya encontrado. Ahora voy a tener que matarla.

Capítulo 20

Jack estaba casi listo para partir hacia Ardglen cuando Lucas Black fue conducido a sus habitaciones. El encuentro de la víspera con Michael Innes, aunque satisfactorio en ciertos sentidos, había resultado también frustrante en otros aspectos. Ambos tenían claro que Innes no se había aliado con Wilfred Cardross. Detestaba la violencia y sus amenazas contra Mairi, basadas en la maledicencia y el escándalo, eran en gran medida puro humo. No sabía nada de los secretos de Archie MacLeod y su bravuconería se había disipado como la niebla al sol en cuanto Jack le había dicho que Mairi se hallaba bajo su protección. Todo lo cual debería haber tranquilizado a Jack y sin embargo lo había dejado con el mismo desasosiego, con aquella misma sensación de que estaba pasando por alto algo que había intuido en Methven. Solo había otro posible candidato para el papel de agresor, y era el propio Archie, pero Mairi estaba convencida de que su exmarido era demasiado amable y la quería demasiado para hacerle daño. Jack intentaba olvidarse de sus celos y creerla, pero no estaba del todo convencido. Al final, había decidido confiarle a Lucas los detalles del caso y le había explicado sus sospechas. Habían estado hablando hasta bien entrada la noche, pero no habían llegado a ninguna conclusión satisfactoria.

–Disculpa que te entretenga –dijo Lucas al verlo vestido con su ropa de montar–, pero hay una cosa que creo que deberías ver –le tendió un documento–. Anoche, después de que te marcharas, tuve una idea. Si MacLeod tenía intención de huir del país con su amante, era muy probable que quedara algún registro de su partida en el puerto de Greenok.

–Pero MacLeod había simulado su propia muerte –arguyó Jack–. Si reservó un pasaje, tuvo que hacerlo con un nombre falso.

Lucas asintió.

–Sí, pero habría dos nombres si iba a huir con su amante. Se me ocurrió echar un vistazo a los registros de los días en torno a los cuales murió supuestamente MacLeod, a ver si algún nombre de las listas de pasajeros me resultaba familiar –desplegó el documento y le indicó algo con el dedo–. Esto es lo que he encontrado.

Jack miró. El barco se llamaba Jura y había partido rumbo a Madrás, en la India, un día antes de que los periódicos de Edimburgo publicaran la noticia de la muerte de Archie MacLeod. Leyó la lista de pasajeros con impaciencia. MacRae, padres con dos hijos; señor y señora MacReavy; señor S. Oakes y, a continuación, tachados, los señores A. Oxford y J. Oxford, hermanos, seguidos por la palabra «cancelado».

–Oxford –dijo Lucas ansiosamente–. Cambridge. ¿Ves la relación?

Jack tardó un minuto en entenderlo. Se sentía embotado. Recordó que Mairi le había dicho que nadie sabía lo del amante secreto de Archie, fuera de ella y de lord MacLeod. El administrador de la familia no podía conocer el secreto, desde luego. ¿O sí? Jack pensó en la llegada de Jeremy Cambridge a Methven y en Wilfred Cardross muerto en una zanja, a la mañana siguiente. Recordó que Mairi le había dicho que Cambridge había prometido ir a visitarla cuando regresara a Edimburgo. De pronto se sintió paralizado por el miedo.

–Dios mío –dijo. Dejó bruscamente el papel en manos de Lucas–. Tengo que irme.

Había solo siete millas de Edimburgo a Ardglen y no podía hacer otra cosa que rezar para que cuando llegara no fuera ya demasiado tarde.

–Usted era el amante de Archie –dijo Mairi–. No tenía ni idea –el sol seguía brillando con fuerza, el agua del arroyo corría aún, pero era como si no pudiera ver aquellas cosas ni oírlas. Se sentía como encerrada en un mundo aparte, un mundo delimitado por Jeremy y la pistola, y por la espantosa certeza de que había matado a su esposo.

Hizo memoria, buscando frenéticamente entre sus recuerdos. ¿Había visto alguna vez un indicio de que Archie y Jeremy eran algo más que simples conocidos? Creía que no. Claro que no había motivo alguno para notarlo. Jamás se lo habría esperado.

–Ha estado engañando a lord MacLeod, haciéndole creer que Archie sigue vivo –dijo–. ¿Por qué ha hecho algo tan cruel?

Jeremy parpadeó. No había emoción alguna en sus ojos grises, solo un vacío más escalofriante que la ira.

–Quería dinero –afirmó–. Mantuve a Archie con vida para que lord MacLeod siguiera pagando.

Mairi miró hacia el túmulo y lo vio sonreír.

–En espíritu, quería decir –puntualizó Jeremy–. Murió la noche en que nos fuimos.

–¿Fue un accidente? –preguntó Mairi, y se encogió al ver su expresión de desprecio.

–Por supuesto que no –contestó él–. Nos peleamos. Se suponía que iba a traer el dinero consigo, pero el muy imbécil se lo dejó todo a usted. Dijo que se lo debía, como si pudiera compensar con dinero lo que había hecho. Dijo que usted lo usaría para hacer el bien –esbozó una sonrisa cruel–. Pobre Archie, era tan débil y con tanta mala conciencia...

–Era mejor hombre de lo que será usted jamás –replicó ella con un arrebato de furia.

–Yo no quiero ser bueno –afirmó él–. Quiero ser rico. He sido durante veintisiete años el lacayo de lord MacLeod, como lo fue mi padre antes que yo. Estábamos destinados a algo mejor.

Un leve olor a humo bajaba por el valle y Mairi giró la cabeza bruscamente. Jeremy levantó la pistola y le indicó que se estuviera quieta.

–No puede dispararme –dijo ella–. Los criados saben que está aquí. Sabrán que no ha sido un accidente.

–No tengo intención de disparar, a no ser que sea absolutamente necesario –repuso Jeremy–. No, seré yo quien encuentre su cuerpo. Intentaré salvarla, como el héroe que soy –la vio fruncir el ceño y sonrió, satisfecho–. La ladera está ardiendo, querida mía. El brezo y los helechos están secos como la yesca. Una llama cayó aquí, otra allá... –se encogió de hombros–. Pronto estaremos rodeados. No saldrá de aquí viva.

Mairi oyó el fuego. Hizo un movimiento involuntario y Jeremy la apuntó de nuevo con la pistola.

—Quiero contarle el resto —dijo.

—¿Por qué? —inquirió ella ásperamente—. ¿Para jactarse?

Se encogió de hombros.

—Si usted lo dice. Maté a Wilfred Cardross cuando no logró secuestrarla y traérmela. Y habría matado a Michael Innes si Rutherford no le hubiera cerrado la boca primero. La verdad es... —se encogió de hombros otra vez— que me lo estoy pensando. Quizá dentro de un tiempo...

—¿Otro accidente? —preguntó Mairi—. Empezarán a ser demasiado frecuentes, Jeremy. La gente sospechará.

—Es todo culpa suya —afirmó él, nervioso de pronto—. Tenía intención de casarme con usted, de apropiarme así del dinero. Pero entonces aceptó a Rutherford. Lord MacLeod me dijo que era todo una farsa, pero yo sabía que era la amante de Rutherford y no podía correr ese riesgo.

—Así que mandó a Wilfred a matarme —dijo Mairi.

—A secuestrarla —puntualizó él—. Muerta no me servía de nada. Ahora, en cambio... —suspiró como si su conducta hubiera sido especialmente molesta—. Ahora no me queda otro remedio, porque sabe lo de Archie. Es un verdadero fastidio.

Sonrió de repente, sacudiéndose su mal humor como el capricho de un chiquillo.

—De todas formas tengo que irme. Por suerte corro mucho más que usted —miró divertido sus bonitas botas de cabritilla—. Esos zapatitos no le servirán de nada en un incendio.

Levantó la pistola haciendo un saludo burlón y se marchó, trepó por el talud y desapareció al otro lado. Mairi intentó refrenar el alivio y las náuseas que amenazaban con aturdirla. No era momento para debilidades. Apretó los dientes y empezó a trepar por el barranco, tras él. Cuando llegó a lo alto, sus botines de piel estaban hechos pedazos, tal y como había predicho Jeremy, y el brezo y las rocas habían rasgado sus faldas. Ya le dolían las piernas. Llegó a la cima del barranco y se echó hacia atrás con un grito al ver lo que había al otro lado. El pequeño valle era un oasis temporal que no permitía adivinar el infierno que ardía en la ladera de la colina. El fuego la rodeó por completo, oleada tras oleada de llamaradas que devoraban el brezo y los helechos resecos y avanzaban rugiendo hacia Ardglen. El humo había convertido el azul del cielo en un gris brumoso y amenazador. Oyó el siseo y el chisporroteo de las llamas y notó el olor y el sabor acre del humo que arrastraba la brisa.

Era la primera vez que veía un incendio. Su velocidad y su estruendo la llenaron de terror. Jeremy había conseguido pasar justo a tiempo. Lo vio corriendo camino abajo, delante del fuego, a un paso que ella jamás podría igualar.

Una racha repentina de viento acercó tanto las llamas que sintió su calor. Retrocedió, bajando a gatas por el barranco por el que había subido, con el corazón desbocado y las palmas arañadas por las piedras. Cuando vio que el fuego alcanzaba lo alto del barranco y la seguía, gritó.

El agua. Tenía que meterse en el agua.

A pesar del calor del verano, el arroyo estaba helado y al meterse en el agua contuvo la respiración con un gemido de asombro. Avanzó colina abajo, siguiendo su curso, sin prestar atención a las piedras cubiertas de musgo en las que resbalaban sus zapatos destrozados o a las zarzas que tiraban de su ropa. Se cayó dos veces, arañándose las manos y golpeándose las rodillas. Solo pensaba en una cosa: en no morir allí para que Jeremy Cambridge no se saliera con la suya, para que no pudiera seguir ocultando que había asesinado a Archie. En cierto modo era como si fuera a fallar a Jack si moría allí. Como si él la llamara, pidiéndole que siguiera adelante. Las llamas, sin embargo, seguían persiguiéndola mientras avanzaba a trompicones por el arroyo, empapada y fría. Danzaban por la orilla y se estiraban hacia ella, tan cerca que la aterraban.

Cuando estaba a unos cincuenta metros del pie de la colina comprendió que no iba a conseguirlo. El arroyo desaparecía allí bajo tierra, a través de cuevas excavadas en la caliza miles de años antes. Un roble viejo y seco colgaba sobre el agua. Mientras lo miraba, el árbol muerto se prendió y se rajó por la mitad. El ruido fue indescriptible, tan ensordecedor como un disparo. El árbol cayó sobre el arroyo, ardiendo, y las llamas saltaron el agua y prendieron al otro lado, convirtiendo su única vía de escape en una cortina de fuego.

Jack oyó el ruido del árbol al caer mientras subía por la ladera de la colina. El paisaje parecía estar por completo en llamas. Cuando había llegado a Ardglen, Frazer estaba evacuando la casa. Los sirvientes corrían de un lado a otro, frenéticos, y los mozos estaban sacando a los caballos. No había ni rastro de Hamish, Murdo y Ross. Frazer, pálido y con el rostro demacrado por la tensión, le dijo que lady Mairi se había ido a dar un paseo y no había vuelto. Los chicos estaban fuera, buscándola. Le dijo también que Jeremy Cambridge había ido a ver a lady Mairi y había partido colina arriba, en su busca. Fue entonces cuando Jack sintió que el miedo encerraba su corazón como una capa de hielo duro.

Al principio pensó que lo que había oído era un disparo. Entonces vio caer el árbol sobre el arroyo. Más allá distinguió un destello blanco contra la claridad cegadora del sol sobre el agua. Era nada menos que una sombrilla, lo más incongruente que cabía encontrar allí.

Mairi...

Cuando empezó a moverse, Murdo apareció a la carrera y lo agarró del brazo. Tenía la cara manchada de ceniza, de polvo y de sudor. Hacía mucho calor allí y el fuego estaba solo a unos metros de distancia. Los ojos de Murdo estaban llenos de pena y de desesperación.

–No puede subir por ahí, señor –empezó a decir.

–Puedo –contestó Jack– y voy a hacerlo. El fuego no va a arrebatármela. No lo permitiré –mientras hablaba sintió la desesperación, el miedo a que fuera ya demasiado tarde. Intentó dominarlo enérgicamente.

Murdo, Hamish y Ross lo rodearon.

–Dejadme pasar –dijo con un estallido de furia– o os tumbo a los tres a puñetazos.

Se apartaron, mirándolo con respeto a pesar de que sabían, como lo sabía él, que aquello era una trampa mortal.

Corrió hacia el fuego y llegó hasta él justo en el lugar donde el arroyo desaparecía entre las rocas. Saltó hacia el agua, ciego y sordo al estruendo del incendio, y sintió que las llamas alargaban sus brazos para atraparlo. Entonces se halló en el lecho del arroyo y el frío del agua lo envolvió. Avanzó a tientas, aturdido momentáneamente por el frío. Alargó el brazo y, al tocar carne, agarró la mano de Mairi. Estaba fría, empapada y temblando, pero le pareció la cosa más maravillosa que había tocado nunca. Tiró de ella y la hizo meterse bajo un saliente de caliza mientras el fuego rugía por encima de su cabeza y volvía roja el agua.

Ella escondió la cara en la curva de su cuello y Jack puso la mano sobre su nuca y pasó el brazo por su cintura, apretándola contra su pecho. Se dio cuenta de que él también estaba temblando y de que respiraba entrecortadamente, en bocanadas temblorosas que amenazaban con desgarrar sus pulmones.

–Mairi –dijo, y no reconoció su propia voz.

La sintió moverse, apretujándose en sus brazos. Estaban los dos helados y calados hasta los huesos, pero allí donde sus cuerpos se tocaban, se daban calor mutuamente y la sangre latía caliente. Jack besó su pelo y aspiró profundamente, notando el olor a humo del que estaba impregnada. Estaba sucia y chamuscada, pero era la cosa más bella que había visto nunca, y sintió como si su corazón se estuviera resquebrajando.

No supo muy bien qué ocurrió a continuación. Solo había pensado en buscar refugio para los dos, por pequeño y endeble que fuera. Luego, sin embargo, el suelo pareció hundirse bajo sus pies y cayeron, dando volteretas, hasta ir a parar al suelo de la cueva de debajo.

Al volver en sí, Mairi se descubrió aferrada al cuerpo de Jack. Tenía la cabeza apoyada en su pecho y él se había acurrucado en torno a ella para protegerla de las piedras que caían. Sentía los pulmones llenos de polvo y tierra. Estaba helada y trémula, pero viva. Se movió ligeramente, volviendo la cabeza hacia él. La orilla, encima de ellos, se había hundido, pero todavía entraba luz suficiente para que le viera la cara.

–¿Jack? –dijo.

Se movió. La tocó con urgencia.
–¿Mairi? ¿Estás bien?
–Sí –empezó a temblar de frío y de miedo, incontrolablemente–. ¿Y tú?
–Sigo vivo.
Mairi sintió una sonrisa en su voz.
–Mairi, cariño... –su tono cambió, se volvió tan vehemente que la hizo temblar–. Dios Todopoderoso. Creía que te había perdido para siempre y no podía soportarlo.

Mairi dejó de sentir miedo entonces. Allí, con el estruendo del fuego que rugía sobre sus cabezas y el siseo de las piedras que seguían cayendo a su alrededor, sintió una paz infinita. Jack la abrazó con fuerza y cerró los ojos, pero ella sintió el latido de su corazón, fuerte y rítmico bajo su oído y comprendió de repente que, si su vida duraba solo unos minutos más, le bastaría con eso.

Jack tocó su cara, le hizo levantarla y la besó con infinita ternura.

–Sabes a sal –dijo un poco después–. Y a ceniza –la besó de nuevo–. Te quiero –dijo con la voz estrangulada–. Creía que no tendría oportunidad de decírtelo.

En el momento en que la había abrazado, Mairi había sabido que la quería y que estar con él era para ella lo más importante del mundo. De pronto sintió un burbujeo de risa.

–Jack –dijo–, tienes un sentido de la oportunidad espantoso.

–Es la primera que te quejas de él –repuso, y volvió a besarla–. Te quiero –repitió. Su voz sonó más firme esta vez, más segura, como si estuviera probando las palabras y se sintiera algo más cómodo con ellas–. Cásate conmigo –dijo, y añadió con humildad–: Sé que no soy digno de ti, pero...

—Calla —dijo Mairi, y lo besó—. Eres todo lo que quiero, todo lo que deseo.

Le oyó soltar una risa trémula.

—Te quiero con locura. Te querré siempre.

—Lo estás haciendo muy bien —dijo Mairi, muy seria— para ser un hombre que hasta hoy mismo se creía incapaz de amar.

—Bruja...

Ella sintió su sonrisa y la besó de nuevo, tierna y dulcemente. Jack se había relajado. Por fin parecía haber aceptado sus propias emociones y el amor que Mairi sentía por él. La abrazó con una especie de orgullo desafiante que la hizo sentirse avergonzada y al mismo tiempo asombrosamente feliz.

—¡Señor! —se oyó un grito desde lo alto del pozo, donde brillaba una luz tenue—. ¿Señora? ¡Lady Mairi!

—Maldición —dijo ella—. Nos han encontrado —se levantó con torpeza—. ¡Murdo! ¡Aquí!

Media hora después, salieron por fin a la luz del día, mugrientos, helados y deslumbrados por la súbita claridad. El viento había empujado el fuego hacia el oeste, valle abajo, dejando a su paso una estela de brezos carbonizados y humeantes y tierra ennegrecida. Un negro palio de humo colgaba sobre la colina, pero Ardglen se alzaba aún, apacible e inmaculado, junto al mar centelleante.

—Hemos encontrado el cadáver del señor Cambridge junto al arroyo —anunció Murdo—. ¿Había subido a buscarla, señora? Parece que el fuego lo alcanzó. Avanzaba tan deprisa... Lo siento mucho, señora.

Mairi sostuvo la mirada de Jack. Pensó en lord MacLeod, en Archie y en el escándalo y comprendió que Jack estaba pensando lo mismo. Respiró hondo.

–Yo también lo siento –dijo–. No sé qué quería el señor Cambridge. Ni siquiera sabía que estaba aquí.

Vio que Jack sonreía de mala gana, pero no dijo nada, y en ese momento lo amó más que nunca. Dentro de poco, pensó, le contaría lo de Archie, organizarían un entierro como era debido y sus padres podrían llorarlo adecuadamente. Pero de momento solo quería darse un baño, ponerse ropa limpia y un poco de emplasto en sus cortes, moratones y quemaduras.

Miró a Jack.

–Por favor, ¿puedes llevarme a Glen Calder dentro de poco? –preguntó–. Me gustaría casarme allí.

Jack sonrió, radiante, y el amor que Mairi vio en sus ojos hizo que le diera un vuelco el corazón.

–Con sumo placer –contestó él, estrechándola en sus brazos–. Te llevaré a casa.

ÚLTIMOS TÍTULOS PUBLICADOS EN HQN

Noches de verano de Susan Mallery

Érase una vez un escándalo de Delilah Marvelle

Perseguida de Brenda Novak

El anhelo más oscuro de Gena Showalter

Provócame de Victoria Dalh

Falsas cartas de amor de Nicola Cornick

Aquel verano de Susan Mallery

Cuatro días en Londres de Erika Fiorucci

Sin salida de Brenda Novak

La misteriosa dama de Julia Justiss

Solo un chico más de Kristan Higgins

Difícil perdón de Mercedes Santos

Promesas a medianoche de Sherryl Woods

Noches perversas de Gena Showalter

La caricia de un beso de Susan Mallery

Una sonata para ti de Erica Fiorucci

www.ingramcontent.com/pod-product-compliance
Lightning Source LLC
LaVergne TN
LVHW030340070526
838199LV00067B/6376